KB206631

MARY SHELLEY

FRANKENSTEIN

옮긴이 김나연

서강대학교에서 영어영문학 석사학위를 취득하였다. 현재 출판번역 에이전시 베네트랜스에서 전문 번역가로 활동 중이다. 옮긴 책으로는 『제인 오스틴 소사이어티』, 『캑터스』, 『하피스, 잔혹한 소녀들』, 『사람은 어떻게 생각하고 배우고 기억하는가』, 『혼자만의 시간을 탐닉하다』, 『여자에게는 야망이 필요하다』 등이 있다.

일러두기

이 책은 1818년 판본을 기본으로 하여 번역했습니다.

MARY SHELLEY

신이여,

내가 그대에게 진흙으로 빚어달라 청했습니까?

나를 어둠에서 끌어내달라 애원했습니까?

–『실낙원』

『정치적 정의』, 『케일럽 윌리엄즈』의 저자

윌리엄 고드윈*에게

존경하는 마음을 담아 이 책을 바칩니다.

* 윌리엄 고드윈(1756~1836), 영국의 사회 철학자이자 정치평론가로 메리 셸리의 아버지이다.

추천의 글

『프랑켄슈타인』. 나는 이 책을 잊은 적이 없다. 그럴 수 없는 이야기였다. 처음에는 오로지 눈동자만 기억했다. 누군가를 위협하고 두려움에 떨게 만드는 시선. 이 소설은 바로 그 눈빛을 가진 존재에 대한 이야기다.

어린 시절 나는 그 눈길을 피해 다니느라 바빴다. 무서웠다. 그의 시선이 닿는 곳에 있다가는 나도 프랑켄슈타인처럼 엉망진창이 될 것 같았다. 닥터 프랑켄슈타인. 그를 만들었지만 매몰차게 외면했고, 냉혹하게 밀어냈던 사람. 나는 아주 오랫동안 그가 옳다고 생각했다. 그러다 어느 날 문득 생각했다. 더는 어리지 않을 때였다. 프랑켄슈타인은 그를 괴물이라 부르지 않았던가. 자신이 만들고, 생명을 불어넣었으면서, 책임을 지는 대신 소리를 지르지 않았던가. 너는 우리와 다르고, 그렇기 때문에 살아있어서는 안 된다고 말이다. 사라져라. 이 세상에서 사라져라. 그래. 프랑켄슈타인은 그를, 자신의 괴물을 죽이고 싶어 했다.

이후 나는 다시 그 눈동자를 기억하게 됐다. 비참함에 휩싸인 고독한 시선. 자신이 누군가와 다르다는 이유로 겁에 잔뜩 질린, 그러나 사랑받는 걸 결코 포기하지 못하는 시선. 그제야 내가 왜 그 눈길을 계속 피해 다녔는지 알 수 있었다. 그건 나의 눈빛이기도 했기 때문이다. 나는 나를 보는 것이 싫었다. 거절당하는 것도, 버려지는 것도, 모두 싫었다. 나는 프랑켄슈타인인 척하고 싶었다. 하지만 그 누구도 어느 한쪽만 될 수는 없다. 삶의 한쪽이 무너지면, 다른 쪽이 채워지고, 또 다른 쪽이 무너진다. 버려지고, 기억되고, 다시 망가진다.

그리고 이제 나는 그 모든 마음을 이해했던 한 여성을 기억한다. 메리 셸리. 바로 그녀가 프랑켄슈타인을 만들었다. 누군가를 미워하는 마음. 그러나 사랑받고 싶은 마음. 거절당하면서도 끝까지 포기하고 싶지 않은 마음. 비록 그 결말이 비극일지라도 계속 걸어가는 인간의 마음. 그게 삶이라는 것을 알았던 여성. 그녀가 아니었다면 나는 나를 이해할 수 없었을 것이다. 그렇기에 나는 이 책을 계속 기억할 것이고, 그 모든 눈빛을 결코 잊지 못할 것이다. 부디, 프랑켄슈타인과 그의 존재에게 평안이 있기를.

소설가 강화길

(『대불호텔의 유령』, 『화이트 호스』 저자)

서문*

소설의 근간이 되는 사건에 대하여 이래즈머스 다윈** 박사와 독일의 몇몇 생리학 전문가들은 아주 불가능한 일은 아니라고 상상했다. 그러나 나는 상상에 불과한 이야기에 심취하고 진지하게 믿는 사람이 아니라는 것을 미리 밝히고자 한다. 상상력이 공상과학 장르의 기본이라는 것을 가정할 때, 이 이야기를 순전히 초자연적 공포소설로만 엮어내고 싶진 않았다. 이야기 속 흥미로운 사건들은 단순히 유령이나 마법을 다루는 이야기가 아니다. 이 소설은 도리어 전개가 이어질수록 드러나는 상황의 참신함이 장점이라 하겠다. 물리적으로는 불가능하다 해도, 이 소설은 기존에 묘사되던 인간의 열정을 무엇보다도 포괄적이고 지배적으로 그리며 상상력의 새로운 관점을 제공한다고 해야 할 것이다.

따라서 나는 소설을 통해 인간 본성의 기본 원리를 지키기 위해 노력하면서도 동시에 성격을 결합하는 혁신을 서슴지 않았다. 이러한 특징은 그리스의 비극 대서사시 『일리아드』, 셰익스피어의 희곡 『폭풍우(템페스트)』, 『한여름 밤의 꿈』을 비롯해 밀턴

* 영국의 시인이자 메리 셸리의 남편인 퍼시 비시 셸리가 1818년에 썼다.

** 이래즈머스 다윈(1731~1802): 영국의 의사이자 시인으로 생물의 진화를 연구하였다. 『종의 기원』을 쓴 찰스 다윈의 조부이다.

의 『실낙원』에도 잘 드러나 있다. 무릇 글쓰기를 통해 즐거움을 얻고 찾는 소설가라면 다소 뻔뻔한 자세로 명작이나 혹은 그런 명작에 적용된 규칙을 차용해야 한다. 그리하여 인간 감정의 수없이 많은 정교한 조합으로 말미암아 소설을 완성해야 하는 것이다.

나의 이야기는 가벼운 대화에서 비롯되었다. 어떤 면에서는 단순히 재미를 위해, 또 어떤 면에서는 누구도 시도하지 않았던 소재를 탐미해보자는 취지였다. 여기에 작품을 써내려가며 다른 동기들이 섞였다. 그러나 작가로서, 소설이 담고 있는 도덕적 정서나 등장인물의 면면이 독자들에게 끼칠 영향에 대해서도 신경 쓰지 않을 수 없다. 이 소설을 쓰면서 요즘 소설의 무기력한 기류를 깨고, 동시에 가족애와 보편적인 미덕의 가치를 드러내고자 했다. 주인공의 성격이나 그가 처한 상황에서 자연스럽게 드러나는 개인의 의견이 결코 작가의 신념과 동일하다고 볼 수 없으며, 소설 속에 드러나는 철학적 교리와 추론 역시 작가가 추구하는 것과 다를 수 있다.

저자로서 또 하나 흥미로운 점이 있다면, 바로 이 작품이 이야기의 배경이 되는 웅장한 지역에서 떠올리기만 해도 아쉬운 마음이 드는 모임을 통해 탄생했다는 점이다. 나는 1816년 여름을 스위스 제네바에서 보냈다. 그해엔 비가 많이 와서 날이 대체로 쌀쌀했다. 모임의 친구들과 모닥불을 피워놓고 둘러앉아 우연히 얻어들은 독일의 공포 이야기를 풀어놓곤 했다. 흥미 삼아 나누던 이야기 때문인지 농담을 빙자한 모방의 욕구가 일어났다. 나와 두 명의 친구들의 관심사는 어느덧 각각 초자연적 사건을 다루는 이야기를 써보자는 방향으로 흘러갔다. (그리고 이때 들었던 친구의 이야기는 아마 출간되었다면 그 어떤 작품보다도 대중적인 열광을 얻었을 것이다.) 그러나 날이 갑자기 풀리면서 두 친구는 알프스 산맥으로 여행을 떠나버렸고, 웅대한 자연과 그곳에서 나눈 환영에 가까운 공포 이야기도 그렇게 잊혔다. 다음 장부터 시작될 이야기는 바로 그 세 명이 나누었던 이야기 중 유일하게 집필이 완성된 작품이다.

CONTENTS

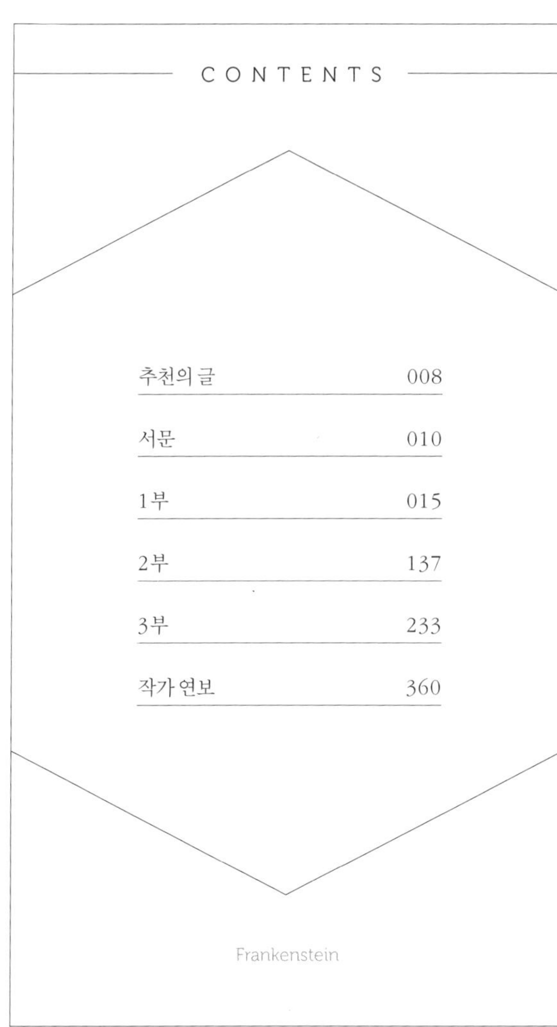

Frankenstein

1부

Frankenstein

첫 번째 편지

영국, 사빌 부인 앞

17○○년 12월 11일, 상트페테르부르크에서

누이. 누이가 그토록 걱정하던 항해가 끔찍한 사고 없이 무탈하게 시작됐다는 소식을 들으면 얼마나 기뻐할지 눈에 선하네요. 나는 어제야 도착했소. 오자마자 우선 누이에게 무사히 도착했음을 알리고, 내 과업에 대한 자신감을 북돋우고자 이 편지를 씁니다.

나는 지금 런던에서도 북쪽으로 한참 올라와 있습니다. 페테르부르크 거리를 걷고 있자면 북극에서 불어온 차가운 바람이 볼을 때립니다. 그런데도 바람을 맞으면 기분이 날아갈 듯 행복합니다. 내 마음을 헤아릴 수 있을까요? 가고자 하는 목적지에서 불어온 이 바람이 마치 그곳의 추운 날씨를 미리 알려주는 것 같습니다. 약속의 땅에서 불어오는 바람을 맞고 있자면 미약했던 나의 백일몽이 조금씩 진짜처럼, 생생하게 느껴진달까요. 바람이 불어오는 북극은 서릿발이 날리는 황량한 곳이라고 내내 되새겨보지만 결국은 헛수고입니다. 내 상상 속의 그곳은 아름답고, 기쁨으로 가득한 곳이니 말입니다. 마거릿 누이, 북극에서는 태양이 지지 않는다고 하지 않습니까. 커다란 태양이 수평선 가장자리를 떠나지 않고 영원히 찬란한 광채를 퍼트린다고요. 누님의 걱정을 십분 이해하지만, 나보다 먼저 북극을 항해한 여행자들의 표현을 믿어보고 싶습니다. 눈도, 서리도 광채에 반사되어 사라진다는 그 말을 말이오. 누이. 잔잔한 바다 위를 항해하며 우리는 지금껏 인간이 발견한 지구상의 그 어느 곳보다도 경이롭고 아름다운 땅으로 가는 겁니다. 그 무엇과도 견줄 수 없는 미지의 땅 위로 태어난 생명과 특성을 향해, 인간이 지금껏 밝혀내지 못했던 고독한 천체의 비밀을 품고 있는 땅으로 말입니다. 영원히 빛이 꺼지지 않는 땅인데 무엇인들 불가능하겠소? 어쩌면 나침반 바늘을 끌어당기는 힘의 비밀을 내가 파헤칠 수도 있을지 모릅니다. 수천 번이고 관찰한 하늘에서 기이하게만 느껴지던 천체의 일관성을 밝혀낼 수 있을지도 모르고요. 그래서 그 누구도 발을 들이지 못한 땅, 그 누구도 감히 볼 엄두를 못 내던 이 세상의 한 조각을 내 눈으로 확인하고, 평생 품어왔던 왕성한 호기심을 마음껏 풀어볼 작정입니다. 상상만으로도 한날 위험이나 죽음 따위의 두려움을 극복할 수 있어요. 고단한 항해이지만 마치 어린아이가 친구들과 함께 동네 작은 강가에 뗏목을 띄우고 모험을 시작할 때처럼 내 마음은 설레기 그지없소. 이 모든 게 그저 상상에 지나지 않을지도 모르지만, 그렇다 해도 이번 몇 달간의 항해를 통해 북극으로 향하는 가장 가까운 통로를 발견하여 전 인류에게, 가까운 세대에게 전해줄 지식을 발견할 수만 있다면 누이도 선뜻 반대하기는 어렵지 않겠습니까. 혹시라도 내가 자석의 과학적 비밀을 밝혀낼 수 있을지 누가 압니까. 그건 나와 같은 탐험가만이 밝혀낼 수 있는 것이잖소.

아, 이렇게 편지를 쓰고 있자니 마음속의 불안감이 잦아들고 다시 한번 열정이 불타오릅니다. 오직 지성의 눈으로 보아야만 성취할 수 있는 확고한 목표가 영혼과 마음을 평온하게 만들어주는 것 같습니다. 탐험은 어린 시절부터 꿈꾸던 것이었소. 어린 시절부터 항해에 대한 독서를 즐겼지요. 책은 늘 하나같이 북태평양을 통해서만 북극에 도달할 수 있다고 했습니다. 누님도 기억할 겁니다. 토머스 숙부의 서재에 가득하던 항해에 관한 역사책들 말입니다. 공부는 소홀히 했지만 난 독서를 참 좋아했어요. 밤낮으로 읽어대던 것을 누님도 알 테니, 아버지께서 임종 전 숙부에게 남긴, 절대 나의 항해를 허락하지 말라 하신 유언에 내가 얼마나 낙담했을지 짐작하겠지요.

어린 시절 막연하게 꾸던 꿈이 처음으로 사그라진 건, 내 영혼을 천국으로 이끈 시인들 덕분이었습니다. 그리고 나조차도 한때는 시인이 되어 창작의 낙원으로 일 년간 도피했었지요. 그때는 어쩌면 나도 호메로스나 셰익스피어 같은 반열에 오를지도 모른다는 상상을 했었습니다. 그러나 그처럼 위대한 시인은 되지 못했고, 얼마나 크게 좌절했는지 누님도 지켜보았지요. 때마침 받은 사촌의 유산으로 나는 다시 항해의 꿈을 꾸기 시작했습니다.

누이. 모험의 길에 발을 들인 지도 어느덧 육 년입니다. 이 거룩한 과업을 위해 바친 시간들이 지금도 눈에 생생하게 그려집니다. 육체 노동부터 시작했어요. 포경 선단에 들어가 북해

탐험을 한 겁니다. 추위와 배고픔, 목마름, 수면에 대한 욕구를 기꺼이 참아냈어요. 낮에는 선원들과 견주어 배로 일하고 밤이면 모험가에게 꼭 필요한 자연과학이나 의학, 수학 따위를 독학했습니다. 그린란드 포경선의 선장이 나를 좋게 봐주어 두 번이나 항해사 자리를 제안하기도 했습니다. 선박의 이인자 자리를 제안받으니 솔직히 말해서 나 자신이 조금은 자랑스럽더이다. 내가 얼마나 노력하는지 인정받은 기분이었으니까요.

그러니 누이. 이 원대한 꿈을 이룰 자격이 내게도 조금은 있지 않겠습니까? 그동안은 호화롭고 평탄한 삶이었지만, 틀에 박힌 인생의 부귀보다는 내 손으로 일굴 영화의 길을 택했을 뿐입니다. 아, 마음을 울리는 자신감이 어쩐지 내 앞날이 꿈꿔온 것처럼 잘될 거라고 말해주는 것 같습니다! 내 용기와 결심은 절대 흔들리지 않아요. 물론 이따금씩 희망이 파도에 요동치고 우울해질 때도 있지요. 그러나 누이, 나는 이제 길고 힘든 항해를 시작하려 합니다. 배를 이끌며, 용기가 필요한 위급한 상황도 맞닥뜨리겠지요. 나뿐만 아니라 함께 여행할 이들의 용기를 북돋아주고 선원들의 사기가 꺾여도 나는 흔들리지 않아야 합니다.

누이, 이맘때가 러시아를 여행하기 제일 좋은 시기요. 여기 사람들은 눈썰매를 타고 눈길 위를 빠르게 날아가곤 합니다. 어찌나 날쌘지, 솔직히 말해 영국의 마차보다도 훨씬 좋아 보여요. 모피를 감싸고 있으면 추위도 견딜 만합니다. 나도 벌써 한 벌을 맞추었어요. 갑판 위라도 좀 걷는 것과 아무것도 하지 않고 앉아 있는 건 큰 차이가 나는 데다가, 그렇게 몸을 쓰지 않으면 혈관까지 얼어붙는 추위를 막을 길이 없소. 게다가 러시아까지 와서 상트페테르부르크와 아르한겔스크 사이 어딘가에서 객사하고 싶은 마음은 추호도 없으니 말이오.

여기서는 보름에서 스무하루 정도만 머물고 다음 도시로 떠날 생각입니다. 거기서는 배를 구할 거요. 배야 선주에게 보증금만 주면 쉽게 구할 수 있을 테고, 포경에 익숙한 선원들을 가능한 많이 고용할 작정이오. 일단 내년 유월까지는 항해를 떠날 생각이 없습니다. 그럼 언제쯤이나 돌아올 수 있을까요? 나의 하나뿐인 누이. 답이 없는 질문이지요. 만약 내가 성공한다면 근 몇 달 안에, 어쩌면 몇 년 후에나 누이를 만날 수 있을 게요. 만에 하나 내가 실패한다면 금방 다시 만나거나 영영 이별일 테고.

그러니 잘 지내고 계시오, 나의 사랑하는 훌륭한 누이. 하늘이 누이에게 축복을 내려주고 나를 보살펴주리라 믿습니다. 그리고 누이의 사랑과 다정함에 거듭해서 보답할 날들이 나에게도 가득하기를 바랄 뿐입니다.

사랑하는 동생 R. 월턴으로부터

영국, 사빌 부인 앞
17○○년 3월 28일, 아르한겔스크에서

서리와 눈발에 둘러싸여 있으니 시간이 어찌나 느리게 흐르는지 모르겠습니다. 그러나 나의 모험도 어느덧 두 번째 단계에 접어들었소, 누이. 선박을 빌렸고 선원들도 모집 중이오. 내가 의지할 수 있고 사기가 충만한 자들로 꾸리고 있습니다.

하지만 하나 만족스럽지 않은 것이 있소. 그 한 가지의 부족함이 지금 내겐 더할 나위 없이 불행으로 느껴집니다. 바로 친구의 부재요. 마거릿 누이. 모험을 향한 성공의 열정을 불태우는 와중에도 기쁨을 함께 나눌 사람이 없어요. 좌절감에 허우적거리는 날이면 실의에 빠진 내 곁을 지탱해줄 사람이 없습니다. 생각들을 오롯이 종이에만 끼적여야 하지요. 하지만 종이에 감정을 토로하기가 썩 마땅치가 않습디다. 누이, 나를 이해해줄 친구가 절실해요. 눈을 마주하고 대꾸를 해줄 사람 말입니다. 너무 감상에 젖었다고 생각할지도 모르겠소. 하지만 난 지금 친구 하나가 간절해요. 다정하지만 용감하고, 품이 넓으면서 동시에 좋은 교육을 받은 사람, 같은 취향으로 내 계획을 들어주고 가끔은 수정을 해줄 수 있는 그런 친구가 내 곁에 없습니다. 그런 친구만 있다면 이 처량한 동생의 부족한 점을 보완해줄 수 있을 텐데요! 누이, 난 실천력은 좋지만 어려운 점이 생기면 참을성이 부족합니다. 게다가 독학을 했다는 것도 커다란 장애물이오. 열네 살이 될 때까진 제멋대로 뛰어노느라 바빴고, 읽은 책이라고는 토머스 숙부의 항해 서적이 전부이니 말입니다. 그맘때 우리 영국의 유명한 시인들을 접하기는 했지만, 모국어가 아닌 다른 나라의 언어로 된 학문을 통해 무언가 새로운 깨달음을 얻기엔 가진 집중력을 모두 써버린 후였으니까요. 이제 스물여덟씩이나 먹었는데 솔직히 지적 수준은 열다섯 살짜리 학생에도 못 미칩니다. 물론 그 나이 또래 애들에 비하면 생각도 많고 꿈도 크고 원대합니다만. 화가들이 주로 그러지요, 상상만 하지 말고 손에 쥐어야 한다고요. 그 어느 때보다도 감상에 빠진 나를 한심해하지 않을 정도의 분별력과 내 마음을 다잡아줄 수 있을 만큼의 호의가 넘치는 친구가 필요해요.

이런 건 다 쓸데없는 불평에 불과하지요. 광활한 바다는 물론 이곳 아르한겔스크에서도, 온통 상인 아니면 선원들뿐이니 그런 친구를 찾을 리 만무하니까요. 그래도 어떤 감정들은 인간 본성의 찌꺼기와는 무관하게 투박한 가슴 속에서도 피어나는 법입니다. 가령 부선장도 그래요. 용감하고 진취적인 남자지요. 명예에 미쳐 있는 사람입니다. 영국 사람인데, 출신 국가나 직업에 대한 선입견도 심하고 교양을 쌓거나 한 사람은 아닙니다만, 그래도 인간이라면 갖춰야 할 고결함은 지니고 있어요. 처음 그를 만난 건 한 고래잡이 배였습니다. 그가 새 일자리를 구하지 못하고 있어서 얼른 고용했지요.

누이, 선주는 타고나기를 훌륭한 사람이오. 워낙 신사답고 규율도 느슨하기로 유명합니다. 성격이 온화하고, 피를 못 견디는 바람에 사냥도 하지 않아요. (여기서는 거의 유일한 오락거리인데도 말이오.) 게다가 관대하기가 이루 말할 데가 없습니다. 몇 년 전에 그는 적당한 재산을 가진 집안의 러시아 여자를 마음에 품게 되었답니다. 선주가 배를 탄 돈을 제법 모아서 그 여자의 아버지도 두 사람의 결혼을 찬성했다지요. 결혼식 전에 그 여자를 딱 한 번 만났는데, 그 여자가 선주를 보자마자 눈물바람으로 바짓가랑이를 붙잡더랍니다. 자기는 사랑하는 남자가 따로 있는데 워낙 가난해 집안에서 반대를 한다면서 자기를 놓아줄 수 없겠냐고 빌었다는 겁니다. 너그러운 사내는 결국 눈물을 흘리며 간청하는 여자를 안심시켰답니다. 그녀가 진심으로 사랑하는 이의 이름을 물어보고 자기 뜻을 꺾었어요. 그뿐 아니라 결혼 후에 함께 인생을 보내려고 미리 마련해둔 농장과 가축을 사려고 모아둔 돈까지 모두 상대 남자에게 넘겨주었다지 뭡니까. 그리고 여자의 아버지에게 두 사람의 결혼을 허락해달라고 설득했소. 하지만 그 아비는 이 친구를 생각해 끝내 고집을 꺾지 않았답니다. 여자의 아버지가 고집을 부리니 선주는 두 사람이 결혼을 할 때까지 돌아오지 않을 작정으로 살던 나라를 떠나, 실제로 두 사람이 맺어지고 난 후에야 본국으로 돌아갔답니다.

"가히 칭찬받을 만한 신사네!" 하고 아마 누이도 감탄했을 게요. 그는 정말 그런 사람이오. 그렇지만 평생을 배 위에서 보내며 밧줄과 돛대 줄 말고는 아는 게 없으니 아쉽지요.

내가 불평을 조금 했다고, 이렇게 험난할 줄 몰랐다며 위로를 바란다고 해서 내 결심을 접었다고는 생각하지 말아주오, 누이. 나의 원대한 꿈은 마치 운명과도 같으니 말입니다. 항해는 날씨가 개기만을 기다리는 중입니다. 겨울은 끔찍할 정도로 혹독했지만 봄은 어김없이 찾아오고 있으니까요. 게다가 올봄은 좀 이르게 왔다고들 하네요. 어쩌면 예상보다 더 빨리 항해를 시작할 수 있을지도 모르겠습니다. 물론 경솔하게 움직이지는 않을 겁니다. 누이도 알겠지만, 타인의 안전이 온전히 내 손에 있으면 더욱 신중해지고 사려 깊게 행동하니까 말이오.

앞으로 다가올 출항으로 지금 어떤 기분인지 채 설명할 길이 없네요. 누이, 떠날 준비를 하며 느끼는 떨림, 기쁨, 그리고 두려움을 종이에 다 표현할 수가 없어요. 그 누구도 밟아보지 못한 땅, '안개와 눈의 땅'으로 갑니다. 늙은 수부처럼 앨버트로스를 죽이진 않을 테니 나의 안전은 염려하지 마오, 누이.* 과연 광활한 바다를 가로질러 아프리카나 아메리카의 남단을 찍고 돌아와 다시 누이를 만날 수 있을까요? 감히 성공을 예단할 순 없지만 실패할지도 모른다는 생각은 견딜 수 없습니다. 계속해서 기회가 될 때마다 편지를 써줘요, 누이. 물론 내가 받을 가능성은 희박하지만 누이의 편지가 내게는 그 무엇보다 기운을 북돋게 해준답니다. 그러니 누이의 편지가 필요해요. 누이를 참으로 아낍니다. 내가 다시는 소식을 전하지 못한다 해도, 나를 늘 기억해줘요.

사랑하는 동생 로버트 월턴으로부터

* '안개와 눈의 땅', 앨버트로스: 영국 시인 새뮤얼 테일러 콜리지의 시 「노수부의 노래」에 나오는 구절. 늙은 수부가 신이 보낸 새, 앨버트로스를 석궁으로 죽여 저주를 받는다.

세 번째 편지

영국, 사빌 부인 앞

사랑하는 누이.

안전하게 항해 중이라는 이야기를 전하려고 급히 몇 줄 씁니다. 이 편지는 아르한겔스크에서 영국으로 돌아가는 한 상인 편에 부탁할 예정이오. 참으로 부러운 일이지요. 아마도 나는 몇 년간은 고국 땅을 밟지 못할 테니 말입니다. 그래도 기세는 좋습니다. 선원들은 모두 담대하고 목적의식도 뚜렷해요. 북극의 위험천만함을 알려주는 유빙에도 전혀 놀라는 기색이 없습니다. 우리 배는 고위도 부근을 이미 올라섰습니다. 비록 영국의 여름만큼 따사롭진 않지만 해안에서 불어오는 한여름의 강한 남풍은 기대와 달리 꽤나 온화해서 내 모험에도 활기를 불어주고 있습니다.

지금까지는 편지에 남길 만한 특별한 사건이랄 것도 없었습니다. 두어 번 정도 심한 돌풍이 불어 돛대가 부러지기는 했지만 숙련된 항해사에게 이런 일은 비일비재하니까요. 앞으로 더 나쁜 일이 일어나지만 않는다면 이보다 더할 기쁨이 없겠지요.

그럼, 이만 줄입니다. 마거릿 누이. 누님을 위해서도 나를 위해서도 절대 위험을 무릅쓰지 않을 테니 걱정 마시고요. 냉정하게, 인내하며 신중하게 움직이겠습니다.

영국에 있는 내 친구들에게도 안부를 전해 줘요.

누이의 사랑하는 동생 R. W.로부터

네 번째 편지

영국, 사빌 부인 앞

17○○년 8월 5일

너무도 기이한 일이 벌어져 기록하지 않고는 못 배길 것 같아 편지를 씁니다. 물론 누이가 이 편지를 받아보기도 전에 나를 먼저 만날 가능성이 크겠지만 말이오.

지난 월요일(7월 31일), 우리 배는 떠다니는 유빙이 에워싸는 바람에 옴짝달싹할 수가 없었습니다. 짙은 안개까지 잔뜩 끼는 바람에 상황이 꽤나 위험했지요. 바람이 불어오는 방향으로 배를 세워놓은 채 날이 개기만을 기다리는 수밖에 방법이 없었습니다.

두 시쯤 되자 안개가 서서히 걷히면서 시야가 확보되고 나니 거대하고 울퉁불퉁한 얼음판이 온통 우리를 가로막은 채 끝이 보이질 않았습니다. 몇몇 선원들이 탄식을 터트리기도 했고 나 역시 불안한 마음에 신경이 바싹 곤두섰소. 그때 기이한 무언가가 시선을 사로잡았습니다.

우리가 처한 위험마저도 잊을 만큼 신기한 광경이었소. 저 멀리 한 800미터 쯤 떨어진 곳에 북쪽을 향해 나아가는 개썰매 마차를 발견한 겁니다. 사람 같긴 한데 몸집이 엄청나게 큰 남자가 개가 끄는 썰매에 앉아 있지 뭡니까. 망원경으로 그 남자가 삐쭉빼쭉 솟은 유빙 위를 건너 빠르게 사라지는 모습을 멍하니 바라보았습니다.

정말이지 무아지경의 상태로 입을 떡 벌린 채 남자를 구경했습니다. 우리가 육지로부터 몇 백 킬로미터는 떨어져 있다고 예상했는데, 느닷없이 나타난 허깨비 때문에 어쩌면 육지가 머지않은 곳에 있을지도 모른다는 생각을 했으니까요. 하지만 에워싼 얼음 때문에 그 남자를 따라갈 수는 없었습니다. 그저 신경을 곤두세운 채 남자가 지나간 방향을 뚫어져라 눈에 익히는 수밖에요.

그 후로 두 시간쯤 더 지나서야 파도 소리가 들리기 시작했습니다. 그리고 밤이 되기 전에 얼음이 갈라졌고 발이 묶였던 배도 움직일 수 있었지요. 하지만 어둠 속에 유빙이 깨지면서 배와 충돌할지도 모른다는 두려움에, 아침이

올 때까지 항해를 미루기로 했습니다. 이때 비로소 나도 잠깐 눈을 붙일 수 있었소.

아침이 되고 해가 뜨자마자 갑판으로 나왔소. 그리고 선원들이 배 한쪽에 모여 바다를 향해 무언가 소리치는 모습을 발견했습니다. 가서 보니 전날 본 것과 비슷한 모양의 썰매가 간밤에 커다란 유빙에 실려 떠내려온 거였소. 개는 한 마리만 살아 있었고 썰매엔 사람이 타고 있었습니다. 선원들이 그를 향해 배에 올라타라고 설득을 하는 중이었던 거요. 전날 본 여행자가 미지의 섬에서 온 야만인 같은 모습이었다면, 이 남자는 유럽 대륙 출신 같아 보였습니다. 내가 갑판으로 다가가자, 선주가 나를 소개했습니다.

"여기 이분이 우리 선장이오. 당신이 망망대해에서 생을 마감하는 걸 가만히 두고 볼 분이 아니시지."

가만히 응시하던 이방인이 이윽고 이국적인 억양이 섞인 영어로 물었습니다.

"그대의 배에 오르기 전 물어볼 게 있소. 혹시 이 선박이 어디로 향하는지 여쭤봐도 되겠습니까?"

바다에 수장당하기 일보 직전인 남자가 이런 질문을 하다니, 내가 느꼈을 당혹감이 얼마나 컸을지 아마 짐작할 수 있을 겁니다. 이 남자에게 내 배는 세상의 모든 금은보화와도 바꿀 수 없을 동아줄이나 마찬가지 아니오. 나는 그에게 북극을 탐험하는 중이라고 했습니다.

대답이 썩 마음에 들었던 모양인지, 남자는 배에 올랐소. 세상에! 마거릿, 누이가 만약 남자의 몰골을 봤다면 아마 아연실색을 했을 겁니다. 살을 에는 추위에 사지는 이미 마비상태였고, 피로와 고통으로 남자의 몸은 눈으로 보기 힘들 정도로 수척했습니다. 이토록 비참한 꼴은 내 생전 본 적이 없어요. 우리는 남자를 곧장 선실로 옮겼습니다. 그런데 신선한 공기가 환기되지 않는 선실에 들어가자마자 정신을 잃지 뭡니까. 결국 어쩔 수 없이 남자를 다시 갑판으로 옮겼습니다. 온몸을 주무르며 억지로 브랜디 몇 모금을 삼키게 하고서야 그는 약간 정신을 차렸지요. 숨이 붙어 있는 걸 확인하자마자 담요로 감싸고 주방 화로의 굴뚝 옆으로 뉘였습니다. 수프를 조금 먹고 나서야 남자는 천천히 기운을 회복하더이다.

이렇게 이틀이 지나고 나서야 남자는 말을 할 수 있었습니다. 너무 고생을 해서 인지능력에 문제가 생겼을까 봐 걱정이 되더군요. 조금 더 회복을 한 후에 그를 내 선실로 옮기고 업무 중간중간, 기회가 있을 때마다 보살폈습니다. 살면서 이토록 흥미로운 사람은 처음이었어요. 두 눈엔 광기가 서려 있었지만 누구라도 그에게 친절을 베풀거나 사소한 도움이라도 주면 곧장 경계를 풀고 환히 웃어 보였습니다. 누구도 그렇게 다정하고 자상할 수는 없을 겁니다. 하지만 혼자 있을 때면 대체로 우울하고 절망에 가득한 기운을 풍겼지요. 가끔은 자신을 짓누르는 고뇌가 견딜 수 없다는 듯, 이를 악다물기도 했습니다.

손님이 조금씩 몸을 추스르는 사이 수천 가지의 질문거리를 들고 찾아오는 선원들을 막아내는 게 가장 큰 골칫거리가 되어버렸습니다. 불필요한 호기심으로 손님을 고통스럽게 하고 싶지 않았습니다. 무엇보다 그는 온전한 휴식을 통해 심신의 안정을 취해야만 하는 상태였으니까 말이오. 그러나 모두 막을 수는 없었기에 한번은 부선장이 그에게 물었습니다. 왜 그렇게 요상한 썰매를 타고 이토록 멀리까지 얼음을 가로질러 떠내려왔냐고 말입니다.

질문을 받자마자 그의 안색이 눈에 띄게 침울해졌습니다.

"내게서 도망친 자를 찾으러 가는 중입니다." 라고 그가 대답했습니다.

"그럼 선생이 쫓는 자도 같은 모양의 썰매를 타고 있었습니까?"

"그렇소."

"그렇다면 우리가 그 남자를 봤습니다. 선생을 구하기 전날, 개가 끄는 썰매에 탄 남자가 유빙 너머로 지나가는 걸 봤지요."

그 말에 남자가 순간 두 눈을 번뜩이더군요. 그리고는 그의 표현에 따르면 그 악마가 어느 방향으로, 어떤 길로 사라졌는지에 대해 질문을 쏟아붓는 게 아니겠습니까. 이윽고 우리 둘만 남자, 내게 말했습니다.

"아마 방금 전의 내 태도에 선장의 궁금함이 배가 되었을 테지요. 밖에 있는 저 선한 이들도 마찬가지일 테고. 그럼에도 나를 곤란케 않으려는 태도가 참으로 사려 깊습니다."

"당연합니다. 나의 호기심으로 선생을 귀찮

게 한다면 그거야말로 무례하고 잔인한 일이 아니겠습니까."

"그대가 나를 낯설고 위험한 상황에서 구해주었군요. 내 목숨을 살려주었습니다."

이내 그는 몇 가지 질문을 했소. 그 썰매가 해빙 사이에서 반파되었을 가능성은 없냐고 말입니다. 나는 확신할 수는 없다고 했습니다. 얼음이 자정 전후로 갈라졌으니 그자는 얼음이 깨지기 전에 무사히 안전한 곳으로 피했을 수도 있다고, 하지만 단언하기는 힘들다고 말입니다.

그때부터 이방인은 갑판으로 나가고 싶어 안달이 났습니다. 쫓는 자의 썰매가 사라진 방향을 두 눈으로 직접 확인하고 싶어 했지요. 하지만 나는 객실에 남아 있어야 한다고 설득했습니다. 밖으로 나가기엔 아직 몸 상태가 온전치 않았으니 말이오. 대신 선원을 시켜 조금이라도 이상하거나 새로운 무언가를 발견하면 곧바로 알려주겠다고 했습니다.

지금까지의 내용이 이 기이한 사건의 전말입니다. 이방인은 조금씩 건강을 회복하고는 있지만 여전히 침묵만 지킨 채 객실에 나 이외의 다른 사람이 들어오면 불편한 기색을 보이고 있어요. 그럼에도 너무도 온화하고 신사적이라 선원들은 누구 하나 말 한마디 제대로 나눠본 적이 없어도 그를 아주 흥미로워하는 눈치입니다. 나로 말할 것 같으면 그를 마치 내 형제처럼 여기기 시작했어요. 그 남자가 느끼는 깊고 질은 슬픔이 동정과 연민을 불러일으킵니다. 아마 예전에는 꽤 고귀한 신사였던 게 분명해요. 이토록 힘든 상황에서도 사람을 끌어당기는 힘과 호감을 발산하니 말입니다.

누이. 일전에도 편지에 적은 적이 있지요. 망망대해에서 친구 하나 없는 신세라고요. 친구를 찾은 것 같습니다. 절망감에 무너지기 전에 그를 구해, 진정으로 마음을 나눌 형제와 같은 친구를 찾아 얼마나 기쁜지 모릅니다.

편지에 적을 만한 새로운 일이 생기면 시간이 날 때마다 적어볼 생각입니다.

17○○년 8월 13일

손님을 향한 호감이 날이 갈수록 늘어만 갑니다. 그는 정말 경이로운 사람이에요. 존경과 연민을 동시에 자아내곤 합니다. 이토록 고결한 사람이 그런 불운으로 망가졌는데 그 누구라도 가슴 저미는 슬픔을 느끼지 않을 수 있겠습니까? 그는 참으로 신사이면서 동시에 현명합니다. 교양이 넘치는 데다가 세심하게 고르고 고른 어휘로 대화를 하면서도 아주 유창한 달변가요.

이제는 병세도 꽤 호전되어 늘 갑판 위에 나가 있곤 합니다. 분명 앞서 간 썰매가 다시 나타나진 않을까 주시하는 모양새요. 하지만 불행에도 자기 연민에만 빠져 있지 않고 다른 사람의 일에도 깊은 관심을 보입니다. 내 모험에 대해서도 꽤 궁금해하는 눈치예요. 나 역시 시답잖은 예전 이야기를 그에게 솔직하게 털어놓았습니다. 손님은 내 자신감이 썩 마음에 들었는지 내 계획에서 바꿀 만한 부분도 여러 가지 제안해주었습니다. 꽤 도움이 될 법한 것들이라 마음에 들었소. 자신의 똑똑함을 뽐내려는 투가 아닙니다. 언제나 주변 사람의 안녕을 본능적으로 위하며 자연스럽게 나오는 행동일 뿐입니다. 가끔은 우울해하기도 해요. 혼자 멍하니 앉아서 우중충한 마음이나 비사교적인 태도를 돌이켜보고 이겨내려고 애쓰는 모양입니다. 허탈감을 완전히 이겨내진 못 했지만 해가 뜨기 전의 구름처럼 몰려든 증오도 조금씩 사그라지는 듯합니다. 그의 신뢰를 얻고자 노력했소. 그리고 어느 정도는 얻어낸 것 같습니다. 어느 날 내게 공감을 해줄 수 있는 친구, 내가 가는 길에 조언을 해줄 수 있는 친구가 필요하다고 털어놓은 적이 있소. 내가 조언을 아니꼽게 여기는 사람이 아니라고도 말했습니다.

"나는 독학을 했습니다. 그래서 내 지식에만 온전히 의지하기엔 영 미덥지가 않습니다. 그래서 나보다 현명하고 경험이 많은 사람이 필요합니다. 내게 확신을 주고 내 뜻을 지지해줄 사람이요. 참된 친구를 찾는 게 영 불가능한 일은 아니지 않겠습니까."

"그대 뜻에 동의합니다."

이방인이 대답했어요.

"친구를 원하고 진정한 친구를 얻는 게 가능하리라는 그대의 뜻 말입니다. 나도 한때는 친구가 있었습니다. 이 세상에 그 친구보다 고결한 사람이 없었지요. 따라서 내게도 우정을 판단할 자격이 충분하다고 생각됩니다. 그대에게는 희망이 있고 온 세상이 눈앞에 펼쳐져 있으니 벌써부터 좌절할 이유가 있겠습니까? 하지만 나는…… 나는 이제 모든 것을 잃었어요. 새로이 삶을 시작할 수도 없지요."

이렇게 말하는 그의 얼굴에 고요한 슬픔이 가득했습니다. 그 모습이 심금을 울렸지요. 하지만 그는 아무 말도 없이 조용히 자신의 선실로 돌아갔습니다.

제아무리 상심한 상태여도, 그는 세상 누구보다도 자연의 아름다움을 깊이 이해하는 사람입니다. 별이 빛나는 밤, 널따란 바다, 그리고 이토록 아름다운 풍광만 보면 금세 기운을 차립니다. 이런 사람에게는 다양한 면면이 있지요. 자신의 불행에 고통스러워하며 실망감에 몸서리치면서도, 내면에 침잠할 때면 마치 후광을 두른 천상의 영혼처럼 고요한 빛의 반경 속에 머물며 그 어떤 서러움이나 우매함도 그를 괴롭힐 수 없다지요.

이렇게 거룩한 방랑자에 대한 나의 열정이 퍽 우습게 느껴지오? 만약 누이가 웃었다면 아마 누이의 매력이었던 순수함을 잃은 게 분명하오. 하지만 그래도 웃어야겠거든 나의 애정 어린 표현에 그저 미소를 지어주세요. 나는 그에게 뜨거운 찬사를 바칠 이유를 날마다 찾아내는 중이니 말입니다.

17○○년 8월 19일

어제 이방인이 이렇게 말했습니다.

"월턴. 아마 내가 비교할 수 없을 커다란 불행을 겪었다는 건 이제 눈치챘을 겁니다. 한때 나는 이 악마와 같은 기억을 품고 죽어야겠다고 다짐했었소. 하지만 그대의 설득이 내 마음을 바꿨습니다. 그대는 과거의 나처럼 지식과 지혜를 갈구하지요. 부디 그대의 꿈이 과거 나에게 그랬듯 악한 뱀이 되어 그대를 물지 않기를 바랄 뿐이오. 내가 겪은 재앙을 털어놓는 게 과연 그대에게 얼마나 도움이 될지 모르겠소. 그러나 관심이 있다면 부디 귀를 기울여주시오. 내게 일어났던 기이한 사건은 분명 그대에게도 자연을 바라보는 새로운 관점을 제시할 거요. 그리고 그대의 재능과 생각도 넓혀줄 것이오. 그대가 불가능하다고 여겼던 어떤 힘이나 사건에 대한 이야기요. 그리고 이야기를 듣다 보면 내 이야기가 진실이라는 증거를 자연스럽게 발견하게 될 겁니다."

그가 이렇게 소통하고자 하니 얼마나 기뻤을지, 누이도 이해할 겁니다. 그러나 그가 자신의 불행했던 과거를 되새겨야 한다는 사실이 썩 달가운 일은 아니었지요. 하지만 동시에 그의 이야기를 꼭 듣고 싶기도 했습니다. 한편으론 호기심이고, 또 다른 한편으로는 그의 혹독한 숙명을 듣고 내가 힘이 되어주고 싶다는 열망 때문이었소. 그래서 이런 내 감정을 솔직히 털어 놓았습니다.

"그대가 보여준 따뜻한 공감에 감사한 마음이지만 그건 연민일 뿐이오. 내 운명은 이제 막바지에 다다랐으니. 이제 바라는 건 오직 하나뿐이오. 그리고 그 일이 끝나면 마침내 평온한 안식을 취할 수 있을 겁니다. 그대의 마음은 잘 압니다."

중간에 말을 끊으려 하자 그가 눈치를 채곤 다급히 덧붙였습니다.

"그러나 그대의 생각은 틀렸소. 친구여. 이렇게 불러도 좋겠소? 아무것도 내 운명을 바꿀 수는 없습니다. 이제 내가 살아온 이야기를 들어

보시오. 그럼 내 운명은 더 이상 돌이킬 수 없다는걸 알게 될 테니."

말을 마친 그는 내일 한가로운 시간이 되면 이야기를 해주겠다고 약속했소. 그의 약속에 더할 나위 없는 진심 어린 감사가 절로 나오더이다. 그리고 매일 밤, 일이 없을 때면 그가 해줄 이야기를 기록하기로 다짐했지요. 최대한 토씨 하나 틀리지 않게 말입니다. 일이 너무 바쁜 날엔 메모라도 꼭 남길 겁니다. 이 기록은 틀림없이 누이에게도 큰 즐거움이 될 테지요. 하물며 그를 알고 그의 입을 통해 직접 이야기를 들은 나라면 먼 훗날 이 이야기를 얼마나 흥미진진하게, 또 깊이 공감하며 읽게 되겠습니까!

01

나는 제네바 사람이다. 우리 가문은 공화국에서 명망 높은 가문 중 하나로 선조들은 대대로 법률가나 평의원 등을 지냈다. 아버지는 여러 공직을 두루 맡으며 평판이 좋았다. 아버지를 아는 사람은 누구나 청렴함과 공무에 매진하는 성실함을 입을 모아 칭찬했다. 아버지는 한창 젊은 시절을 나라에 바쳤다. 그리고 전성기가 지나고 나서야 결혼을 생각했다. 당신의 가문을 잇고 그 아들들을 국가에 헌납해야겠다고 다짐하셨던 것이다.

아버지의 결혼 이야기가 아버지의 훌륭한 성품을 고스란히 증명하는 까닭에 짚고 넘어가지 않을 수 없다. 절친한 친구 중에 상인이 하나 있었다. 무수한 고생 끝에 화려하고 번창하던 사업가의 신분에서 빈곤으로 전락해버린 이였다. 보포르라는 자로 자존심이 세고 융통성이 없어서, 자신이 호령하던 그 나라에서 빈곤하고 모두에게 잊힌 처지로 전락해버린 것을 차마 견딜 수가 없었다. 그리하여 마지막 남은 재산으로 명예를 지키며 빚을 청산한 그는 하나뿐인 딸과 함께 루체른이란 곳으로 도망쳐 명성도, 부유함도 없는 고달픈 삶을 살았다. 아버지는 보포르를 진정한 친구로 여겼고, 불운의 연속으로 나락에 빠져버린 친구의 상황을 진심으로 안타까워했다.

친구를 되찾고 싶어 했던 아버지는 결국 그를 찾아내 당신의 신용과 후원을 바탕으로 다시 세상에 나갈 수 있도록 친구를 설득하기로 마음먹었다.

보포르는 상당한 노력을 기울여 종적을 감추었다. 그런 이유로 아버지가 친구를 찾는 데에만 꼬박 열 달이 걸렸다. 친구의 행적을 찾았다는 기쁨에 아버지는 한달음에 그 집으로 달려갔다. 로이스 강 인근 누추하기 짝이 없는 거리에 위치한 집이었다. 그러나 그의 집에 다다른 아버지가 발견한 건 절망과 고통뿐이었다. 몰락을 거듭하던 중 간신히 빼돌린 현금은 지극히 적었다. 보포르는 그 돈으로 몇 달간은 생계를 유지할 수 있을 거라고 믿었다. 그 사이 괜찮은 상단에 일자리를 얻을 수 있으리라 예상했던 것이다. 그러나 일자리를 얻기란 쉽지 않았고 아까운 시간만 덧없이 흘렀다. 홀로 생각할 시간이 많아지면 많아질수록 그의 마음속의 울분이 점점 커져갔다. 끝내 몸져눕고 만 보포르는 석 달 후엔 아예 자리를 보전하고 꼼짝도 못 하는 신세가 되고 말았다.

보포르의 딸은 지극정성으로 아버지를 살폈지만 그녀 역시 얼마 되지 않는 돈이 점점 바닥나는 걸 두 눈으로 확인하며 절망했다. 다른 곳에서 후원을 받을 수 있는 가능성도 없었다. 하지만 캐롤라인 보포르는 대단히 강인한 여성이었다. 곤경에 처할수록 그녀는 용기를 내고 일부러 기운을 차렸다. 짚을 꼬아 돈을 벌며 미천한 일도 마다하지 않았다. 온갖 일을 해서 어떻게든 돈을 벌었다. 생계를 지탱하기엔 턱없이 부족했지만.

이렇게 몇 달이 또 흘렀다. 그 사이 그녀의 아버지의 상태는 점점 위중해졌다. 캐롤라인의 시간은 대부분 부친의 간호에만 집중되었다. 생계를 꾸려나가는 게 점점 더 막막해졌다. 그렇게 열 달이 흐르고 마침내 보포르가 딸의 품에서 숨을 거두었다. 하나뿐인 딸을 고아이자 가난뱅이로 만든 후였다. 그녀에게는 마지막 일격인 셈이었다. 캐롤라인은 아버지의 관 앞에 무릎을 꿇고 서럽게 울고 있었다. 그리고 그때, 아버지가 방 안으로 들어섰다. 이 불쌍한 여인에게 아버지는 수호천사나 다름없었다. 아가씨는 순순히 아버지에게 의지했다. 친구를 묻어주고 아버지는 이 여인을 제네바로 데려와 친척에게 맡겼다. 그리고 이 년 후, 캐롤라인을 아내로 맞이했다.

남편이자 부모가 된 아버지는 새로운 삶을 살려면 수많은 시간이 필요하다는 걸 알게 됐고 업무를 줄이고 자녀들의 교육에 매진하기로 다짐했다. 나는 그중 첫째로 아버지의 계급과 공직을 이어받아야 했다. 부모님은 그 어떤 부모보다도 다정하신 분들이었다. 나를 건강하게 키우고자 한없이 정성을 쏟았다. 동생과 터울이 많이 져서 내가 꽤 오랫동안 외아들이었던 까닭도 있었다. 그러나 우선은, 내가 네 살이었던 해의 이야기부터 하고자 한다.

아버지에게는 너무도 아끼는 여동생이 있었다. 이른 나이에 이탈리아 신사와 결혼한 그녀는 곧 남편을 따라 떠났고, 그 후로 몇 년간 아버지와 고모님은 연락이 소원할 수밖에 없었다. 내가 말하는 네 살이 되던 해, 고모님이 돌아가셨다는 연락을 받았다. 몇 달 후, 고모부였던 이는 아버지에게 연락해 이탈리아 숙녀와 재혼을 하고 싶다며 두 사람 사이에 유일했던 자녀, 갓난쟁이 엘리자베스를 맡아달라고 청했다.

"형님께서 그 아이를 친딸처럼 거두시고 교육까지 시켜주셨으면 합니다. 아이 엄마의 재산은 모두 딸에게 넘겼습니다. 그 문서는 형님께서 보관해주세요. 조카가 외숙부와 새어머니 중 누구의 손에 자라는 게 나을지 결정하시고 알려주시기 바랍니다."

아버지는 망설이지도 않고 곧장 이탈리아로 가서 엘리자베스를 데리고 집으로 돌아왔다. 어머니는 종종 말씀하셨다. 지금껏 본 아기 중에 가장 예쁜 아기였다고 말이다. 그때부터 벌써 성격이 온화하고 다정했다고. 그런 이유로, 그리고 가족의 연을 더욱 탄탄하게 조이고자 하는 소망으로 어머니는 엘리자베스를 내 신붓감으로 일찌감치 정해두셨다. 어떻게 보더라도 후회 없는 선택이었다.

이때부터 엘리자베스 라벤차는 내 소꿉친구가, 그리고 조금 더 자라면서는 진정한 친구가 되었다. 유순하고 성격이 온화하면서도 마치 한여름을 즐기는 곤충처럼 활달하고 발랄했다. 생기 넘치고 사랑스러운 아이였지만 은근히 내면은 강인하고 깊었으며 남들보다 유독 다정했다. 그녀는 누구보다 자유를 만끽하면서도 제약이나 변덕스러운 상황에서는 품위 있고 유연했다. 상상력이 풍부했고 응용력도 남달랐다. 외모 역시 성격을 그대로 보여주었다. 밤색 눈은 새처럼 생기발랄하면서도 매혹적이고 부드러웠다. 가볍고 호리호리한 몸매에도 세상의 모든 노곤함을 다 짊어지고 갈 수 있을 것만 같은 강인함을 가졌으나 겉으로 보기에는 세상에 다시없을 연약한 존재 같았다. 나는 그녀의 지성과 상상력을 높이 사면서도 동시에 아끼는 애완동물을 살피듯 보살폈다. 몸과 마음이 그녀처럼 꾸밈없고 우아한 사람은 지금까지도 본 적이 없다. 누구나 엘리자베스를 사랑했다. 우리에게 부탁할 일이 있으면 하인들은 그녀부터 찾아 청했다. 우리는 사이가 멀어지거나 다툰 적도 없었다. 성격은 정말 달랐지만 바로 그 괴리에서 조화를 이루었다. 나는 그녀보다 훨씬 사색적이었고 차분했지만 성품이 유순한 편은 아니었다.

그녀보다 인내력이 월등히 높았고 무언가에 몰입하는 게 힘들지 않았다. 나는 현실에 관련된 학문을 탐구하는 게 즐거웠다. 반면 그녀는 시인들의 비현실적인 창조물에 몰두했다. 내게 세상은 밝혀낼 것이 많은 비밀스러운 곳이었고 그녀에게 세상은 자기만의 상상력으로 채워 나가야 할 텅 빈 여백 같은 곳이었다.

남동생들은 나보다 한참 어렸지만 가까이 지내는 친구가 있어서 빈자리를 채울 수 있었다. 앙리 클레르발은 제네바의 한 상인 가문 출신으로 그의 아버지와 내 아버지는 막역한 친구 사이였다. 특출한 재능과 상상력을 가진 소년으로 우리가 아홉 살이던 시절이 생각난다. 그 나이에 이미 자기만의 재미있는 동화를 써서 주변 사람들을 놀라게 만들었다. 앙리는 기사도와 중세 로맨스 소설을 좋아했다. 어린 시절부터 우리는 앙리가 재창작한 희곡을 직접 연극하며 놀았다. 아리오스토의 영웅 서사시 주인공 '오를란도', '로빈 후드', 15세기 기사소설 『아마디스 데 가울라』의 주인공 '아마디스' 그리고 영국의 성 조지 따위가 주요 등장인물이었다.

나보다 행복한 유년시절을 보낸 사람이 과연 있을까. 부모님은 늘 너그러웠고, 친구들은 사랑스러웠다. 공부를 하라고 강요받은 적도 없었다. 우리는 그저 눈앞에 이루고 싶은 목표가 있어서 열심히 공부했다. 경쟁심 때문이 아니라 자발적인 의지였다. 엘리자베스는 친구들보다 뛰어나려고 그림을 공부한 게 아니라 그저 제일 좋아하는 풍경을 직접 그려 내 어머니를 기쁘게 해드리고 싶은 마음으로 노력했다. 우리는 라틴어와 영어로 된 글을 읽기 위해 라틴어와 영어를 배웠다. 벌을 받으며 한 공부가 아니었기 때문에, 공부를 끔찍이 싫어하기는커녕 도리어 즐겁게 배웠다. 우리의 즐거움이 다른 아이들에게는 힘듦이었을지도 모르겠다. 어쩌면 우리가 평범하게 공부하던 학생들보다 더 많은 책을 읽거나 빨리 배우지는 못 했을지도 모르지만, 그래도 한 번 배운 건 영원히 머릿속에 새길 수 있었다.

우리 가족을 설명하며 앙리를 빼놓을 순 없다. 앙리는 늘 우리 곁에 있었다. 나와 함께 학교에 가고 별다른 일이 없으면 방과후엔 우리 집에서 놀았다. 가뜩이나 외동아들인 데다가 집에는 함께 놀 친구가 없었기에, 앙리의 아버지도 우리가 함께 어울리는 것을 매우 흡족해하셨다. 우리도 앙리가 있어야 완벽히 행복해졌다.

어린 시절을 떠올리면 늘 기쁨을 느낀다. 불운이 마음을 더럽히고, 이 세상에 도움이 되는 사람이 되고 싶다던 어린 날의 눈부신 꿈이 우울하고 편협한 생각으로 바뀌기 전이었으므로. 그러나 어린 시절을 하나씩 그리면서면 훗날 나를 불행으로 이끌기 시작한 사건들을 깡그리

무시할 수는 없는 노릇이다. 훗날 내 운명을 좌우한 그 생각이 마치 산을 따라 흐르는 냇물처럼 아무도 모르던 곳에서 샘솟기 시작해 나를 바꿔놓았다. 그리고 냇물은 점점 불어나 급류가 되어 희망과 기쁨을 앗아갔다.

자연철학은 내 운명을 갈랐다. 그러므로 내가 어떻게 자연철학에 빠지게 되었는지에 대한 이야기부터 해보고자 한다. 열세 살이던 해에 우리는 다같이 토농 근처의 한 온천으로 휴가를 떠났다. 그런데 갑자기 날이 흐려지는 바람에 하루 종일 여관에 발이 묶여버렸다. 숙소에서 나는 우연히 코르넬리우스 아그립파*의 전집을 발견했다. 처음 책장을 열었을 땐 별다른 감흥이 없었다. 하지만 그가 주장하던 이론이, 그가 증명하고자 했던 놀라운 사실들이 곧 흥미로워지기 시작했다. 마치 흐릿하던 정신에 새로운 빛이 여명처럼 드리우는 것만 같았다. 환희에 들뜬 나머지 아버지에게 달려가 내가 무엇을 발견했는지 떠들었다. 아버지는 책 표지를 대충 훑고는 이렇게 말씀하셨다.

"아, 코르넬리우스 아그립파! 빅터, 이런 쓰레기 같은 책을 읽는 데 시간을 낭비하지 마려무나."

만약 아버지가 이런 반응 대신, 조금 귀찮더라도 아그

* 코르넬리우스 아그립파(1486~1535): 독일의 저명한 신학자, 연금술사.

립파의 이론이 모두 타파되었고, 현대과학 체계가 이미 도입되었다고, 그리고 고대과학은 말도 안 되는 소리가 대부분이고 현대과학이 보다 현실적이고 실용적이기 때문에 더욱 강한 영향력을 미친다는 자세한 설명을 해주었더라면. 그랬더라면 나는 아마 아그립파 전집을 던져버리고 달뜬 마음에 상상력을 총동원하여 현대과학을 바탕으로 하는 이성적인 화학이론에 몰두했을 것이다. 그랬더라면 나를 파멸로 이끈 그 치명적인 충동의 생각들도 꼬리를 물지 않았을지 모른다. 하지만 아버지의 무성의하고 깔보는 시선 속에는 도무지 그 책의 내용을 정확히 파악하고 있다는 느낌이 없었다. 결국 나는 계속해서 엄청난 열의로 단숨에 책을 독파하기 시작했다.

집으로 돌아온 다음 다른 것들을 전부 뒤로 한 채 아그립파의 전작을 찾아보았다. 그다음으로는 파라켈수스* 와 알베르투스 마그누스**의 책까지 구해서 읽었다. 나는 이 학자들의 놀라운 상상력을 즐겁게 읽고 연구했다. 마치 나 말고는 아는 사람이 거의 없는 나만의 보물섬 같았다. 가끔은 이런 비밀스러운 지식을 아버지하고 나누고 싶기도 했지만, 내가 좋아하는 아그립파를 비난하던 모습이 떠올라 그만두곤 했다. 대신 비밀을 지켜야 한다

* 파라켈수스(1493~1541): 스위스 출신 의사, 연금술사.

** 알베르투스 마그누스: 13세기 독일 스콜라 철학자.

는 약속을 받아내고 나서야 엘리자베스에게 털어놓았다. 하지만 그녀는 이런 주제엔 별다른 관심이 없었고, 결국 혼자 공부를 계속할 수밖에 없었다.

18세기에 이르러서 알베르투스 마그누스의 철학을 따르는 학생이 있다는 게 꽤 이상한 일일수도 있다. 하지만 우리 가문은 과학과는 거리가 멀었고 제네바의 학교에서는 그 어떤 강의도 들어본 적이 없었다. 덕분에 내 꿈은 현실의 방해에서 벗어날 수 있었다. 엄청난 끈기와 근면함으로 중세 연금술사들이 주장하던 현자의 돌이나 불멸의 영약 등을 공부하였고 나중엔 영약에만 푹 빠져들었다. 돈은 내겐 부차적인 목표일 뿐, 발견에 따르는 영광이 훨씬 중요했다. 인간의 육신에서 병을 몰아내고 갑작스러운 죽음으로부터 영원히 벗어날 수만 있다면 그보다 중요한 게 무엇일까!

불멸의 영약 말고도 다른 꿈이 있었다. 내가 좋아하던 학자들은 하나같이 유령이나 악마를 불러낼 수 있다고 했다. 그래서 정말 최선을 다해 공부하고 실험했다. 물론 결과는 매번 실패였지만 능숙하지 못해 실수가 있었을 뿐이라며 나를 탓했지, 절대 나의 철학자들의 기술이나 진정성을 의심하지 않았다.

매일 눈앞에서 일어나는 자연현상도 놓치지 않고 공부했다. 증류나 증기의 놀라운 효과, 내가 좋아하던 철학자들은 알지 못했던 현상들이 놀라웠다. 무엇보다도 종종 방문했던 한 신사의 진공상태를 만드는 기계인 에어펌프 실험은 정말이지 놀라움 그 자체였다.

더불어 몇 가지 논점에 대한 고대 철학자들의 무능함이 내 맹목적이던 믿음을 약하게 만들었다. 하지만 무언가 다른 이론이 내 마음속 학문을 대체하기 전까지는 완전히 버릴 수만은 없는 노릇이었다.

열다섯 살이 되던 무렵, 우리 가족은 벨히브 근처로 이사를 가서 살고 있었다. 어느 날 무시무시하고 난폭한 폭풍우를 목격하게 된다. 폭풍우는 쥐라 산맥 너머에서 몰려와 하늘에 끔찍한 굉음을 내는 천둥을 이곳저곳 터트렸다. 호기심과 환희에 가득 차 폭풍우를 관찰했다. 문간에 서 있던 나는 우리 집에서 약 20미터 정도 떨어져 있던 아리따운 참나무 고목에 불길이 치솟는 광경을 목격했다. 눈부신 빛이 순식간에 사라지자 나무는 온데간데없어지고 그 자리엔 까맣게 타버린 그루터기만 남아 있었다. 다음 날 아침 찾아간 나무는 굉장히 기이한 모습으로 불타 있었다. 충격을 받아 조각난 게 아니라 완전히 쪼그라져 가느다란 줄기 모양만 남아 있던 것이다. 이토록 철저하게 파괴된 것은 일찍이 본 적이 없었다.

고목의 모습이 너무도 경악스러웠던지라, 아버지에게 달려가 천둥과 번개의 성격과 원리를 조목조목 따져

보았다. 아버지는 '전기' 때문이라고 했다. 그리고 전기의 힘과 다양한 효과를 설명해주었다. 작은 전기 기계를 만들어 몇 가지 실험도 보여주셨다. 철사와 끈으로 만든 연을 하늘에 띄워 구름에서 전기를 이끌어내기도 했다.

이 마지막 일격이 내 상상력의 근원이었던 코르넬리우스 아그립파와 알베르투스 마그누스 그리고 파라켈수스의 왕국을 완전히 무너뜨렸다. 하지만 무엇 때문인지 현대과학을 공부하고 싶다는 마음은 들지 않았다. 그리고 그건 다음의 일화 때문일 가능성이 컸다.

아버지는 자연과학 강의를 들어보는 게 좋겠다고 추천하셨다. 나도 흔쾌히 동의했다. 하지만 당시 어떤 사건으로 인해 학기 막바지에 이르러서야 강의에 출석할 수 있었다. 강의의 후반부에 들어가니 내용을 하나도 이해할 수 없었다. 교수는 내가 모르는 칼륨이나 붕소, 황산염과 산화효소 등에 대해 떠들었고 나는 용어의 뜻조차 파악할 수 없었다. 그런 이유로 자연철학이라는 학문이 싫어졌다. 물론 로마의 정치가이자 박물학자인 플리니우스나 프랑스의 수학자 뷔퐁의 저서는 즐겁게 읽었다. 내게 그들은 재미와 실용적인 측면에서 두 마리 토끼를 다 잡은 자들이었다.

이 시기 나의 주된 관심사는 수학과 그에 연관된 학문들이었다. 외국어 공부에도 매진했다. 라틴어는 이미 능숙했고 그리스어의 경우에도 쉽게 쓰인 책은 사전 없이 줄줄 읽을 수 있었다. 영어와 독일어는 완벽했다. 열일곱이 되던 해에 성취한 것들이었으니 얼마나 오랜 시간을 다양한 글과 언어를 읽고 배우는 데에 쏟아부었는지 짐작할 수 있을 것이다.

나는 동생들도 가르쳐야 했다. 두 동생의 가정교사가 된 것이다. 여섯 살이 어린 에르네스트를 주로 맡았다. 에르네스트는 아기 때부터 유독 몸이 약해 엘리자베스와 내가 꾸준히 병간호를 해왔다. 온순한 아이였지만 어려운 공부는 감당하지 못했다. 가족의 막내인 윌리엄은 아직 유아였고 세상에서 가장 예쁜 아기였다. 초롱초롱한 푸른 눈에 귀여운 보조개, 넘치는 애교까지 다들 그 아이를 사랑할 수밖에 없었다.

우리 가족이었다. 근심과 고통이라곤 한 자락도 없는 집안이었다. 아버지는 공부를 직접 가르쳐주셨고 어머니는 우리와 늘 즐거움을 나누셨다. 남과 나를 비교해 우월함을 느끼지도 않았고 엄한 어조로 지시를 하거나 명령을 하는 일도 우리 집에선 절대 없을 일이었다. 서로를 사랑하는 마음만으로 가득해서, 상대방의 작은 바람도 늘 기꺼이 들어주는 사이였다.

02

열일곱이 되던 해에 부모님은 나를 독일의 잉골슈타트 대학교로 보내고자 하셨다. 그때까지만 해도 제네바에서 학교를 다니고 있었지만, 아버지는 공부를 제대로 끝마치기 위해서는 다른 나라의 관습을 익힐 필요가 있다고 하셨다. 출국 날짜가 금방 정해졌다. 하지만 그날이 오기도 전에 내 인생의 첫 번째 불행이 닥쳐왔다. 앞으로 다가올 불행을 예고하는 전조였다.

엘리자베스가 성홍열에 걸린 것이다. 병이 심각하지는 않아 금세 호전되고 있었다. 격리되어 치료를 받는 사이 가족들 사이에 무수한 언쟁이 오고 갔다. 어머니가 아직 전염의 위험이 있는 엘리자베스를 간호하는 일을 말리기 위함이었다. 처음엔 어머니도 우리의 뜻을 따르셨다. 그러나 가장 아끼는 아이의 병세가 호전되고 있다는 사실을 알게 된 어머니는 결국 참지 못하고 그녀의 방에 들어가셨다. 대수롭게 여기지 않았던 행동의 결과는 참혹했다. 셋째 날, 결국 어머니가 병석에 눕고 말았다. 열병은 지독했고 어머니를 진단한 의사들의 표정은 하나같이 최악을 예고했다. 어머니는 임종을 앞두고도 강인함과 너그러움을 잃지 않으셨다. 나와 엘리자베스의 손을 맞잡은 어머니가 말씀하셨다.

"내 아기들. 너희의 행복을 위해 너희의 결혼을 굳게 바랐단다. 이젠 너희 두 사람이 아버지의 위안이 되어드리렴. 엘리자베스, 사랑하는 내 아가. 이젠 네가 나를 대신해 동생들을 돌봐주어야 해. 아! 너희 곁을 떠난다니 너무도 안타깝구나. 나처럼 행복하고 커다란 사랑을 받은 사람이 모두와 헤어져야 하니 어찌 발걸음이 가볍겠냐마는. 이런 생각은 나와 어울리지 않지. 반항 없이 기꺼운 마음으로 죽음을 받아들일 거란다. 그리고 다음 세상에서 너희를 만나리라는 소망을 품은 채 기다리마."

어머니는 조용히 숨을 거두셨다. 돌아가시던 순간에도 안색엔 애정이 머물러 있었다. 그 어떤 것을 주어도 보상이 될 수 없는 끔찍한 불행이었다. 세상에서 가장 사랑하는 이를 잃은 우리의 심정, 영혼에 드리운 공허함, 모두의 얼굴에 떠오른 절망감을 굳이 묘사하지 않아도 알 수 있으리라. 날마다 마주하며 우리의 일부였던 어머니가 영원히 돌아올 수 없는 곳으로 떠나버렸다는 사실을 받아들이기까지는 참 오랜 시간이 필요했다. 사랑하던 눈빛은 영원히 빛을 잃었고 그토록 친밀하던 목소리를 영영 듣지 못하게 되었다는 사실을 받아들이는 것마저도. 이런 것들이 어머니를 여의던 날 든 생각이다. 하지만 시간이 흐르고 죽음이라는 실체의 참담한 현실을 피부로 느끼는 순간 진정한 슬픔이 시작된다. 죽음이라는 무자비한 손길에 사랑하는 이를 잃어본 적 있는 사람이 나 하나뿐일까. 그러므로 내가 어떤 슬픔을 겪었는지, 굳이 설명하지 않아도 되지 않을까. 시간이 흐르면 슬픔은 꼭 느껴야 할 의무라기보다 이따금 떠오르는 추억이 된다. 죄책감이 들 때도 있지만 결국 입가에 웃음기가 어리기도 한다. 어머니는 돌아가셨지만 우리에겐 여전히 살아가야 할 날들이 있었다. 남은 사람들과 함께 일상을 살아가며 죽음에게 목덜미를 잡히지 않았으니 그나마 우리는 행운이라고, 그렇게 생각하는 법을 터득하는 것이다.

미루고 미루던 잉골슈타트로 떠나는 날짜가 다시 잡혔다. 아버지에게 몇 주간의 유예를 허락받은 후였다. 얻어낸 몇 주는 슬픔 속에 지나갔다. 어머니의 황망한 죽음과 이르게 다가온 출발 날짜로 모두의 마음은 더없이 울적했다. 하지만 엘리자베스는 명랑한 기운을 북돋우려 무던히 애를 썼다. 어머니가 돌아가신 후로 마음을 굳게 먹고 늘 활기를 유지하고자 애썼다. 매사에 빈틈없이 할 일을 해치우려는 듯했다. 그녀에게 가장 급한 일은 아버지와 남은 동생들을 돌보는 일이었다. 그녀는 나를 위로하고 아버지를 즐겁게 해드리고 동생들도 가르쳤다. 그런 그녀가 어느 때보다도 매력적으로 보였다. 다른 이들의 행복을 위해 부단히 애를 쓰느라 정작 자기 자신은 돌보지 않는 모습이 눈부시게 아름다워 보였다.

마침내 출국일이 다가왔다. 클레르발을 제외한 모든 친구들에게 인사를 했다. 앙리와는 전날 밤을 함께 보냈다. 그는 함께 떠날 수 없는 신세를 한탄했다. 앙리의 아버지는 아무리 설득해도 고집을 꺾지 않으셨다. 하나뿐인 아들을 그렇게 멀리 보낼 수는 없다는 게 이유였다. 평범하게 살며 상인이 되는 데 굳이 학문은 불필요하다는 사람이었다. 아들을 사업의 후계자로 삼겠다는 뜻이었고, 앙리 역시 나태한 사람은 아니었으므로 아버지의 사업을 도울 생각이었지만, 훌륭한 상인이라고 해서 교양과 학식을 겸비하지 않을 이유는 없다고 믿었다.

우리는 밤이 늦도록 잠을 이루지 못한 채 앙리의 불평에 귀를 기울이고 미래를 기약하며 여러 가지 약속을 잔뜩 맺었다. 다음 날 아침 일찍 길을 나섰다. 엘리자베스는 눈물을 한없이 쏟아냈다. 내가 떠나는 게 슬프기도 했지만, 마음 한편으로는 어머니가 살아계시던 석 달 전, 축복을 받으며 떠났어야 했다는 생각 때문이었다.

멀리 떠나는 이륜마차에 몸을 실은 나는 더할 나위 없이 우울한 상념에 빠져들었다. 끊임없이 서로를 위하며 서로의 행복을 바라던 가족들의 품에서 벗어나 혼자가 되어버렸다. 이제 곧 도착할 대학에서는 나 혼자 알아서 친구들을 사귀고 스스로를 돌봐야 했다. 지금까지의 내 삶은 가족이라는 테두리 안에 머물러 있었다. 그러다 보니 낯선 환경이 유독 두려웠다. 나는 동생들과 엘리자베스 그리고 앙리를 사랑했다. 그들이 나에겐 '친숙하고 반가운' 사람들이었다. 낯선 사람들과는 도무지 어울릴 수 없을 것만 같았다. 여정이 시작될 때만 해도 이런 생각들이 가득했다. 하지만 독일에 가까워질수록 차츰 기운도 오르고 희망도 생겼다. 나는 지식을 열망했다. 고향에 있을 때는 종종 젊은 시절을 이렇게 한 지역에서만 보낼 수는 없다고도 생각했다. 세상에 뛰어들어 사람들 사이에서 나라는 사람을 선보이고 싶었다. 이제 내 열망이 현실이 될 참인데 회한에 젖어 있는 건 바보 같은 짓이었다.

잉골슈타트로 가는 길목 내내 이런저런 생각을 할 시간은 충분했다. 길고 피곤한 여행이었다. 마침내 도시의 높고 하얀 첨탑이 눈앞에 나타났다. 마차에서 내려 혼자 살게 될 집으로 안내를 받아 들어갔다. 저녁 시간은 하고 싶은 것을 하며 보냈다.

이튿날 아침, 소개서를 들고 교수들을 방문했다. 그중 한 사람이 자연철학의 크렘페 교수다. 그는 예의 갖추어 나를 맞이하고 자연철학과 관련하여 내가 어디까지 알고 있는지를 알아보기 위해 몇 가지 질문을 건넸다. 긴장감에 떨면서 교수가 질문한 주제에 관해 내가 읽은 몇 안 되는 철학자의 이름을 주절거렸다. 교수는 나를 물끄러미 보며 이렇게 물었다.

"자네, 정말 그런 말도 안 되는 허접쓰레기를 공부하는 데 시간을 쏟았단 말인가?"

나는 그렇다고 대답했다. 크렘페 교수는 다정한 투로 대꾸했다.

"자네가 그 책을 읽느라 쓴 일분일초 전부가 다 낭비였을 뿐이야. 이미 반박당한 체계와 쓸모없는 이름들을 기억하느라 머리를 썼단 말이야. 이런 세상에! 대체 어느 시골 촌구석에 살았길래 자네가 그토록 게걸스럽게 탐한 망상이 수천 년 전의 것이며 그만큼 썩어 문드러질 대로 문드러진 잡지식이라는 걸 아무도 알려주지 않았단 말이야? 이런 계몽과 과학의 시대에 마그누스와 파라켈수스의 신봉자를 만날 줄은 꿈에도 몰랐구먼. 자네는 아무래도 공부를 처음부터 새로 시작해야겠어."

이렇게 말하며 읽어봐야 할 자연철학의 도서목록을 적어주었다. 그리고 다음 주 초부터 자연철학 개론 수업이 시작되고, 자신이 강의를 하지 않는 날이면 동료 교수인 발트만이 화학 강의를 할 예정이라고 알려주었다.

집으로 돌아왔다. 실망은 하지 않았다. 나 역시 교수님의 말처럼 오래전부터 고대 철학자들의 이론은 의미가 없다고 여겼던 까닭이다. 하지만 그가 추천한 책들을 읽어보는 것도 썩 내키지는 않았다. 크렘페 교수는 목소리가 허스키하고 땅딸막한 외모였다. 영 호감이 가는 인물이 아니었다는 뜻이다. 그래서 애초부터 그가 연구하는 분야에도 호감이 가질 않았다. 게다가 그 당시 나는 현대 자연철학을 약간 깔보고 있었다. 예전 과학의 대가들이 불멸이나 힘을 얻고자 하던 것과는 결이 매우 달랐다. 과거의 이론이 백해무익하다 해도 최소한 꿈은 원대했다. 하지만 과학계는 바뀐 지 오래였다. 애초에 내가 원하고 관심을 가졌던 원대한 꿈 따위는 사라지고 오히려 학자들의 야망이 점점 협소해졌다는 느낌이 들었다. 효능이 없어도 거대하고 무한한 것을 꿈꾸던 과거가 별 가치도 없는 현실에 타협하여 받아들이기를 강요하는 기분이었다.

이것이 홀로 이틀에서 사흘 정도를 보내며 내린 결론이었다. 하지만 한 주가 바뀌자 크렘페 교수가 강의에 대해 설명했던 것들이 생각났다. 그 거만한 난쟁이가 교단에 서서 내뱉을 강의가 궁금했던 게 아니라 도시를 떠나 여행을 갔다던 발트만 교수가 기억난 것이다.

절반은 호기심으로, 또 절반은 그저 하릴없이 시간이나 때울 목적으로 강의실에 갔다. 얼마 지나지 않아 발트만 교수가 강의실로 들어섰다. 그는 크렘페와는 정반대였다. 쉰 살쯤 되어 보이는 그는 한없이 다정다감한 인상에 관자놀이를 덮고 있는 희끗한 몇 가닥만 빼면 거의 흑

발이었다. 키는 크지 않았지만 자세가 놀랍도록 반듯했다. 목소리 역시 지금까지 들어본 목소리 중에 가장 나긋했다. 그는 곧 화학사를 요약하고 가장 뛰어났던 학자들의 이름을 또박또박 열정을 담아 나열하며 그들의 업적을 되짚어보기 시작했다. 그리고 요즘 과학의 현상에 대한 간단한 소견을 덧붙이며 많은 기초 용어들을 설명해 나갔다. 몇 가지 예비 실험을 마친 그가 현대화학에 대한 칭찬으로 강의를 마쳤다. 그가 마지막으로 남긴 말을 아마 나는 영원히 잊지 못하리라.

"고대의 과학자들은 불가능함을 약속해놓고 아무것도 해내지 못했습니다. 하지만 현대의 과학자들은 아무것도 약속하지 않지요. 이들은 금속을 금으로 바꿀 수 없다는 것도 알고, 불멸의 영약이라는 건 만들 수 없다는 것도 압니다. 그러나 기껏해야 손으로 흙을 만지고 두 눈은 현미경이나 도가니만 들여다보는 것 같아도 기적을 일구고 있습니다. 이들은 자연 속에 숨은 면면을 꿰뚫고, 자연이 어떻게 돌아가는지를 밝혀냅니다. 이들은 저 하늘 위로 날아오릅니다. 그리고 혈액이 어떻게 순환하는지, 우리가 마시고 내쉬는 공기의 본질이 무엇인지를 발견해냈습니다. 이렇게 새롭고 무한한 힘을 두 손에 쥔 겁니다. 천둥을 조종하고 지진과 유사한 현상을 만들어낼 수 있으며 심지어 어둠에 가려 우리 눈에 보이지 않는 세계까지 흉내 낼 수 있게 되었습니다."

발트만 교수의 강의를 다 듣고 난 나는 퍽 기쁜 마음으로 강의실을 나섰고, 그날 저녁 바로 그를 찾아갔다. 사석에서 본 그는 강의실에서보다 훨씬 더 부드럽고 매력적이었다. 강의실에서의 위엄은 사라지고 더할 나위 없이 상냥하고 친절했다. 보잘것없던 내 이야기를 주의 깊게 들었을 뿐 아니라 코르넬리우스 아그립파와 파라켈수스의 이름이 나오자 씩 미소를 짓기도 했다. 하지만 크렘페 교수가 드러내던 경멸조는 아니었다. 그는 이렇게 말했다.

"현대 자연철학자들은 바로 그들의 지치지 않던 열정에 지식의 기초를 빚진 셈이라네. 그들은 우리에게 비교적 쉬운 연구만 남겨주었네. 우리에게는 상당 부분 밝혀진 사실에 새로운 명칭을 부여하고 연관성을 찾아내 분류하며 정렬하는 일 정도만 남은 셈이야. 천재들의 노력으로 말미암아 비록 그것이 쓸모없는 일이 되었다고 해도 결국 인류에게는 아주 공고하게 다져진 편의가 되었다는 뜻이라네."

그의 말에 가만히 귀를 기울였다. 발트만 교수에게는 꾸밈이나 가식이 없었다. 그의 강의 덕분에 현대화학자들에 대한 편견이 사라졌다고 털어놓았다. 그리고 동시에 읽어볼 만한 책이 있는지 추천을 부탁했다.

"제자가 생겨서 기쁘군. 자네가 가진 능력을 발휘하여 공부한다면 큰 성과를 내리라 확신하네. 자연철학 중에서도 특히 화학은 눈부신 성장을 거듭하고 있어. 앞으로의 미래도 창창하지. 그런 이유로 나도 이 분야를 전공했지. 그렇다고 해서 다른 분야의 공부를 소홀히 한 건 아니었다네. 화학만 파고들고 다른 분야를 소홀히 하면 한심한 화학자가 될 뿐이야. 단순한 실험주의자가 아닌 진정한 과학자가 되고 싶다면, 수학을 포함해서 자연철학의 모든 분야를 섭렵하라고 추천하고 싶구먼."

교수는 나를 자신의 실험실로 데려가 여러 가지 기구의 사용법을 설명해주었다. 그리고 내가 알아야 할 것들을 말해준 다음 공부를 충분히 해서 기구를 망가뜨리지 않을 때가 오면 자기 실험도구를 빌려주겠노라 약속했다. 부탁한 추천도서도 몇 권 알려주었다. 나는 인사를 하고 연구실을 나왔다.

이렇게 잊을 수 없는 하루가 끝난 셈이었다. 그리고 그 하루가 내 미래를 결정했다.

03

이날 이후로 자연철학, 그중에서도 포괄적 의미의 화학에만 주로 집중했다. 현대과학자들이 저술한 책은 천재적이고 분별력으로 가득해서 정말 열심히 읽었다. 강의를 듣고 대학의 과학자들과도 인맥을 쌓았다. 심지어는 썩 마음에 들지 않던 크렘페 교수에게서도 괜찮은 지식과 쓸모 있는 정보를 얻어냈다. 혐오스러운 외모와 언변은 마음에 들지 않았지만 그렇다고 해서 그가 가진 정보의 가치가 떨어지는 것은 아니었다. 발트만 교수와는 진정한 친구가 되었다. 온건한 그의 성품엔 독단적인 면모가 없었다. 그의 가르침은 늘 솔직했고 오만하게 젠체하는 모습은 전혀 발견할 수 없었다. 그가 가르치는 자연철학이라는 분야에 마음이 끌렸던 건 어쩌면 과학에 대한 본질적인 집념이라기보다 이분이 가진 성격 때문이었을지도 모르겠다.

그렇게 지식에 대한 첫 발걸음을 떼고 나자 진정으로 자연철학에 마음이 갔다. 온전히 연구에만 몰입하게 되면서 점점 과학 자체의 매력에 푹 빠져들었다. 처음에는 의무감이고 결심의 문제였던 것이 어느덧 열정과 탐구욕으로 바뀌었고, 실험실에서 연구에 몰두하며 밤을 지새우고 아침 햇살을 보는 일도 허다해졌다.

그토록 열심히 공부를 했으니 실력도 급속도로 발전할 수밖에 없었다. 내 열정은 학생들 사이에서도 대단하기로 입소문이 났고, 연구의 깊이에 교수들도 놀라움을 금치 못했다. 크렘페 교수는 비식거리며 코르넬리우스 아그립파는 잘 지내냐는 농담을 던지곤 했다. 반면 발트만 교수는 내 발전에 진심으로 기뻐했다. 이런 식으로 대학생활의 이 년이 흘러갔다. 그 사이 제네바를 한 번도 찾지 않았으며 온전히 내가 염원하던 것들을 이루고자 몸과 마음을 바쳤다. 경험한 사람이 아니라면 과학의 매력을 상상조차 할 수 없을 것이다. 다른 분야의 학문에서는 이전의 연구자들이 도달한 곳 이상은 가지 못한다. 더 이상 알아야 할 것이 없으므로. 하지만 과학은 늘 발견하고 연구해야 할 것들이 넘쳐난다. 어느 정도 능력을 갖추고 나면 한 가지 학문에 집중하여 예외 없이 그 전공의 최고 전문가가 된다. 나 역시 마찬가지로 한 가지 주제만을 완벽히 터득하고자 노력했고, 그 생각에 사로잡혀 공부한 끝에 괄목할 만한 발전을 이뤄냈다. 이 년이 지날 무렵엔 화학도구를 개선하는 몇 가지 발전을 이루어 대학에서도 이름을 날리고 선망의 대상이 되었다. 이때쯤 나는 잉골슈타트의 교수들에게 배울 이론과 지식을 모두 숙지한 상태였다. 더 이상 이 대학에 머무르는 게 도움이 되지 않겠다는 결론에 이르렀다. 그래서 친구들이 있는 고향으로 돌아갈까 하는 고민을 시작했다. 바로 그 때 한 가지 사건이 벌어졌고, 그 바람에 체류기간이 조금 더 연장됐다.

특별히 내가 관심을 가졌던 분야는 인체, 그리고 생명이 있는 모든 동물의 신체구조였다. '생명은 어디에서 그 원리가 발생하는 것일까?' 나는 그맘때쯤 늘 고심했다. 대담하지만 신의 영역인 주제. 지금까지는 신비로운 하늘의 섭리로만 간주되던 주제였다. 하지만 우리의 연구가 비겁함이나 부주의 때문에 눈앞에서 성공을 놓친 적이 얼마나 많은가! 이런 상황을 여러 번 마음속으로 되짚어보며 생리학과 관련된 자연철학 분야에 조금 더 집중해보기로 했다. 나를 끌고 가는 힘이 초자연적 열정이었기에 지루하고 견디기 힘든 연구를 해낼 수 있었다. 생명의 원인을 파악하려면 우리는 일단 죽음에게 도움을 받아야 한다. 해부학은 익혔지만 그것만으로는 충분치 않았다. 또한 인간의 신체에서 일어나는 자연적인 부패와 부식을 관찰해야 했다. 아버지는 나를 가르치시면서 어지간한 초자연적 공포에는 놀라지 않을 담대함을 심어주려고 부단히 애를 쓰셨다. 미신 이야기에 무서워하거나 유령을 두려워했던 기억은 없다. 아무리 어두워도 상상력의 발목을 잡지 못했다. 나에게 교회 앞마당의 무덤들은 한때 아름답고 힘이 넘치던 인간이 생명을 빼앗겨 벌레의 먹잇감이 되어버린 육신들이 묻힌 곳에 불과했다. 부패의 원인과 경과를 살펴보려면 결국 며칠을 새워 지하 납골당이나 시체안치소에서 보내는 수밖에 달리 도리가 없었다. 여린 인간이라면 도저히 감당할 수 없는 관찰 대상을 살피는 데 주력했다. 정교하게 짜여 있던 인간의 육신이 어떻게 훼손되고 부패하는지 두 눈으로 관찰했다. 생명으로 발그레하던 두 뺨이 사후엔 어떻게 썩어가는지도 살펴보았다. 눈과 뇌라는 기적의 기관이 벌레에게 잡아먹히는 모습도 보았다. 삶에서 죽음이, 죽음이 다시 삶으로 변화하는 과정에서 나타나는 모든 인과관계를 끈기 있게 살펴보고 분석했다. 그러다가 마침내 어둠의 한가운데에서 밝은 빛이 내 마음에 드리웠다. 찬란하고 경이로운 빛이 동시에 너무도 단순한 이치여서 그 놀라운 가능성에 머리가 어질했다. 한편으로는 놀라웠다. 같은 분야를 연구하던 무수한 천재들 사이에 왜 하필 내가 이토록 놀라운 비밀을 알아내버린 것일까.

허나, 광기에 사로잡힌 인간의 망상을 토로하는 것이 아니다. 태양이 빛나는 것이 사실인 것처럼 내가 지금 확신의 어조로 말하는 이 사건 역시 실제로 일어난 사실이다. 어떤 기적이었는지는 모르지만 발견의 단계는 뚜렷하고 공고했으며 개연성도 있었다. 믿을 수 없을 정도로 지독했던 연구와 피로에 찌든 며칠 밤의 노력 끝에 나는 드디어 생명이 발생하는 과정과 원인을 찾아냈다. 아니 그보다는 무생물에 생명을 불어넣는 능력을 깨우쳤다는 편이 옳겠다.

나도 처음에는 놀랐으나 경악은 곧 기쁨과 환희로 바뀌었다. 고통스럽던 노동으로 그토록 오랜 시간을 보내고 단숨에 오른 욕망의 절정이라니, 수고에 대한 보상으로는 더할 나위 없는 값이었다. 그 자체가 워낙 대단하고 압도적이어서 그간 밟았던 단계는 다 잊고 나는 오로지 결과만 생각하게 되었다. 천지창조 이후 최고의 현자들이 연구하고 소원하던 것을 내 손으로 얻었다. 물론 이 모든 게 한순간에 이루어진 것은 아니다. 내가 깨우친 것은 연구의 목적을 달성하기 위한 방향치에 불과했다. 남에게 보여줄 만한 성과가 아니었다. 마치 죽은 아내와 함께 생매장되었다가 살아나갈 길을 발견한 아라비아의 신드바드와 같았다. 하지만 출구를 안내하는 빛은 희미하고 무기력했다.

친구, 열의와 함께 경외와 희망으로 빛나는 그대의 눈빛을 보니 내가 깨우친 비밀을 털어놓지 않을까 하는 기대를 품는 모양이나, 그건 절대 안 될 말이다. 이야기를 끝까지 들어보면 내가 왜 이 비밀을 함구하는지 단박에 이해할 수 있으리라. 그때의 나처럼 몸을 사리지 않고 열의에 들뜬 그대가 파멸과 불행의 나락으로 떨어질 수도 있으니, 나의 일화를 통해 깨달음을 얻었으면 한다. 배우고 싶지는 않아도 깨달을 수는 있을 것이다. 지식을 얻는다는 것이 얼마나 위험한 일인지, 좁은 세상이 전부인 줄로만 알고 지낸 사람이 본성을 넘어서 한계를 뛰어넘고 위대해지고자 하는 욕망을 품은 자보다 행복한 사람이라는 것도.

이토록 경이로운 힘을 손에 넣었다는 걸 알게 된 후로 나는 그 힘을 어떻게 써야 할지 아주 오랫동안 심사숙고했다. 생명을 불어넣을 힘이 생겼지만 생명을 받을 몸, 그러니까 온갖 복잡한 섬유질이며 근육, 혈관이 모두 갖춰진 몸을 만드는 건 상상을 초월할 정도로 어렵고 품이 많이 들었다. 처음에는 나와 같은 존재를 만들어야 할지, 아니면 조금 더 단순한 생명을 만들어야 할지에 대한 확신도 없었다. 하지만 첫 성공에 너무 들뜬 나는 인간처럼 복잡한 생명체에게 생명을 줄 수 있는 능력이 내게 있는지 의심할 만큼의 이성이 없었다. 물론 당장 쓸 수 있는 재료만으로는 작업을 수행하는 것 자체가 힘들었다. 하지만 그때도 성공을 의심하지 않았다. 다만 무수히 많은 좌절이 있으리라 예견했다. 마침내 성공한다 해도 결과물이 불완전할 수도 있을 거란 생각도 했다. 하지만 과학과 기계역학이 발전하고 있으니 이 시도가 먼 훗날 성공의 초석이 되리란 희망이 있었다. 계획이 장대하고 복잡

하더라도 실행이 불가능한 것은 아니었으므로. 이런 마음가짐으로 나는 인간을 만들어내기 시작했다. 인체의 모든 부속기관이 워낙 정교하다 보니 처음엔 속도가 붙지 않았고, 따라서 애초의 의도와 달리 거대한 몸집을 가진 생명체를 기획하게 되었다. 키는 대략 2.5미터, 몸집도 그에 맞게 거대해졌다. 결심을 하고 재료를 수집하며 정리하느라 몇 달을 보내고 나서야 비로소 작업에 착수할 수 있었다.

첫 성공으로 인한 흥분이 나를 감싸고 그 가운데 태풍처럼 몰아치던 다채로운 감정들을 그 누가 상상할 수 있을까. 삶과 죽음의 경계가 돌파해나가야 할 가장 이상적인 경계였다. 그리하여 어두운 세상에 폭포수처럼 빛이 흘러내리리라. 새로운 종이 생겨나고 존재의 창조주이자 근원이 될 나를 모두가 찬양하리라. 헤아릴 수 없는 행복과 본성이 내 손에서 탄생하리라. 나만큼 후대의 감사를 받아 마땅할 아버지가 이 세상에 다시는 없으리라. 이런 생각이 꼬리에 꼬리를 물며, 무생물에 생명을 불어넣겠다고 다짐하니, 지금 당장은 불가능해도 시간이 지나면 언젠가는 죽음으로 부패한 육신에도 새 생명을 불어넣을 수 있으리란 기대감이 피어올랐다.

기대감이 부풀어 오르자 지칠 줄 모르는 열정으로 사기가 올랐다. 얼굴은 계속되는 연구로 창백해졌고, 집 안에만 갇혀 있다 보니 몸도 점점 허약해졌다. 확실한 결과물을 코앞에 두고 실패할 때도 있었다. 그러나 하루만 더 버티면, 아니 한 시간만 더 투자하면 꿈이 실현될 거란 실낱같은 희망에 매달렸다. 혼자 비밀스럽게 품고 온몸을 바친 희망이었다. 크고 밝은 달이 한밤중에 연구를 비추면 긴장감에 사로잡혀 숨을 몰아쉬면서 자연의 깊숙한 이면을 헤치고 좇았다. 불경스럽게 무덤을 파헤쳤고 생명이 붙어 있지 않은 진흙에 움직임을 불어넣고자 살아 있는 동물을 고문하던 은밀한 노동이 얼마나 무시무시했는지 그 누가 상상이나 할 수 있겠는가. 지금도 그때만 떠올리면 온몸이 덜덜 떨리고 두 눈이 갈 곳을 잃는다. 하지만 그때는 저항조차 못 할 광기에 가까운 충동에 내몰리며 오로지 앞만 보고 나아갔다. 영혼도 감각도 잃고 오로지 연구만을 위해 존재하는 것 같았다. 부자연스러운 열정이 멎고 옛 습관으로 돌아가기가 무섭게, 언제나 헛헛한 무아지경에 빠지고 새롭게 벼려진 감정이 나를 부추겼다. 시체안치소에서 유골을 수집했고 불경한 손가락을 움직여 인간의 신체를 헤집었다. 꼭대기 층에 있는 집에서, 감옥의 독방과도 같이 계단과 복도로 완전히 분리된 나만의 더러운 실험실을 운영했다. 세밀한 작업 때문에 두 눈이 튀어나올 것만 같았다. 해부실과 도살장에서 상당량의 자재를 수급 받았다. 혐오감 때문에 작업을 멈추고 등을 돌릴 때도 있었지만, 열의는 식지 않았고 작업은 어느덧 마무리 단계에 다다르고 있었다.

이렇게 몸과 마음을 바쳐 한 가지에만 매달리는 사이 여름이 대부분 지나갔다. 그해 여름은 참 푸르렀다. 유례가 없을 정도로 풍년이었고, 포도밭의 포도가 그 어느 해보다 풍성했다. 그러나 자연에게서 그 어떤 매력도 느낄 수가 없었다. 주변을 둘러볼 수도 없을 만큼 욕망에 눈이 멀어서 까마득히 먼 곳에 너무도 오랫동안 만나지 못한 이들을 잊고 살았다. 오랜 무소식에 가족들과 친구들이 모두 걱정하고 있을 거라는 것은 알고 있었다. 아버지의 말씀도 똑똑히 기억했다.

"네가 아무리 만족스러운 삶을 산다 해도, 늘 우리를 사랑하는 마음만큼은 잊지 않을 거라 믿는다. 그러니 때맞춰 소식을 전해다오. 어떤 이유에서든 편지를 보내지 않으면 네가 다른 의무도 게을리하고 있다 여길 게다."

이런 이유로 아버지의 심기가 편치 않으실 거란 건 알고 있었지만, 차마 연구에 대한 생각을 떨쳐버릴 수가 없었다. 존재만으로도 혐오스러운 관념이 어느새 내 상상력을 제멋대로 장악해버린 후였다. 그래서 사랑하는 이들이나 편지에 대한 것들, 본능까지도 욕망에 잡아먹힌 채 위대한 목적을 달성할 때까지는 미뤄버렸다.

당시에는 무심한 나의 태도를 잘못이라고 여기는 아

버지가 부당하다고 생각했다. 하지만 이제 보니 아버지의 비난이 옳았다고 확신한다. 사람은 언제나 차분하고 마음의 평온함을 유지해야 하며 관념이나 욕망에 휘둘려 평온함을 깨뜨려서는 안 된다. 지식을 추구한다고 해서 예외는 될 수 없다. 지금 매진하는 연구가 사랑하는 사람의 마음을 불안하게 하고, 그 어떤 연금술로도 만들어낼 수 없는 소박한 즐거움의 취향을 망가뜨리려 한다면, 그 연구는 분명 불순하고 인간의 정신에 맞지 않는 것이다. 누구라도 이 법칙을 따른다면, 그리하여 누구 하나라도 가족이 주는 평온을 깨뜨리는 목표를 좇지 않았더라면, 그리스는 식민지가 되지 않았을 것이고, 카이사르는 로마를 지배하겠다는 야망을 품지 않았을 것이고, 미 대륙은 조금 더 늦게 발견되어 멕시코와 페루 제국의 멸망을 불러오지 않았을 것이다.

아, 그대의 표정이 좋지 않은 걸로 보아 내 이야기가 설교로 빠져든 모양이다. 이야기를 계속 이어나가는 수밖에.

아버지는 편지로 그 어떤 힐난도 하지 않았으나, 전보다 두드러진 태도로 내 연구와 일과를 따졌다. 과연 나의 침묵을 지적하는 중이었다. 고된 작업을 이어나가는 사이 겨울, 봄, 그리고 여름이 흘러갔다. 그러나 나는 꽃송이나 활짝 핀 잎사귀 따위에 관심을 기울이지 않았다. 예전에는 이런 풍경만으로도 기쁨을 얻곤 했으나 그때는 자연도 잊을 만큼 연구에만 정진했던 것이다. 그해 가을 낙엽이 다 떨어질 무렵에야 작업은 끝을 바라보고 있었다. 내가 만들어낸 성과가 하루가 다르게 가시적으로 변하고 있었다. 하지만 불안감이 엄습하며 열망의 뒷덜미를 잡아챘다. 나는 좋아하는 작업에 몰두한 예술가가 아니라 마치 하루 종일 광산에 파묻히거나 그와 비슷한 불건전한 노동으로 노예처럼 일만 하는 사람의 몰골이었다. 밤이면 온몸에 열이 올랐고, 조금씩 찾아오던 불안증이 끔찍할 지경으로 치달았다. 뛰어난 체력과 튼튼한 정신이 자랑이던 몸이 익숙했기에 병은 훨씬 괴로웠다. 그러나 운동과 오락을 다시 즐길 수만 있다면 건강은 금세 회복될 거란 자신이 있었다. 이 일만 완수하면 꼭 운동도, 오락도 다시 즐기리라. 나는 그렇게 다짐했다.

십일월의 어느 음산한 밤, 드디어 노동의 결실이 가시화되고 있었다. 극심한 고뇌로 불안감에 빠진 채 주변에 흩어진 생명의 도구들을 한데 모아 내 발치에 누워 있는 존재에 생명의 불꽃을 주입하려 했다. 어느덧 새벽 한 시였다. 흩뿌리던 빗방울이 음침하게 창문을 두드리고 켜 놓은 촛불도 거의 다 타버린 시점, 점멸하는 촛불 너머로 한 생명체가 노란 눈을 껌벅이는 모습을 발견했다. 그 생명체가 힘겹게 숨을 쉬자 발작하듯 사지가 흔들렸다.

파국을 직접 눈으로 발견했을 때의 감정을 어떻게 설명할 수 있을까. 끝이 없던 노고와 정성을 들여 빚은 한심한 괴물을 어떻게 묘사해야 좋을까. 정교한 비율로 만든 사지와 아름답게 빚어내려 했던 내 선택들. 아름답게! 아름답게라니! 그의 노란 살갗은 근육과 혈관을 겨우 가리기에 급급했고 윤기가 흐르는 흑발은 미역처럼 출렁였다. 이빨은 진주알 같았고 눈두덩과 별반 다를 바 없던 축축하고 허연 눈알, 그리고 꾹 다물고 있는 거무죽죽한 입술까지, 눈에 띄는 놈의 외모가 오히려 그를 더 끔찍한 생명체로 보이게 만들 뿐이었다.

살면서 겪는 변화무쌍한 사건사고도 인간의 감정만큼 다채롭지는 않다. 죽은 육신에 생명을 불어넣겠다는 열망 하나로 내 인생의 이 년이라는 세월을 온전히 꼬라박았다. 목적을 위해 휴식도, 건강도 포기했다. 상식적이지 않은 수준의 열정 하나로 갈망하고 또 갈망했다. 하지만 목적을 이룬 지금, 내가 꾸던 아름다운 꿈은 처참히 무너졌고 숨이 막히는 공포와 토악질만이 오장육부를 뒤집어놓을 뿐이었다. 내가 창조해낸 생명체를 감히 버텨내질 못 하고, 실험실을 뛰쳐나와 오랫동안 침실을 서성였다. 도무지 잠에 들 수 없었다. 그러다 마침내 두근거림과 동요가 가라앉았고, 옷도 갈아입지 못한 채 침대에 몸을 뉘인 다음 단 몇 초만이라도 모든 걸 잊고자 노력했다. 하지만 노력은 허사였다. 얼마 후 잠을 이뤘지만, 밤새 지독하고 끔찍한 악몽에 시달렸다. 엘리자베스가 아름다운 모습으로 잉골슈타트의 거리를 걷고 있었다. 기쁘고 놀란 마음에 그녀를 와락 끌어안았다. 그녀의 입술에 첫 입맞춤을 하려는 순간, 입술은 거무죽죽한 죽음의 빛깔을 띠고 있었다. 그녀의 얼굴은 이내 돌아가신 어머니로 변하고, 나는 어머니의 시신을 품에 안고 있었다. 시신을 감싼 수의 주름 사이로 구더기가 기어 다녔다. 소스라치게 놀라 잠에서 깼다. 식은땀이 이마를 적시고 이가 딱딱 부딪쳤다. 온몸이 바르르 떨렸다. 옅은 달빛이 창문 사이를 비집고 들어오던 그 순간, 내가 만들어낸 끔찍한 괴물이 보였다. 그는 침대 커튼을 들추고 나를 빤히 보고 있었다. 그의 눈이 나를 향해 있었다. 물론 그걸 눈이라 불러도 좋을지 모르겠지만. 그는 입을 벌리고 알아들을 수 없는 소음을 내뱉었다. 흉측한 미소에 뺨이 쭈글쭈글해졌다. 무슨 말을 하려던 건진 모르겠지만 나는 들으려 하지 않았다. 그가 팔을 뻗었다. 아마 나를 붙잡으려던 모양이다. 그러나 그를 뿌리치고 계단을 황급히 내달렸다. 건물에 딸린 안뜰에 몸을 숨긴 다음 밤이 새도록 서성거리며 끔찍한 괴로움을 삼켰다. 귀를 기울이고 무슨 소리가 날 때마다 심장을 부여잡으며 내 더러운 손으로 생명을 불어넣은 무시무시한 시체가 나를 발견할까 봐 두려움에 떨었다.

아! 사람이라면 누구라도 그 끔찍한 낯짝을 견디지 못하리라. 미라가 다시 살아나 움직인다고 하더라도 그 괴물만큼 참담하지는 않으리라. 물론 완성되지 않은 상태의 괴물을 찬찬히 뜯어본 적은 있다. 그때도 모습은 흉측했다. 하지만 근육과 관절이 움직이자 이탈리아의 시인 단테조차 상상할 수 없을 만큼 참혹한 괴물이 되어버렸다.

그날 밤을 절망에 빠져 보냈다. 이따금 맥박이 너무 빨리 뛰어 요동치는 혈관이 하나하나 느껴질 정도였다. 그도 아니면 나른하게 기운이 빠져 땅바닥에 털썩 무너질 때도 있었다. 공포와 쓰디쓴 좌절이 뒤섞여 저릿했다. 그토록 오랫동안 즐거운 휴식이자 마음의 양분이 되어주던 꿈이 이젠 지옥이 되어버렸다. 실로 급작스러운 변화였고 처절한 파멸이었다!

다음 날 아침, 몸은 처절하고 눅눅했다. 마침내 해가 떴다. 한숨도 못 자서 묵직했던 두 눈에 잉골슈타트 교회의 하얀 첨탑과 시계가 보였다. 시곗바늘은 아침 여섯 시를 가리키고 있었다. 밤새 수용소가 되어준 교회의 문지기가 나타나 안뜰 문을 열어주었다. 거리로 나선 나는 모퉁이를 돌 때마다 괴물이 곧 나타날 것만 같은 두려움으로 몸을 움츠리고 종종걸음으로 걸었다. 감히 살던 집으로 돌아갈 용기는 없었으나, 시꺼먼 하늘에서 쏟아지기 시작한 비에 흠뻑 젖어 어디로든 들어가야겠다는 생각이 들었다.

한동안을 이렇게 걸으며 피로를 견디고 마음의 짐을 덜어보려 했다. 지금 어디에 있는지, 무슨 짓을 한 건지 완전히 파악도 하지 못한 채로 정처 없이 걷기만 했다. 심장이 고장 난 것처럼 두려움으로 쉴 새 없이 두근거렸다. 급기야 주변을 둘러볼 용기도 내지 못하고 발길이 닿는 대로 움직였다.

고독한 길을,

두려움과 공포에 휩싸여 걷는 사람처럼

한 번 돌아보고 다시 걷고.
감히 주위를 둘러보지도 못 한다.
무시무시한 악마가
등 뒤로 따라붙어 걷고 있음을 알기에.*

계속해서 걷다가 다양한 승합마차와 사륜마차가 주로 서 있는 여인숙 맞은편에 다다랐다. 이유도 없이 잠시 발걸음을 멈추었다. 저 멀리 거리 끝에서 다가오는 마차에서 시선을 떼지 못한 채 몇 분간 잠자코 서 있었다. 스위스 승합마차였다. 마차는 내 앞에서 멈췄다. 문이 열리고 내린 사람은 다름 아닌 내 친구 앙리 클레르발이었다. 그가 나를 보자마자 마차에서 훌쩍 뛰어내리며 외쳤다.

"아니, 내 친구 프랑켄슈타인. 이렇게 자네를 다시 보다니! 마차에서 내리자마자 자네를 만나다니 운이 아주 좋은걸!"

클레르발을 본 순간 내가 얼마나 그를 반겼을까. 그를 보자마자 아버지, 엘리자베스, 그리고 추억 속에서 애틋하게 그리던 고향의 풍경이 다시금 되살아났다. 친구의 손을 부여잡고 잠깐이나마 밤새 겪던 공포와 불행을 잊을 수 있었다. 그보다 몇 달 만에 처음으로 차분하고 평

* 영국의 시인 새뮤얼 테일러 콜리지의 시 「노수부의 노래」에 나오는 구절.

온한 기쁨이 감쌌다. 그렇게 더없이 다정하고 자상하게 친구를 맞이했다. 우리는 대학가 쪽으로 함께 걷기 시작했다. 클레르발은 한동안 우리가 알던 친구들의 소식을 전해주고 어떻게 운 좋게 잉골슈타트까지 오게 되었는지 말해주었다.

"자네도 상상하겠지만, 상인에게는 장부를 작성하는 법 말고 다른 지식은 아무짝에도 쓸모없다고 믿는 아버지를 설득하는 게 얼마나 어려웠는지. 게다가 솔직히 말해 아버지는 끝까지 나를 못 미더워하셨던 것 같아. 끈질기게 졸라대도 아버지는 『웨이크필드의 목사』*에 나오는 네덜란드인 교장선생님 같았다니까. '나는 그까짓 그리스어 따위 몰라도 일 년에 만 플로린을 벌고 그깟 그리스어 못 해도 배부르게 먹고 산다.'라면서 말이야. 그래도 눈에 넣어도 안 아플 아들이니 결국 불신을 접고 지식의 땅에 배움의 여행을 떠나도록 허락을 해주셨다네."

"자네를 이렇게 보니 얼마나 기쁜지 몰라. 내 아버님, 형제들, 그리고 엘리자베스는 어떻게 지내고 있던가."

"잘 지내지. 아주 잘 지내고 있네. 다만 자네에게서 소식이 뜸하니 조금 불안해하고 있지. 말이 나온 김에 왜

* 영국의 작가 올리버 골드스미스의 장편 소설.

이렇게 소식이 뜸했나. 자네 가족들을 대신해 내가 한소리 해야겠어. 이봐, 내 친구 프랑켄슈타인."

하지만 뭐라고 더 말을 하려다가 입을 다물고 내 얼굴을 뚫어져라 바라보았다.

"아니, 자네 얼굴이 왜 이렇게 수척한가. 병색이 완연한데. 왜 이리 마르고 창백해. 며칠 동안 한숨도 못 잔 사람 같은데."

"자네 생각이 맞아. 요즘 한 가지 일에 심하게 몰두하느라 자네도 보다시피 충분히 휴식을 취하지 못했어. 나도 이제는 모든 일을 마무리 짓고 자유를 만끽할 수 있기를 정말 간절히 바라고 또 바라고 있네."

순간 몸이 심하게 떨려왔다. 전날 밤에 있었던 일에 대해서는 생각하는 것조차 견딜 수가 없어 말도 꺼내지 못했다. 내가 워낙 빠른 걸음으로 걸었던 터라, 우리는 금세 대학교에 도착할 수 있었다. 거기서 다시 한번 되새겨 보았다. 이렇게 떨게 만드는 집에 두고 온 생명체가 과연 아직도 집에 있을까. 아직도 살아서 집 안을 돌아다니고 있진 않을까. 괴물을 두 눈으로 보는 건 끔찍했다. 하지만 앙리가 그를 직접 보는 게 더욱 무서웠다. 그래서 몇 분만 계단 밑에서 기다려달라고 한 후, 집으로 뛰어 올라갔다. 정신을 차리기도 전에 두 손이 이미 자물쇠를 움켜쥐고 있었다. 잠시 그대로 멈춰 보았다. 싸늘한 전율이 온몸을 타고 흘러 내렸다. 문을 세차게 열어젖혔다. 흡사 방문 뒤로 귀신이 서 있다는 상상에 빠진 아이처럼. 하지만 집은 비어 있었다. 두려움에 떨며 집 안으로 들어섰다. 아파트는 텅 비어 있었다. 흉측한 괴물은 침실에도 없었다. 이토록 커다란 행운이라니 믿을 수가 없었다. 적수가 정말로 사라졌다는 확신이 들자, 너무 기뻐 박수를 치곤 클레르발에게 내달렸다.

집으로 올라오자 곧 하인이 아침식사를 내왔다. 하지만 나는 도저히 억누를 수가 없었다. 환희만이 나를 사로잡은 게 아니었다. 극도로 예민해져서 살갗을 스치기만 해도 따끔거렸고, 맥박은 빠르게 두근거렸다. 잠시도 한군데에 가만히 있을 수가 없어서 의자 위로 뛰어오르고, 손뼉을 치고 큰 소리로 목청껏 웃었다. 클레르발도 처음엔 자기를 만나 기뻐서 그렇다고 믿었지만, 이내 면밀히 살펴보고는 이해할 수 없는 광기가 내 두 눈에 깃들어 있음을 발견한 모양이었다. 소란스럽고, 주체를 못 하고, 미친놈처럼 차갑게 웃어대는 내 모습에 그가 경악하며 물었다.

"이봐, 빅터. 대체 이게 다 무슨 일인가? 그런 식으로 웃지 말게. 어디 아픈 게 아닌가! 대체 왜 그러는 거야?"

"내게 묻지 말게."

나는 두 손으로 눈을 가리며 외쳤다. 순간 괴물이 내

방에 들어왔다는 착각을 한 까닭이었다.

“저, 저놈에게 물어봐. 아, 세상에! 날 살려주게! 나 좀 살려줘!”

괴물이 나를 사로잡았다는 환각에 빠져 울부짖었다. 난폭하게 몸부림을 치다가 그 자리에 쓰러졌다.

불쌍한 클레르발! 과연 얼마나 놀랐을까? 기쁨과 기대감에 들떠 고대하던 만남일 텐데 쓰디쓴 기괴함으로 변해버렸구나. 그러나 나는 슬픔에 젖은 그를 보지도 못했다. 생명을 잃은 사람처럼 아주 오래, 오랫동안 정신을 잃었다.

신경성 열병의 시작이었다. 그 후로 몇 달이나 앓아 누웠다. 그 사이 앙리는 내내 곁에서 홀로 나를 간호해주었다. 나중에야 알게 된 일이지만, 아버지의 연세 그리고 긴 여정을 감당할 수 없는 체력, 그리고 내가 아프다는 걸 알게 되면 크게 낙심할 엘리자베스를 걱정한 앙리는 내 심각한 병세를 숨기고 가족들의 슬픔을 덜어주었다. 친구는 저보다 자상하고 세심한 간병인은 없다는 걸 안 모양이었다. 그리고 내가 회복되리라는 희망을 절대 버리지 않았으니, 이건 선의의 거짓말일 뿐 우리 가족에게 베풀 수 있는 최선의 친절이라는 것을 믿어 의심치 않았다.

그러나 실제로 나는 굉장히 심각한 상태에 빠져 있었

다. 그의 부단하고 끈질긴 간호가 없었다면 결코 이겨내지 못했을 것이다. 생명을 준 괴물의 형상이 눈앞에 아른거렸고 계속해서 그에 대한 헛소리를 주절거렸다. 당연히 앙리도 헛소리에 놀랐던 게 분명했다. 처음엔 정신이 온전치 않았던 내가 만들어낸 헛된 망상이라고 여겼지만 똑같은 이야기를 계속해서 주절거리자 결국 뭔가 이상하고 끔찍한 사건 때문에 내가 앓아 누웠다고 믿게 되었다.

꾸준한 발작으로 친구를 놀래키며 걱정거리를 안기는 사이에, 아주 느리지만 나의 병세도 조금씩 호전되고 있었다. 처음으로 바깥 풍경을 바라보며 느꼈던 기쁨이 기억난다. 이미 세상에 낙엽은 사라지고, 창을 가리며 그늘을 만든 나무에선 새싹이 돋아나고 있었다. 눈부신 봄이었다. 따뜻해지는 계절은 병세에도 큰 도움이 되었다. 즐거움과 애정의 감정이 다시금 내 가슴 속에서도 피어나는 게 느껴졌다. 우울은 조금씩 사그라졌고, 어느덧 치명적인 열정에 잡아먹히기 전의 건강한 모습으로 돌아오고 있었다.

"아, 진정한 친구, 클레르발. 자네가 얼마나 다정히 대해주었는가. 올겨울 내내, 계획했던 공부도 뒤로하고 병상을 지켜주다니. 대체 이 은혜를 어떻게 갚아야 한단 말인가. 나 때문에 자네까지 이렇게 고초를 겪어 미안하네.

하지만 이런 나를 자네는 기꺼이 용서해주겠지."

내가 마음을 표현했다.

"마음을 굳게 먹고 최대한 빨리 회복하는 게 나에게 진 빚을 갚는 걸세. 기왕 말이 나온 김에, 할 말이 있는데 괜찮겠나?"

나는 으스스 몸을 떨었다. 할 말이라니! 그게 무엇이란 말인가? 과연 감히 생각조차 못 할 그 이야기를 하려는 것일까?

"진정해."

창백해진 안색을 보며 클레르발이 서둘러 덧붙였다.

"자네의 마음이 아직 편치 않다면 절대 이야기를 하지 않을 게야. 하지만 자네가 직접 손 편지를 써서 근황을 알린다면 자네의 부친과 사촌이 얼마나 행복해할 텐가. 자네가 얼마나 아픈지도 모른 채 오랫동안 소식이 없다고 걱정이 이만저만이 아닐 텐데."

"정말 그게 다인가? 내 친구 앙리. 진심으로 사랑하고 아끼는 그들이니, 정신도 차렸겠다, 당연히 그들부터 챙겨야겠지."

"이보게 친구. 자네 생각도 그렇다면 이 편지를 받고 참 기뻐할 거야. 며칠 전부터 자네에게 주고 싶었던 편지일세. 자네 사촌에게 온 것 같던데."

클레르발이 편지를 손에 쥐여주었다.

V. 프랑켄슈타인에게

사랑하는 사촌.

네 건강 때문에 우리가 얼마나 불안한지 차마 표현할 수가 없어. 클레르발이 아무래도 네 위독함을 숨기고 있는 건 아닐까 하는 걱정이 들기 시작했다고. 직접 쓴 편지를 마지막으로 받은 게 몇 달은 된 것 같아. 그동안은 앙리가 네 육성을 받아 적어 보내줬으니까. 아무래도 빅터, 네가 심각한 병에 시달리고 있는 게 분명한 것 같아. 가족들도 모두 힘들어 해. 어머님께서 돌아가셨을 때만큼 말이야. 외삼촌은 네가 진짜 위독하다고 믿으셔서 잉골슈타트까지 가시겠다는 걸 더 이상 말리기도 어려운 지경이야. 클레르발은 계속해서 나아지고 있다고만 하고. 직접 편지를 써서 건강하다는 걸 하루빨리 확인시켜주었으면 해. 진심으로 빅터, 너무 걱정되어 미칠 것 같아. 우리의 걱정을 빨리 덜어주었으면 좋겠어. 그럼 우리 모두 세상에서 가장 행복한 사람들이 될 테니까. 외삼촌은 요즘 정정하셔. 지난겨울 이후로 십 년은 젊어 보이셔. 에르네스트도 많이 커서 아마 알아보지도 못할 거야. 그 애도 이제 열여섯이고, 몇 년 전의 병약하던 모습은 온데간데없이 튼튼하고 활달하거든.

어젯밤엔 외삼촌과 함께 에르네스트의 장래에 대해 긴 대화를 나누었어. 어릴 때야 워낙 잔병치레가 잦아서 꾸준히 공부하는 습관을 들이지 못했는데 이제 건강이 좋아지니 항상 산을 타거나 호수에서 배를 띄우고 노를 젓느라 바쁘거든. 그래서 농부가 되면 어떨까 싶어 제안해보았어. 잘 알겠지만 내가 농사일을 참 좋아하잖아. 농부의 삶은 그야말로 건강하고 행복하지. 무엇보다 위험하지도 않고 타인에게 이로운 것만 베푸는 직업이니까. 외삼촌은 그 애가 법을 배워서 흥미를 갖게 되면 판사나 변호사가 되는 건 어떨까, 하시더라. 하지만 판사는 그 애의 적성에도 맞지 않는 데다가, 사람의 죄를 두 눈으로 확인하고 가끔은 공모도 하는 변호사보다는 사람을 먹여 살리기 위해 땅을 일구는 게 훨씬 가치 있는 일이잖아. 그래서 난 부농으로 사는 삶이 명예롭지는 않더라도 늘 인간의 본성을 상대하는 판사보다는 행복한 길이 아닐까 한다고 말씀드렸어. 외삼촌은 미소를 지어 보이시더니, 도리어 내가 법조인이 되었어야 한다고 하시더라. 그렇게 대화를 마무리 지었어.

이젠 네가 조금은 즐거워할 만한 이야기를 하나 해줄게. 혹시 유스틴 모리츠라고 기억해? 어쩌면 기억 못 할 수도 있겠다. 그럼 간략하게나마 그 애 이야기를 적어볼게. 그 애의 어머니인 모리츠 부인은 자식이 넷인데 남편과 사별했어. 유스틴은 그중 셋째고. 돌아가신 아버지가 유스틴을 제일 예뻐하셨다나 봐. 근데 무슨 이상한 질투였는지, 그 애 엄마는 그걸 못 견뎌했대. 그래서 모리츠 씨가 돌아가신 후로 유스틴을 학대했어. 외숙모께서 늘 마음이 쓰이셨는지, 유스틴이 열두 살이 되던 해에 그 애 어머니에게 부탁해 우리 집에 살게 해주셨지. 우리나라 같은 공화국에선 왕권으로 지배하는 이웃국가보다는 훨씬 소박하고 행복하게 살 수 있잖아. 그래서 몇 계급으로 나뉜 국민 사이에서도 서로에 대한 차별이 덜한 것 같다는 게 내 생각이야. 아무리 하층민이라도 가난하거나 멸시받지 않고 매너가 바르고 도덕적이지. 제네바의 하인은 프랑스나 영국의 하인들과는 달라. 결국 유스틴도 우리 집으로 들어와 하녀 일을 배웠어. 우리처럼 운이 좋은 나라에선 하녀라고 해도 무식하다는 선입견도 없고, 인간의 품위를 희생할 필요도 없는 신분이니까.

이젠 유스틴이 기억났을 거라 믿어. 너도 그 애를 참 예뻐했잖아. 언젠가 네가 한 말이 기억나. 기분이 아무리 나빠도 그 애가 쳐다봐주면 기분이 풀린다고. 마치 아리오스토가 안젤리카의 아름다운 미모에 진심으로 행복을 느꼈던 것처럼 말이야.* 외숙모도 그 애를 참 깊이 아끼셨어. 그래서 애초 생각과 달리 계속해서 공부를 시키셨지. 유스틴은 외숙모에게 온전히 은혜를 갚았고. 유스틴은 이 세상에서 누구보다 감사함을 잘 느끼는 소녀니까. 물론 유스틴이 그런 생각을 털어놓은 건 아니야. 한 번도 그 애

* 이탈리아의 작가 루도비코 아리오스토의 장편 시 「광란의 오를란도」를 인용.

에게 직접 그런 고백을 들은 게 아니거든. 하지만 그 애가 외숙모를 여신처럼 숭모했다는 건 눈만 봐도 알 수 있었지. 성격이 활달하고 가끔은 경솔할 때도 있었지만, 외숙모의 모든 면에 누구보다 깊은 관심을 보였거든. 아마 외숙모가 미덕 그 자체라고 믿고 그분의 말투와 행동을 배우려고 노력했던 것 같아. 그래서 지금도 그 애를 보면 가끔 외숙모가 떠올라.

사랑하는 외숙모께서 돌아가셨을 때, 모두들 슬픔에 잠겨 있어 가련한 유스틴을 제대로 돌보지 못했던 것 같아. 그 사이 유스틴은 누구보다 외숙모를 걱정하며 진심 어린 애정을 담아 병상을 지켰는데 말이야. 불쌍한 아이가 얼마나 슬퍼했을까. 하지만 다른 시련들이 연달아 그 애를 찾아왔어.

우선 그 애의 형제자매가 차례로 죽었어. 그 어머니는 홀대한 딸만 빼고 자식을 전부 잃은 거야. 그 여자가 양심의 가책을 느꼈나 봐. 편애를 하는 바람에 하늘의 심판을 받아 나머지 자식을 전부 잃었다고 죄책감을 느낀 거지. 로마 가톨릭 신자였거든. 그리고 고해성사를 한 신부님 역시 같은 의견이라고 피력했던 모양이야. 그래서 네가 잉골슈타트로 떠나고 얼마 후, 유스틴은 회개한 어머니를 따라 집으로 돌아갔어. 어찌나 불쌍했던지! 울면서 우리 집을 떠났어. 그 애는 외숙모가 돌아가시고 완전히 딴사람이 되었거든. 슬픔 때문에 태도와 몸가짐이 얌전해지고 모두를 감화시킬 온화함이 온몸에 감돌았어. 예전엔 참으로 명랑한 아이였는데. 친어머니와 함께 사니까 명랑하던 성격이 돌아올 리도 만무했어. 그 여자의 회개가 꽤나 변덕스러웠거든. 가끔은 매정하게 굴던 자신을 용서해달라며 빌다가도 대부분은 형제자매의 죽음이 다 유스틴 탓이라고 몰아갔대. 계속되던 조바심과 예민함으로 모리츠 부인은 얼마 안 가 건강을 잃고 짜증도 점점 심해졌어. 이제는 산 사람이 아니지. 작년 겨울이 시작될 무렵 숨을 거두었어. 유스틴은 곧바로 우리에게 돌아왔어. 맹세컨대 난 그 아이를 정말 사랑해. 아주 영특하고 따뜻하고, 또 너무 예뻐. 아까도 말했지만 그 애의 표정이나 몸짓을 보고 있자면 사랑하는 외숙모가 늘 떠오르곤 하니까.

아, 사랑하는 사촌 윌리엄에 대한 근황도 이야기해주어야겠다. 네가 그 애를 직접 만날 수 있다면 얼마나 좋을까. 이제는 나이에 비해 훤칠하게 키도 크고, 파란 눈으로 다정하게 웃을 줄 아는 소년이야. 짙은 속눈썹과 곱슬머리도 그렇고. 그 아이가 웃으면 장밋빛 두 뺨에 보조개가 피어나. 벌써 동네에 여자친구가 있대. 그 중에서도 다섯 살이 된 루이자 바이런이 제일 좋다나 봐.

사랑하는 빅터. 장담컨대 너도 제네바의 착한 사람들에 대한 이야기를 즐겁게 들었을 거라 믿어. 아름다운 맨스필드 양은 벌써 남편감을 찾았어. 젊은 영국인 존 멜번 씨로 결혼을 앞두고 있고 몇 번이나 축하 방문을 받았어. 언니인 마농은 미색이 동생보단 못 하지만 지난 가을 부유한 은행가 뒤비야르 씨와 결혼했고. 네가 제일 좋아하던 학교 친구 루이 마누아는 클레르발이 제네바로 떠난 후 몇 번 힘든 일을 겪었어. 하지만 금세 기운을 되찾고 생기발랄하고 어여쁜 프랑스인 타베르니에 부인과 결혼을 약속했대. 미망인이고, 마누아보다 훨씬 연상이지만 평판도 좋고 누구나 그녀를 좋아해.

이렇게 너에게 편지를 쓰니 기분이 한결 나아진다. 그래도 네 건강이 걱정되어 쉽사리 마무리를 지을 수가 없어. 빅터, 제발 심각하게 아픈 게 아니라면 편지를 써줘. 그래서 외삼촌과 우리 모두를 행복하게 해줘. 반대의 상황은 상상조차 할 수 없어. 벌써 눈물이 흐르려고 해. 그럼, 이만 줄일게, 사랑하는 사촌.

17○○년 3월 18일, 제네바에서
엘리자베스 라벤차

"아, 사랑하는 엘리자베스!"

편지를 다 읽은 내가 외쳤다.

"지금 당장 편지를 써서 가족들이 느낄 걱정을 덜어주어야겠어."

곧바로 답장을 쓰고 나니 급격히 피곤이 몰려왔다. 하지만 병세도 회복기에 접어들었고, 그 후로도 조금씩 더 나아져서 그런지 이 주 정도가 지나자 침실 밖을 나설 수 있게 되었다.

몸이 회복되고 우선 클레르발에게 대학의 여러 교수님들을 소개시켜주었다. 면담을 하며 마음에 남은 생채기를 다시 후벼 파는 고통스러운 경험도 견뎌야만 했다. 숙명처럼 다가왔던 그날 밤 이후로 나는 애써 자연과학이라는 학문을 피하고 상당한 반감도 품게 되었다. 평상시에는 건강이 꽤나 호전되어 멀쩡했지만 화학기구만 봐도 신경증 증세가 도지곤 했다. 앙리는 내 모습을 보며, 화학기구를 눈에 띄지 않는 곳으로 치워주었다. 그리고 살고 있던 집도 옮겼다. 실험실로 쓰던 방을 더 이상 견딜 수 없어 한다는 것을 눈치 챘던 까닭이었다. 하지만 클레르발의 배려도 교수님들과의 면담에서는 소용이 없었다. 발트만 교수는 대화 내내 내가 이루어낸 과학적 발견들을 친절하고 다정한 어조로 치하했다. 그게 고문과도 같았다. 불편한 기색을 교수님도 느끼긴 했지만, 진짜 이유는 차마 짐작도 못 하고 그저 내가 겸손한 사람이라고만 생각했다. 곧 교수님은 대화의 주제를 과학 그 자체로 돌렸다. 나를 대화에 참여시키려는 의도가 다분해 보였다. 그러니 내가 어찌해야 했을까? 기분을 나아지게 만들어주려던 교수님의 태도에 오히려 천천히 고통받을 뿐이었다. 마치 나를 천천히, 잔인하게 죽이려는 듯 온갖 살인도구를 내 눈 앞에 하나씩 늘어놓는 기분마저 들었다. 괴로움에 사지가 뒤틀렸지만 내가 느끼는 고통을 드러낼 수도 없었다. 타인의 감정을 예민하게 알아차리는 성격의 클레르발은 과학엔 문외한이라는 핑계를 대며 대화 주제를 바꿔주었다. 그러자 우리의 대화도 조금 더 평범한 것들로 흘러가기 시작했다. 친구에겐 진심으로 고마웠지만 아무 말도 할 수 없었다. 클레르발은 놀란 기색이 역력했지만, 나를 몰아세워 비밀을 억지로 캐내려고 하지 않았다. 내 친구를 애정을 담아 존중하고 사랑했지만, 차마 시도 때도 없이 떠오르는 그날의 사건을 토로해야겠다는 용기는 생기지 않았다. 타인에게 이야기를 하면 오히려 그게 내 마음속에 깊이 자리 잡을까 봐 두려웠다.

크렘페 교수는 훨씬 힘들었다. 견딜 수 없을 만큼 예민하던 당시의 내게 그의 혹독하고 꾸밈없는 찬사는 발트만의 온정 어린 칭찬보다도 훨씬 견디기 힘든 고통이었다.

"이런 망할 친구 좀 보게!"

그가 나를 보며 말했다.

"클레르발 군. 내 장담컨대 이 친구가 우리 대학의 모든 이들을 진작 제쳤지, 응? 몇 년 전만 해도 코르넬리우스 아그립파를 복음처럼 믿던 이 친구가 이제는 우리 대학 최고의 학자가 되었다고. 그러니 당장 끌어내리지 않으면 우리만 망신살을 겪게 생겼지 뭔가."

크렘페 교수가 고통으로 일그러진 내 안색을 살피며 덧붙였다.

"프랑켄슈타인 군은 참 겸손해. 젊은이에게 겸손은 아주 훌륭한 미덕이지. 클레르발 군. 나도 한때는 그랬다네. 근데 겸손은 솔직히 찰나에 불과해."

크렘페 교수가 자화자찬을 늘어놓으며, 불편하던 대화는 금세 화제가 바뀌었다.

클레르발은 자연철학에 관심이 없었다. 과학의 세분화된 분야를 공부하기엔 그의 상상력은 지나치게 생생했다. 그가 주로 관심 있게 공부하는 분야는 언어였다. 언어의 기초 요소를 터득한 그는 제네바로 돌아가 새로운 언어를 독학할 예정이었다. 그리스어와 라틴어를 완벽하게 터득하고 나자 페르시아어, 아라비아어, 그리고 히브리어에도 관심을 보였다. 나로 말할 것 같으면 빈둥거리며 시간을 버리는 걸 참지 못하는 사람이다. 그러나 과거에 발목 잡혀 도망치고 싶은 데다가 이전에 하던 연구가 끔찍하게 싫어져버리고 나니, 이제는 친구와 함께 같은 공부를 한다는 것 자체에 큰 위안을 얻을 수 있었다. 동양의 학자들이 쓴 저서에서는 학문뿐 아니라 위안도 얻을 수 있었다. 그들의 서정이 마음을 달래주었고, 그들의 기쁨은 다른 나라의 학자들을 공부하면서는 결코 느끼지 못했던 수준으로 나를 고취시켜주었다. 그들의 글을 읽으면 삶은 꼭 따스한 햇살 아래 흐드러진 장미정원 같다. 적수의 미소와 구겨진 눈살, 그리고 마음을 태워버리는 열정 같은 게 생각났다. 그리스와 로마의 남성적이고 영웅적인 시와는 정말 결이 달랐다.

공부에 몰두하는 사이 여름이 지났고, 늦가을쯤 제네

바로 돌아가겠다는 계획이 잡혔다. 하지만 몇 가지 일련의 사건을 겪으며 날짜는 점점 늦춰졌고, 겨울이 되어 눈이 내리고 길이 통제되는 사이, 귀향은 이듬해 봄으로 미뤄지고 있었다. 집으로 돌아가는 날짜가 늦어질수록 마음이 쓰렸다. 내 고향과 사랑하는 친구들이 너무나 보고 싶었다. 귀향이 미뤄진 건, 아직 학교 사람들과 제대로 안면도 트지 못한 클레르발이 걱정되어서였다. 그래도 겨울은 즐거웠다. 그해 봄이 유독 늦게 찾아왔지만, 막상 계절은 늦장 부린 게 무색하게 찬란한 보상으로 찾아왔다.

어느덧 오월에 성큼 들어섰고, 나는 출발 날짜를 확인해줄 고향의 편지를 기다리고 있었다. 그때 앙리가 잉골슈타트 근교를 여행하며 오랫동안 공부하며 살던 나라에 작별을 할 기회를 가져보는 건 어떠냐고 물었다. 기꺼이 그의 제안을 받아들였다. 몸을 움직이는 것도 좋아했고, 예전 스위스의 자연 속을 나란히 걷기에 클레르발만큼 좋은 동행이 없었다.

우리는 약 이 주간 여행을 했다. 체력과 기분 모두 최고였지만, 상쾌한 공기를 마시면서 친구와 이야기를 나누고 이런저런 일을 겪으면서 한층 몸이 가벼워졌다. 연구 때문에 혼자 시간을 보내다 보니 다른 사람을 만날 기회가 거의 없었고 사회성도 급격히 떨어져 있었다. 하지만 클레르발이 내 마음속 깊숙이 숨어 있던 자연을 보는 법이나, 아이들의 쾌활한 표정을 좋아하는 것과 같은 좋은 감정들을 이끌어냈다. 정말 이보다 좋은 친구가 있을까! 이처럼 사랑해주고 기분을 나아지게 해주고, 내 정신을 자신과 같은 건강한 수준으로 끌어올리기 위해 노력하는 친구라니. 이기적인 욕심으로 뻣뻣하게 굳어 편협한 사고방식을 갖고 있던 나를 그의 다정한 손길과 애정으로 유연하게 만들어주었다. 그리하여 사랑하는 법을 알고, 모두의 사랑을 느끼며 슬픔도 근심도 없던 몇 년 전의 행복했던 나 자신으로 돌아갈 수 있었다. 행복을 되찾자 무생물에서도 즐거움을 발견할 수 있었다. 화창하고 맑은 하늘과 푸르른 들판을 보며 황홀함으로 가슴이 벅차올랐다. 계절은 눈이 부시게 아름다웠다. 봄꽃이 울타리마다 흐드러지고 여름꽃엔 이미 봉오리가 지고 있었다. 아무리 벗어나려 해도 뿌리칠 수 없어 마음을 무겁게 짓누르던 작년의 기억이 더 이상 괴로움이 아니었다.

앙리는 경쾌해진 내 모습에 기뻐했다. 내 감정에 진심으로 공감해주었다. 자기의 영혼을 채워주는 감정을 설명해주며 나를 기쁘게 하려고 노력했다. 이럴 때 드러나는 앙리의 마음의 힘이 참 놀라웠다. 그의 대화는 상상력으로 가득했고, 페르시아와 아라비아 작가들을 모방해 놀라운 공상과 열정 가득한 이야기를 지어내기도 했다. 가끔은 내가 좋아하는 시를 읊어주기도 했고 토론을 하거나 재간을 부리며 내 의견에 맞장구를 쳐줄 때도 있었다.

어느 일요일 오후, 대학으로 돌아왔다. 농부들은 풍년에 춤을 추었고, 우리가 만난 모두가 기쁘고 행복해보였다. 기분이 좋아진 나 역시 뛰는 마음을 감추지 못하고 한없이 날아올랐다.

돌아와 보니, 아버지에게서 편지가 한 통 도착해 있었다.

V. 프랑켄슈타인에게

사랑하는 빅터 보거라.

도착 날짜를 알려줄 편지를 애타게 기다리고 있었을 거라 생각한다. 처음엔 돌아올 날짜만 간단히 몇 줄 적을까 했다. 그러나 차마 그렇게 잔인한 친절을 베풀 수가 없더구나. 아들아, 놀랄 소식이 있다. 집으로 돌아와 기쁘고 행복한 환대를 기대한 네가 눈물과 슬픔을 맞이한다면 얼마나 슬프겠느냐? 빅터. 우리에게 닥친 이 불행을 어떻게 써야 좋을지. 함께 살지 않았다고 우리의 기쁨과 슬픔에 무감각해졌을 리는 없으나 집에 없던 너에게 이런 고통을 어떻게 말해 주어야 할지. 이토록 가슴 아픈 소식에 앞서 네가 마음의 준비를 했으면 싶으면서도, 결국은 불가능한 일이라는 것도 안다. 너는 이미 편지의 뒷장을 열심히 찾아 헤매겠지만 말이다.

윌리엄이 떠났다! 그토록 사랑스럽던 아이가, 따스한 미소로 내 마음에 기쁨과 온기를 주던 내 아들이, 온순하고 명랑하던 그 아이가 죽었다! 빅터, 그 애가 살해를 당했다!

내 너를 위로할 생각은 아예 하지 않으마. 하지만 일이 어떻게 일어났는지는 설명을 해주어야 할 것 같구나.

지난 목요일(5월 7일), 나와 나의 조카딸, 네 두 동생이 플랭팔레 평원으로 산책을 갔단다. 저녁 날씨가 따뜻하고 맑아 우리는 평소보다 훨씬 더 긴 산책을 했지. 돌아가려고 보니 어느새 해가 지고 있더구나. 그리고 윌리엄과 에르네스트가 생각보다 멀리 떨어져 보이지 않는다는 걸 깨달았다. 우리는 두 아이가 돌아올 때까지 잠시 앉아 쉬면서 기다렸다. 그런데 얼마 후 에르네스트가 혼자 돌아와 윌리엄을 보지 못했냐고 묻는 게 아니냐. 같이 놀다가 윌리엄이 숨바꼭질을 하러 뛰어갔고, 한참을 찾았는데도 보이지 않아 오래도록 기다렸는데 결국 돌아오지 않았다고 말이다.

너무 놀란 우리는 밤이 새도록 그 아이를 찾아다녔단다. 엘리자베스는 혹시라도 윌리엄이 먼저 집으로 돌아갔을지도 모른다고 했지. 하지만 윌리엄은 집에도 없었다. 다시 횃불을 밝혀 들고 아이를 찾아 나섰어. 내 사랑하는 아들이 눅눅한 밤 이슬에 길을 잃고 떨고 있다고 생각하니까 도저히 잠을 청할 수가 없더구나. 엘리자베스 역시 극심한 불안에 시달렸단다. 그리고 새벽 다섯 시경, 사랑하는 내 아들을 발견했다. 전날 저녁만 해도 건강하고 활발하던 아이가 풀밭에 차갑게 식어 쓰러져 있었다. 그리고 목엔 범인의 손가락 자국이 선명했지.

일단 시신을 수습해 집으로 데려왔고, 내 얼굴에 스민 고통이 너무도 완연해서 엘리자베스에게 숨길수도 없었다. 엘리자베스는 윌리엄을 보겠다고 고집을 부렸다. 처음엔 막아보려 했지만 너무도 완고하더구나. 시신이 누워 있는 방에 들어간 조카는 죽은 아이의 목을 서둘러 살펴보고는 두 손을 부여잡으며 울부짖었단다. "아, 하느님! 제가 사랑하는 제 아이를 죽음으로 몰아갔습니다!"라고 말이다.

엘리자베스는 그대로 기절했다가 간신히 정신을 차렸단다. 눈을 뜬 후에도 그저 한숨을 쉬며 울기만 했지. 그리고 내게 이야기를 해주었다. 그날 밤 윌리엄이 네 어머니의 초상화 목걸이를 걸어보고 싶다고 엘리자베스에게 보챘다고 말이야. 그런데 우리가 발견했을 땐, 윌리엄의 목에 목걸이는 없었단다. 범인이 목걸이를 노렸던 게 분명하지. 아직은 범인의 흔적을 전혀 찾을 수 없지만 내 기필코 그놈을 찾을 테다. 물론 범인을 잡는다고 사랑하는 윌리엄이 살아 돌아올 리는 없지만.

그러니 사랑하는 빅터, 집으로 오거라. 너만이 엘리자베스를 위로해줄 수 있다. 그 애는 계속해서 울기만 하고 자신이 윌리엄을 죽였다며 자책하고 있다. 그 애의 말이 내 심장을 찌르는 것 같구나. 우리 모두가 너무도 불행해. 네가 어서 돌아와 우리에게 위안이 되어주지 않으련? 아, 네 어머니를 생각하면! 빅터! 차라리 막내아들의 황망한 죽음을 보지 못하고 떠나 다행이지 않겠느냐!

어서 돌아오거라, 빅터. 대신 범인 놈에게 복수 따위를 품을 게 아니라 평화와 관용만 품고 오거라. 우리 마음의 상처를 치유해줄 수 있게 말이다. 비탄으로 젖은 집으로 돌아오거라, 내 아들아. 다만 원수에 대한 증오가 아니라 널 사랑하는 우리에 대한 애정만 품고 오거라.

17○○년 5월 12일, 제네바에서
너를 사랑하는 슬픔에 잠긴 네 아버지,
알퐁스 프랑켄슈타인

소식이 담긴 편지를 읽어내리던 내 표정이 기쁨에서 절망으로 바뀌는 것을 지켜보던 클레르발이 깜짝 놀란 눈치였다. 나는 편지를 탁자 위로 던져버리며 두 손으로 얼굴을 감쌌다.

"이보게, 프랑켄슈타인."

앙리가 쓰디쓴 절망에 빠져 흐느끼는 나를 보며 외쳤다.

"불행이 자네만 쫓아다니는 건가? 친구, 대체 무슨 일인데 그러는 게야?"

극도의 불안감으로 자리에서 일어나 방을 서성거리며 탁자 위로 던진 편지를 향해 고갯짓을 했다. 내게 일어난 불행한 사고가 적힌 편지를 읽던 클레르발의 얼굴에도 눈물이 흐르기 시작했다.

"뭐라고 위로를 해야 좋을지 모르겠군. 겪어선 안 될 불행이야. 이제 어쩜 좋단 말인가?"

"당장 제네바로 가야겠어. 앙리, 나와 함께 마차를 빌리러 가주게."

함께 걸어가는 사이, 클레르발은 기분을 위로해주려 애썼다. 흔해빠진 동정이 아니라 진심이 어린 위로였다.

"불쌍한 윌리엄! 그 어린아이가. 천사 같았던 어머님 품에서 안식을 취할 걸세."

그가 말했다.

"친구들은 슬퍼하고 눈물을 흘리겠지만, 그 애는 이제 평온하게 쉴 게야. 살인자의 손아귀 따위는 잊고 보드라운 흙을 이불 삼아 아픔도 느끼지 못할 거야. 우리도 더 이상 그 애를 불쌍하게 여기지 말자고. 살아남은 사람만 괴로운 법이니까. 시간만이 우리에게 위로가 될 거야. 스토아학파의 철학도 도움이 되지 않지. 죽음은 악이 아니요, 사람의 마음은 사랑하는 이의 영원한 부재에도 슬픔에 굴복하면 안 된다던 스토아 철학의 로마 철학자 카토 역시 사랑하는 동생의 시신 앞에서 흐느껴 울었다지 않은가."

함께 서둘러 길을 걸으며 클레르발은 이런 식으로 이야기를 해주었다. 그의 위로가 오래도록 마음에 남아 훗날 혼자 남았을 때도 이따금 떠오를 때가 있었다. 하지만 그때는 이륜마차를 얻자마자 서둘러 친구에게 작별을 고할 수밖에 없었다.

돌아가는 여정은 우울했다. 처음엔 슬픔에 빠진 가족들을 위로하고 함께 슬퍼하고픈 마음에 조급했다. 하지만 고향이 가까워질수록 발걸음이 더디어졌다. 밀려드는 복잡한 감정들을 견딜 수가 없었다. 어린 시절부터 봐서 익숙한 육 년 만에 만나는 풍경을 지나쳤다. 그 시간 동안 얼마나 많은 것들이 바뀌었을까? 확실한 건, 갑작스럽고 황망한 변화가 일어났다는 것이다. 수천 가지의 사소한 것들이 아마도 서서히 또 다른 변화를 만들어내겠지. 물론 전자와 비교하면 고요한 변화에 불과하겠지만 파급력의 의미가 덜한 것은 아닐 것이다. 나는 걷잡을 수 없는 두려움에 떨었다. 차마 형용할 수 없는 수천 가지의 정의할 수 없는 해악으로 온몸을 떨었다.

이렇게 고통스러운 마음으로 이틀을 로잔에서 묵었다. 잔잔한 호수를 바라보며 생각을 정리했다. 호수 주위를 에워싼 모든 게 잔잔했다. 눈이 덮인 산맥은 '자연의 궁전'이라는 시구처럼 변함이 없었다.* 고요하고 아름다운 풍경이 마음을 어루만졌다. 그 덕에 서서히 기운을 차린 나는 다시 제네바를 향한 여정을 재개했다.

호숫가를 따라 나란한 길이 고향에 인접할수록 조금씩 좁아졌다. 쥐라 산맥의 검은 산등성이와 몽블랑의 빛나는 정상이 훨씬 또렷이 보이기 시작했다. 나는 마치 아이처럼 흐느꼈다.

"내 산이여! 내 아름다운 호수여! 방랑자를 이리 반겨

* 영국 낭만주의 시인 조지 고든 바이런의 시, 「차일드 헤럴드의 순례」에서 인용.

주는구나! 선명한 봉우리며 청명하고 잔잔한 하늘과 호수여. 과연 이것이 평화의 전조인가, 내 불행을 조롱하는 것이냐."

이렇게 장황한 이야기를 늘어놓다가 이야기가 지루해질까 봐 걱정스럽다. 하지만 비교해보면 이만큼 행복했던 적이 없었기에, 기분이 좋아지기도 한다. 나의 나라, 사랑하는 나의 조국! 내 나라의 냇물과 내 나라의 산맥, 그리고 무엇보다 사랑스러운 호수를 바라보며 느낀 기쁨은 이곳에서 태어나고 자란 사람이 아니라면 모를 테니.

집에 가까워질수록 슬픔과 공포가 다시금 덮쳐왔다. 어느새 밤이 깊어오고 있었다. 어두컴컴한 산맥의 실루엣만 겨우 눈에 들어오자 전보다 더 우울해졌다. 사방이 광활하고 어슴푸레한 악과 같았다. 거기서 막연하지만, 내가 앞으로 이 세상에서 가장 비참한 운명을 가질 인간이 되리라는 예감이 들었다. 아! 그리고 예감은 틀리지 않았다. 한 가지만이 틀렸을 뿐이다. 실제로 내가 겪은 비극이 상상했던 수없이 많은 불행의 백분의 일도 되지 않았다는 것.

제네바에 도착했을 땐 컴컴한 한밤중이었다. 시내로 통하는 관문은 이미 닫혀 있었다. 어쩔 수 없이 동문에서 약 5킬로미터 정도 떨어진 세슈롱에서 밤을 보내기로 결정했다. 그러나 도저히 편히 쉴 수가 없어서 윌리엄이 살해당한 곳을 찾아가 보기로 마음먹었다. 도시를 가로지를 수 없으니 보트를 타고 호수를 건너 플랭팔레로 가야 했다. 도중엔 몽블랑 정상을 내리치는 아름다운 번개의 유희도 구경했다. 폭풍우가 빠르게 접근하는 것 같았다. 보트에서 내리자마자 야트막한 산으로 올라가 폭풍우를 관찰해야겠다고 생각했다. 폭풍우는 조금씩 가까워지는 모양이었다. 하늘엔 구름이 뒤덮였고 곧 커다란 빗방울이 점점이 떨어지다가 이내 쏟아내렸다.

어둠과 폭풍우가 매 분마다 거세졌고 천둥번개가 머리 위에서 내리쳤지만 나는 자리에서 일어나 계속해서 걸었다. 살레브, 쥐라 그리고 사부아의 알프스 산맥 너머로 천둥이 메아리쳤다. 환하게 밝은 번개에 호수면이 광활한 불바다로 변했다가 사그라졌다. 한순간 모든 것이 어둠에 파묻히고, 번개의 섬광으로 흐릿하던 시야가 조금씩 밝아졌다. 스위스에서는 흔히 볼 수 있는 현상이다. 폭풍우가 하늘 위로 여기저기 흩어져 터지는 것처럼 보였다. 가장 격렬한 폭풍우는 정확히 마을의 북쪽, 벨리브의 돌출된 곳과 코페라는 마을 사이의 호수 위에 머무르고 있었다. 또 다른 폭풍우는 쥐라 산맥을 희미하게 밝히고 있었고, 또 하나는 호수 동쪽에 솟은 몰 산맥을 시커멓게 뒤덮고 있었다.

아름답지만 무시무시한 폭풍우를 바라보며 발을 재게 놀렸다. 하늘에서 벌어지는 장엄한 전쟁에 기분도 덩달아 고양되었다. 나는 두 손을 맞잡으며 하늘을 향해 큰 소리로 외쳤다.

"윌리엄, 사랑하는 천사야! 이것이 너를 위한 장례식이다! 이것이 너를 위한 애도다!"

소리쳐 외치는 순간, 어둠 속 나무 수풀 너머에서 슬며시 무언가가 지나갔다. 나는 발이 묶인 듯 그 자리에 서서 형체를 뚫어져라 바라보았다. 처음엔 눈을 의심했지만 잘못 본 게 아니었다. 번개가 치자 그 정체가 드러났다. 거대한 몸집, 차마 인간이라고는 할 수 없는 흉측한 생김새에, 바로 알아차렸다. 내가 만든 비천한 악마, 바로 그 괴물이었다. 대체 이곳에서 무슨 일을 저질렀단 말인가? 상상만으로도 온몸이 떨려왔다. 이놈이 정말 내 동생을 살해했단 말인가? 찰나를 스쳐가던 상상이 확신이 되자, 이가 바득바득 떨리고 몸을 가눌 수 없어 나무를 짚었다. 형체는 재빨리 스쳐 지나갔고, 어둠 속에 몸을 숨겼다. 인간이라면 그 착한 아이를 죽일 수 없을 것이다. 괴물이 바로 범인이었다! 의심할 여지가 없었다. 그놈을 바로 떠올렸다는 것 자체가 반박할 수 없는 증거였다. 악마를 추적하려 했지만 소용이 없었다. 다시 치기 시작하는 번개 섬광 너머로, 놈은 플랭팔레의 남쪽으로 이어지는 몽살레브 산, 깎아내린 절벽의 바위틈에 매달려 있었다. 그리고 순식간에 정상에 올라 사라졌다.

나는 그 자리에 얼어붙어버렸다. 천둥은 그쳤지만 비는 여전히 내리고 있었고, 사방은 한 치도 내다 볼 수 없는 어둠뿐이었다. 지금껏 잊어보려 발버둥 쳤던 일이 다시 머릿속을 사로잡았다. 창조를 향했던 모든 순간, 내 손으로 빚은 생명체가 침대 맡에 서 있었고, 그리고 그대로 사라졌었다. 처음 생명을 얻은 밤 이후로 이 년이 지난 지금까지, 과연 이게 첫 번째 살인이었을까? 아! 결국 나는 살육과 고통에서 기쁨을 찾는 저주받은 괴물을 이 세상에 풀어버렸구나! 과연 놈이 내 동생을 죽이지 않았던가!

그 누구도 상상조차 못 할 고뇌에 빠진 나는 흠뻑 젖어 추위에 떨며 그 자리에서 밤을 새웠다. 험한 날씨는 이미 내게 아무것도 아니었다. 죄악과 절망으로 점철된 상상만이 머릿속을 가득 메웠다. 괴물은 소름 끼치는 살인과 범죄를 저지를 힘과 의지를 모두 지닌 생명체다. 놈은 마치 나의 뱀파이어처럼, 무덤을 파헤치고 나온 영혼처럼 내게 소중한 것들을 모두 파멸로 몰아넣을 참이었다.

날이 밝았고 시내 쪽으로 발걸음을 옮겼다. 성문이 열려 있었다. 아버지의 집을 향해 빠르게 발걸음을 재촉했다. 처음에는 범인에 대해 아는 것을 모두 털어놓고 즉시 수색을 요청할 생각이었다. 하지만 털어놓아야 할 이야기를 하나부터 열까지 생각하다가 잠깐 고민에 빠졌다. 내가 만들어내고 생명을 준 놈이 한밤중에 사람이 갈 수 없는 산등성이 한가운데에서 나와 마주쳤다. 게다가 신경성 열병을 앓던 시기와 괴물을 만들어냈다는 날짜가 비슷하게 맞물려 있으므로, 안 그래도 신빙성이 떨어지는 이야기가 고열로 인한 환각 증세로 여겨질 게 불 보듯 뻔했다. 누구라도 이런 이야기를 해주었다면 나 역시 미친 헛소리라고 여겼을 것이다. 하다못해 가족들을 설득해 수색을 시작한다고 할지라도, 기이한 특성의 놈을 뒤쫓기란 쉽지 않다. 추적이 다 무슨 소용이 있단 말인가? 몽살레브의 까마득한 절벽을 타고 오르는 괴물을 과연 누가 잡을 수 있을까. 이런 생각이 꼬리를 물며 이어지다가, 결국 나는 결심했다. 아무 말도 하지 않기로 말이다.

아버지의 집에 도착하고 보니 아침 다섯 시였다. 하인들에게 가족들을 부러 깨우지 말라 명령한 다음, 서재로 가서 평상시 가족들이 기상하는 시간까지 기다리기로 했다.

육 년의 세월이 단 하나 지울 수 없는 흔적을 남기고 지나갔다. 이제 나는 잉골슈타트로 떠나기 직전 아버지가 날 안아주던 그곳에 서 있다. 사랑하고 존경하는 나의 아버지! 아버지가 아직 내 곁에 계셨다. 벽난로 선반에

놓인 어머니의 초상화를 물끄러미 바라보았다. 아버지의 소망으로 남긴 기념비적 초상화였다. 절망에 빠진 캐롤라인 뷰포트가 그의 죽은 아비가 담긴 관 앞에 무릎을 꿇고 우는 모습. 어머니의 수수한 옷차림과 창백한 뺨에도 품위와 아름다움이 고스란히 살아 숨 쉬는 모습은 한 치의 동정을 허락하지 않았다. 그 밑엔 윌리엄의 작은 초상화도 있었다. 그 모습을 보자 나도 모르게 눈물이 흘렀다. 그때 에르네스트가 서재로 들어섰다. 내가 도착하는 소리를 듣고 깨서 황급히 찾아온 것이다. 나를 보자 동생의 얼굴에 쓰디쓴 기쁨이 피어올랐다.

"형, 어서 와."

그가 말했다.

"아! 형이 석 달만 빨리 왔어도, 모두 행복하고 기뻐하며 형을 맞이했을 텐데. 우린 지금 너무 불행해. 미소가 아니라 눈물바람으로 형을 맞이하게 되어버렸어. 아버지도 너무 슬퍼하셔. 이 끔찍한 사건으로 어머니가 돌아가셨을 때의 슬픔까지 고스란히 되새기시는 모양이야. 불쌍한 엘리자베스 누나에게는 어떤 위로도 통하질 않아."

에르네스트가 말을 하다 말고 흐느끼기 시작했다.

"울면서 나를 맞이할 셈이야? 진정해봐. 이렇게 오래도록 떨어져 살다가 돌아온 내 마음이 참으로 참담하기

이루 말할 수가 없다. 아버지는 어떻게 참고 계시지? 불쌍한 엘리자베스는 또 어떻게 지내고?"

"누나는 어떤 말로도 위로가 안 돼. 윌리엄의 죽음이 누나 탓이라고 자책하면서 괴로워하고 있어. 하지만 범인을 찾고 나니까……."

"범인을 찾았다고? 이럴 수가! 그게 가능해? 누가 감히 그놈을 추적할 생각을 한 거야? 그건 불가능해. 차라리 바람을 손으로 잡아채거나 지푸라기로 계곡물을 막으면 막았지."

"무슨 소리를 하는 거야, 형. 범인을 찾아냈을 땐 우리도 경황이 없었어. 처음엔 아무도 믿질 못 했지. 지금도 증거가 그렇게 많은데 엘리자베스는 믿으려고 하질 않아. 아니, 그렇게 상냥하고 가족들에게 사랑받던 유스틴 모리츠가 갑자기 사악해지다니, 정말 누가 믿을 수 있겠어?"

"유스틴 모리츠라고? 그 불쌍한 여자애가 범인으로 잡혔다는 게냐? 말도 안 돼. 사람들도 다 알 거야. 아무도 그 말을 믿지 않아, 그렇지? 에르네스트?"

"처음엔 그랬지. 하지만 몇 가지 정황이 드러나면서 이젠 어쩔 수 없이 우리도 믿을 수밖에 없어. 게다가 그 애 행동에 어딘가 수상한 부분이 있어서 증거에 무게가 실렸어. 슬프지만 믿지 않을 수가 없어. 오늘이 재판 날이니 형도 다 들을 수 있을 거야."

에르네스트의 이야기에 따르면, 불쌍한 윌리엄이 발견된 날 아침, 유스틴이 앓아 누웠다고 했다. 그리고 며칠 후 하인 하나가 살인이 일어난 밤 유스틴이 입었던 옷 주머니에서 살해 동기로 추정되는 어머니의 초상화 목걸이를 발견했다고 했다. 하인은 즉시 다른 하인에게 보여주었고, 이들은 가족들에게 한마디 상의도 없이 곧장 치안 판사를 찾아간 것이다. 그리고 하인들의 증언을 바탕으로 유스틴이 곧바로 체포되었다. 기소를 당한 아이는 혼란스러워하는 태도를 보였고, 따라서 혐의를 거의 인정하는 결과를 낳은 셈이었다.

기이한 이야기임엔 분명했지만 내 믿음은 흔들리지 않았다. 나는 보다 확신을 갖고 대꾸했다.

"아니야, 다들 잘못 알고 있는 거야. 내가 범인을 알아. 그 불쌍한 유스틴은 무죄야."

바로 그때, 아버지가 서재로 들어오셨다. 얼굴에 불행이 깊게 아로새겨진 모습으로 아버지는 힘을 짜내 나를 반겼다. 비탄에 잠겨 서로를 반긴 다음, 우리가 겪은 불행 말고 다른 이야기를 하려던 찰나, 에르네스트가 목소리를 높였다.

"세상에, 아버지! 불쌍한 윌리엄을 죽인 사람이 누군지 빅터 형이 알고 있대요."

"불행하게도 우리도 이미 알고 있다."

아버지가 말했다.

"참으로 가족처럼 여기던 아이가 그토록 잔인하고 배은망덕한 짓을 벌였다니, 차라리 모르는 편이 나았을 것 같구나."

"아버지. 아니에요. 유스틴은 죄가 없어요."

"그렇다면 그 아이가 죄를 뒤집어쓰지 않도록 하느님이 돌봐주시겠지. 오늘이 재판 날이니 나도 진심으로 그 애가 무죄 선고를 받길 바랄 뿐이다."

아버지의 말씀에 마음이 차분해졌다. 나는 유스틴은 당연하고, 이 세상 누구도 이번 살인을 저지르지 않았다고 굳게 믿고 있었다. 유죄 선고를 받을 만큼의 뚜렷한 정황 증거가 없을 거란 확신을 갖고 두려움도 느끼지 않았다. 마음을 편히 가라앉힌 나는 애타게 재판을 기다리며 나쁜 결과가 나올 거란 생각은 추호도 하지 않았다.

그때 엘리자베스가 찾아왔다. 마지막으로 그녀를 보고 너무도 오랜 시간이 흘렀다. 육 년이란 세월이 흐르는 사이, 엘리자베스는 누구에게나 사랑받던 예쁘고 성격이 온화한 소녀에서, 몸가짐이나 얼굴 모두 성숙한 여자가 되어 있었다. 누구라도 사랑할 수밖에 없는 모습이었다. 넓은 이마는 뛰어난 이해력과 솔직한 성격을 드러냈고 옅은 갈색 눈은 슬픔과 자책까지 더해져 애절한 모습이었다. 암갈색의 탐스러운 머리카락과 하얀 피부에, 가날프고 우아한 몸매까지 그야말로 성숙한 여인이었다. 그녀는 더없는 애정을 담아 나를 반겨주었다.

"빅터, 너를 보니 마음에 희망이 차올라. 어쩌면 넌 불쌍하고 죄 없는 우리 유스틴을 변호할 수 있는 방법을 찾아낼지도 모르잖아. 아! 그 애가 범죄자라니. 만약 그렇다면 이 세상에 죄를 저지르지 않은 사람이 어디 있겠어. 내가 결백한 만큼, 그 애도 결백하리라 믿어. 마치 우리의 불행이 곱절로 늘어난 것만 같은 기분이야. 사랑스럽던 막내를 잃은 것으로도 모자라서 진심으로 아끼던 아이까지 이토록 혹독한 운명에 맡겨지다니. 유죄 판결이 나오면 더 이상 내 인생에 행복은 없을 것만 같은 기분이야. 만약 반대의 결과가 나오면, 물론 그럴 거라 진심으로 믿지만, 그럼 윌리엄은 갔어도 다시 행복해질 수 있을 것만 같아."

"그 애는 죄가 없어, 엘리자베스."

내가 말했다.

"그리고 결백은 꼭 밝혀질 거야. 아무 걱정 말고 그 애가 풀려날 거란 확신을 갖고 기운을 좀 차려야지."

"어쩜 이렇게 다정해! 모두들 그 애가 범인이라고 믿는 바람에 나까지 힘이 빠지던걸. 하지만 말도 안 되는 소리야. 사람들이 모두 그런 끔찍한 태도로 편견을 갖고 있는 모습을 보고 있자니 희망이 사라지고 절망만 가득했어."

엘리자베스가 흐느꼈다.

"사랑하는 조카야."

아버지가 말씀하셨다.

"눈물은 그치려무나. 정말 네 말대로 그 애가 죄가 없다면 판사들의 정의를 한번 믿어보자꾸나. 조금이라도 편견이 개입될 소지가 보이면 내가 막아보도록 할 테니."

07

재판이 시작되는 열한 시까지 모두 슬픔에 젖어 시간만 보냈다. 아버지를 포함해 다른 가족들은 증인으로 재판에 참석할 의무가 있었고, 나도 가족들과 함께 법원으로 갔다. 정의가 이처럼 모욕당하는 꼴을 지켜보자니 생고문이 따로 없었다. 나의 호기심과 죄로 사랑하던 사람을 둘이나 죽이는 결과를 불러올지 이제 곧 판결이 날 참이었다. 한 사람은 순진무구하게 웃던 아이였고, 또 한 사람은 추문으로 말미암아 끔찍하게 처형을 앞두고 있었다. 유스틴은 훌륭한 소녀였다. 앞으로 얼마든지 행복한 삶을 누려야 마땅한 품성이었다. 하지만 곧 불명예스러운 무덤이 그녀를 잡아먹을 운명이었고, 원흉은 다름 아닌 나였다! 유스틴이 짊어진 죄를 차라리 내가 저질렀다고 자백하고 싶은 마음이 천 번도 넘게 들었지만 범죄 당시에 제네바에 있지 않았으므로, 결국 헛소리 취급만 받고 나로 인해 고통받는 유스틴의 무죄도 입증할 수 없을 것이다.

유스틴은 차분해 보였다. 상복을 입은 그녀는 누구나 쳐다볼 법한 외모로 엄숙한 표정을 보였다. 그 모습이 유독 아름다웠다. 자신의 결백을 확신하는 것처럼, 그녀는 비난을 퍼붓기 일보직전의 수많은 사람들 앞에서도 전혀 미동이 없었다. 다른 때라면 그녀의 미모 때문에 사람들이 편을 들어줬겠지만 지금은 청중들이 상상하는 죄가 워낙 중대해서 그런지 호감이라곤 보이지 않았다. 유스틴은 차분했지만, 그래도 긴장이 되긴 되는 모양이었다. 이전에 혼란스러운 태도를 보였다가 유죄 혐의를 받아서인지 마음을 굳게 먹고 용감한 척 애쓰는 모습이었다. 법정에 들어서던 그녀가 주위를 둘러보다가 우리를 발견했다. 금세 그녀의 눈에 눈물이 차올랐지만 이내 의연하게 마음을 다잡았다. 슬픔 속에서도 애정이 깃든 그녀의 두 눈은 결백이 확실해 보였다.

재판은 곧 시작되었다. 검사의 기소가 끝나고 증인들이 소환되었다. 몇 가지 이상한 점들이 늘면서 그녀에게 불리하게 작용되는 분위기였다. 나처럼 그녀의 결백을 확신하는 사람이 아니라면 누구나 깜짝 놀랄 만한 내용이었다. 그녀는 살인이 일어나던 날 밤, 외출을 하고 밤을 새웠다가 동이 트기 전, 죽은 아이가 발견된 지점과 그리 멀지 않은 시장의 한 장사꾼을 만난다. 상인이 뭘 하고 있었냐고 물었더니, 유스틴은 혼란스러운 얼굴로 앞뒤가 맞지 않는 대답을 했다. 아침 여덟 시경 집에 돌아왔는데, 어디서 밤을 보냈냐는 말에는 아이를 찾고 있었다고, 혹시 무슨 소식을 들은 게 없냐고 되물었다고 했다. 시신을 본 유스틴은 심한 경기를 일으키며 쓰러졌고 며칠을 앓아 누웠다. 그리고 하인이 그녀의 옷 주머니에서 발견한 어머니의 초상화 목걸이가 증거로 제출되었다. 엘리자베스가 목이 메어, 아이가 실종되기 한 시간 전에 손수 목에 둘러 주었다던 바로 그 초상화 목걸이라고 증언하자 사람들이 공포와 분노로 탄식을 내뱉어 법정을 가득 메웠다.

유스틴이 변론을 할 차례였다. 재판이 진행되는 사이 그녀의 표정도 조금씩 경악과 공포, 절망으로 변하고 있었다. 가끔은 눈물을 참으려고 애를 쓰기도 했지만 변론 차례가 되자 온힘을 다해 떨리는 목소리를 삼키고 또렷하게 주장했다.

"제게 죄가 없다는 건 하느님께서 아실 겁니다. 하지만 항변을 한다고 무죄로 풀려나지 못 하리라는 것도 압니다. 그러나 제게 불리한 증거들에 대해서는 확실하고 간결하게 소명하고자 합니다. 그리고 정황이 조금이라도 의심스럽거나 확실치 않다면, 이제까지의 제 태도로 미루어 재판관님의 현명한 선처를 부탁드립니다."

그러고 나서 유스틴은 설명을 시작했다. 살인이 일어나던 날 밤, 유스틴은 엘리자베스의 허락을 받고 제네바에서 5킬로미터 정도 떨어진 셴이란 마을의 숙모를 찾아가 저녁을 먹었다고 했다. 아홉 시쯤 돌아오던 길에 한 남자를 만났고, 그가 혹시 실종된 아이의 행방을 아냐고 물어왔다. 깜짝 놀란 그녀는 몇 시간이나 아이를 찾아 헤맸고, 제네바로 통하는 성문이 닫히는 바람에 그날 새벽을 어느 오두막에 딸린 헛간에서 보냈다. 오두막에 사는 가족들도 잘 아는 사이였지만 굳이 깨우는 폐를 끼치고 싶지 않았다. 잠도 오지 않고 쉴 수도 없어서 유스틴은 다시 밖으로 나와 윌리엄을 찾아 나섰다. 행여 윌리엄의 시신이 있던 곳 근처였다고 해도, 자신은 알지 못한 사실이라고 했다. 시장의 상인이 물었을 때 제대로 대답을 하지 못했던 것도 놀랄 일이 아닌 게, 밤새 한숨도 자지 못했고 윌리엄의 행방도 아직 묘연했던 까닭이다. 초상화 목걸이에 대해서는 유스틴도 아무런 설명을 하지 못했다.

"이 한 가지 정황 증거가 제게 얼마나 불리하고 치명적인지 잘 알고 있습니다. 그러나 도무지 설명할 수 없습니다. 어떻게 된 일인지 알 수 없으니 누군가 제 주머니에 초상화 목걸이를 몰래 넣었다는 말 말고는 다른 추정을 할 수 없지요. 하지만 이 역시 모순이기는 마찬가지입니다. 저를 그렇게 몰아갈 원수를 만든 적이 없다고 믿으니까요. 세상에 어느 누가 자기 마음대로 저를 파멸로 몰아갈 수 있을까요. 그렇다면 살인범은 왜 목걸이를 제 주머니에 넣었을까요? 그럴 기회가 전혀 없었는 걸요. 혹시 그게 가능했다고 할지라도, 살인자는 왜 이토록 값어

치 있는 물건을 훔쳤다가 쉽게 포기했을까요? 이제 저는 모든 것을 현명하고 정의로운 판사님께 맡기겠습니다. 제게는 희망이 없으니까요. 다만 증인 몇 분을 요청해 평소 제 행실에 대한 증언을 부탁드리고 싶습니다. 만일 그 분들의 증언이 제 혐의보다 설득력이 떨어진다면 제가 아무리 무죄라고 간청을 드리고 구원을 바라도, 전 유죄임이 분명할 것입니다."

오래전부터 유스틴을 잘 알고 지내던 몇 명의 증인이 불려 나왔다. 다들 그녀의 평소 성품이 훌륭했다고 말했지만 그녀에게 지워진 죄가 워낙 중대하고 극악무도해서, 다들 두려움에 떨며 확신을 하지 못했고, 나서서 증언하는 것을 꺼려했다. 마지막 희망이었던 유스틴의 훌륭한 성품과 흠잡을 데 없는 품행에 대한 증언마저 꺾이는 것을 보던 엘리자베스가 격한 감정을 억누르며 자리에서 일어나 발언을 요청했다.

"저는 살해당한 아이의 사촌이자 친누나와도 같은 사람입니다. 그 애가 태어나기 훨씬 전부터 그 아이의 부모님께 교육받고 같은 집에서 살고 있습니다. 그러니 이번 일에 제가 나서는 게 부적절하다고 생각하실 수도 있습니다. 하지만 피고는 소위 친구라고 불리던 사람들의 비겁함 때문에 사형을 눈앞에 두고 있습니다. 제가 알고 있는 유스틴 모리츠의 성품에 대해 증언할 수 있는 기회를 부탁드리고 싶습니다. 저는 피고를 아주 잘 알고 있습니다. 한 집에서 두 번이나 같이 살았으니까요. 처음엔 오 년을 같이 살았고 최근 이 년간 또 다시 함께 거주했습니다. 제가 아는 그녀는 세상에서 가장 사랑스럽고 자애로운 사람입니다. 피고는 제 숙모이신 프랑켄슈타인 부인의 마지막 병상을 사랑과 정성으로 지키고 간호했습니다. 나중에는 지병이 있던 친어머니도 모셨어요. 피고와 그 가족을 아는 사람이라면 누구나 피고의 정성에 찬사를 보냈습니다. 어머니를 여읜 피고는 다시 제 외숙부 집에서 살게 되었고, 우리 가족 모두 피고를 아꼈습니다. 세상을 떠난 아이와도 잘 지내는 사이로 누구보다 사랑이 넘치는 어머니처럼 아이들을 돌봤습니다. 저는 단언할 수 있어요. 이 모든 불리한 증거에도 불구하고, 피고의 무죄를 진심으로 믿고 있다고 말입니다. 중요한 증거로 제시된 값싼 초상화 목걸이도 그래요. 정말로 피고가 그 목걸이를 원했다면 전 기꺼이 내어줬을 겁니다. 그 정도로 전 피고를 높이 평가합니다."

정말 훌륭한 엘리자베스야! 사람들이 웅성거리며 칭찬을 내뱉었지만 엘리자베스의 너그러운 태도에 대한 찬사였지 유스틴에 대한 건 아니었다. 오히려 사람들은 더욱 격하게 분노하며 천인공노할 짓을 저지른 유스틴을 비난했다. 유스틴 역시 엘리자베스의 증언을 들으며 눈물을 삼켰지만 그 어떤 대답도 하지 않았다. 재판 내내 나의 동요와 고뇌는 끝을 향해 치받치고 있었다. 유스틴의 무죄를 믿었다. 머리로도 알고 있었다. 단 일 분도 의심한 적 없이. 그 악마가 내 동생을 죽이고, 심지어 소름 끼치는 장난처럼 죄 없는 이를 죽음으로, 치욕으로 몰아넣었다. 내가 처한 공포스러운 상황을 도무지 견딜 수가 없었다. 사람들의 여론과 재판관들의 표정이 벌써부터 불행한 피해자의 유죄를 단정하고 있었다. 나는 괴로워하며 법정 밖으로 황급히 도망 나왔다. 피고의 고통도 내 것엔 비할 수 없었다. 유스틴은 결백하다는 믿음으로 겨우 버티고 있었지만 후회라는 날카로운 송곳니에 찔린 내 가슴은 갈기갈기 찢어져 끝내 먹잇감이 되고 말았다.

그날 밤 절망에 빠져 하룻밤을 새웠다. 아침이 되어 법원으로 갔다. 입과 목이 바싹바싹 타들어갔다. 차마 결과를 물어볼 용기가 나지 않았지만 이미 나를 알고 있던 직원은 방문의 목적을 어렵지 않게 알아차렸다. 투표는 이미 끝난 후였다. 모두들 검은 표를 던졌고 결국 유스틴은 유죄 선고를 받았다.

차마 그때의 감정을 설명할 엄두도 나지 않는다. 공포라는 감정을 느껴본 적이 있으니 비슷하게나마 적당한 표정을 지어보려고 안간힘을 썼지만, 당시 견뎌내야 했던 가슴이 아려오는 절망은 어떤 말로도 표현이 어려웠다. 내게 대답을 해준 직원이 덧붙였다. 유스틴이 이미 죄를 자백했다고 말이다.

"워낙 명확한 사건이라 범인의 자백이 중요하게 작용하진 않았지만 그래도 내심 기쁘네요. 사실 재판관 누구도 정황증거만으로 판결을 내리고 싶어 하지 않으니까요. 제아무리 증거가 결정적이라고 해도 말입니다."

집으로 돌아오자 엘리자베스가 결과를 알려달라며 재촉했다.

"엘리자베스."

내가 대답했다.

"네 예상대로 판결이 났어. 재판관들은 무고한 열 명의 희생자를 내느니 한 명의 범인을 풀어주고 싶지 않았던 거야. 게다가 유스틴이 자백도 했다더군."

무죄를 굳게 믿고 있던 엘리자베스에게 유스틴의 자백 소식은 그야말로 충격이었다.

"세상에! 앞으로 다시는 인간의 선함을 믿을 수가 있겠어? 유스틴이. 그토록 아끼고 친자매처럼 사랑하던 그 아이가, 어떻게 그렇게 순진한 미소를 지으면서 나를 배신할 수 있단 말이야? 온화한 눈빛만 봐선 절대 잔인한 짓도, 나쁜 짓도 할 수 없을 것만 같은 아이인데! 그런데 살인이라니!"

엘리자베스가 울부짖었다.

얼마 지나지 않아 우리는 불쌍한 희생양이 엘리자베스를 만나고 싶어 한다는 소식을 전해 들었다. 아버지는 엘리자베스가 면담에 굳이 응하지 않았으면 하셨지만 그래도 엘리자베스의 판단과 기분에 따라 결정할 수 있게 하셨다.

"만나겠어요. 비록 유스틴이 유죄라고는 해도. 그리고 빅터, 나와 같이 가줘. 나 혼자서는 못 가겠어."

유스틴을 내 눈으로 보는 것만으로도 미칠 듯이 괴로웠지만 어쩔 도리가 없었다.

음울한 감방에 들어서자 저 귀퉁이 멀리, 짚더미 위에 앉아 있는 유스틴을 발견할 수 있었다. 두 손에는 수갑이 채워져 있었고, 고개를 무릎에 깊이 파묻고 있었다. 우리가 들어오자, 유스틴이 일어섰다. 방 안에 우리만 남자 그녀는 엘리자베스의 발치 앞으로 무너져 울음을 터트렸다. 엘리자베스 역시 눈물을 쏟아냈다.

"오, 유스틴! 어째서 나의 마지막 위안까지 앗아간 거야? 네 결백을 진심으로 믿었어. 그때도 비참하긴 했지만 지금만큼은 아니었어."

"아가씨도 제가 그렇게 잔인하고 극악하다고 믿으시는 건가요? 정말 밖에 있는 저 사람들의 편에 서서 저를 짓밟으시려는 거예요?"

유스틴이 목이 메어 흐느꼈다.

"불쌍한 것."

엘리자베스가 말했다.

"네가 진정 결백하다면 일어나야지, 어째서 무릎을 꿇는 거야? 난 사람들과 달라. 난 네 결백을 믿었어. 모든 증거에도 불구하고 말이야. 그런데 네가 직접 죄를 고백했다는 이야기를 들었어. 네 말은 자백이 모두 거짓이라는 거야? 유스틴. 장담컨대 자백이 아니었다면 난 단 한 순간도 너에 대한 믿음을 저버린 적이 없어."

"자백을 하긴 했지만 거짓 자백이에요. 사면을 받고 싶어서 자백을 했는데, 이제 보니 제가 지금껏 저지른 어떤 죄보다 더욱 무겁게 제 죄책감을 짓눌러요. 하늘에 계신 하느님께서 저를 용서해주실 거예요! 유죄 선고를 받은 후로 신부님께서 계속해서 저를 몰아세웠어요. 위협도 하고 윽박도 질렀어요. 그 이야기를 듣다 보니 진짜로 신부님께서 말씀하시는 괴물이 내가 아닐까 하는 생각이 들었어요. 신부님은 제가 계속 무죄라고 고집을 부리면 나중에 죽어서도 가톨릭에서 파문당하고 지옥 불에 떨어질 거라고 하셨어요. 아가씨, 아무도 저를 도와주지 않았어요. 모두들 제가 치욕과 사형을 당해 마땅한 쓰레기 같은 사람이라고 생각했어요. 그러니 제가 뭘 어찌할 수 있겠어요? 악마의 속삭임에 속아 거짓말을 하고 말았어요. 그리고 정말로 비참한 처지가 되어버렸어요."

그녀는 잠시 말을 멈추고 흐느끼다가 다시 이야기를 이어나갔다.

"다정한 아가씨, 처음엔 너무 무서웠어요. 아가씨께서 그렇게 사랑해주셨던 유스틴이, 악마가 아니고서야 누구도 저지를 수 없는 그런 짓을 저지를 사람이라고 믿어버리셨으면 어떡하나 싶은 마음에서요. 우리 윌리엄은 또 어쩌고요! 세상에서 제일 예쁘고 축복받은 우리 아가! 이제는 내가 천국에 가서 널 만날게, 그곳에서 우리 모두 행복하자. 그런 생각이 들자 마음이 좀 위로가 되어요. 물론 전 이렇게 오명을 쓰고 죽겠지만."

"오, 유스틴! 한순간이나마 널 믿지 못했던 나를 용서해주렴. 대체 왜 자백을 했니? 그래도 너무 슬퍼하지는 마. 내가 모든 사람들에게 무죄를 말하고 너를 믿어달라 할게. 물론 그래도 사형은 면할 수 없겠지. 나의 소꿉친구이자 내 동반자이자 자매보다 가까운 너를 그렇게 보내야 하다니. 이런 불행을 겪고도 내가 살아갈 수 있을까."

"사랑하는 아가씨. 울지 마세요. 저를 위해 더 좋은 삶을 꿈꾸세요. 불의와 투쟁만이 있는 이 세상의 치졸함을 잊게 해주세요. 제겐 훌륭한 친구였던 아가씨까지 저를 절망으로 몰아넣지 마세요."

"너를 위로할 수 있게 노력할게. 하지만 불행이 너무

깊고 아파서 위로를 할 수 있을지 모르겠어. 이젠 희망도 없잖아. 하지만 사랑하는 유스틴. 하느님께서 너를 보살피시고 이 세상 너머의 체념과 용기를 불어넣어 주실 거야. 아! 이 세상의 겉치레와 가식에 진절머리가 나는구나! 한 사람이 살해를 당했고 또 다른 무고한 이가 고문과도 같은 괴로움 속에 생명을 잃어가는데, 소위 집행관이란 사람들은 희생양의 피가 묻은 손으로 위대한 정의를 구했다며 으스대겠지. 이런 걸 응징이라고 부른다면서 말이야. 정말이지 신물이 나는구나! 그 사람들의 표현대로라면 최악의 독재자가 그가 할 수 있는 한 가장 잔인한 복수보다 더욱 끔찍하고 잔인한 처벌을 했다는 뜻이니까. 하지만 이런 말이 무슨 위로가 되겠니. 나의 유스틴. 차라리 이렇게 한심한 세상을 등질 수 있어서 영광이라고 여기는 게 낫겠지. 아, 나도 차라리 숙모님과 우리 윌리엄과 함께 영원히 쉬고 싶어. 이 끔찍한 세상과 지긋지긋한 사람들에게서 벗어나고 싶어."

유스틴이 피식 웃었다.

"아가씨. 이건 체념이 아니라 절망일 뿐이에요. 아가씨께서 하신 말씀은 제가 배워선 안 될 소리예요. 차라리 다른 이야기를 해주세요. 더 이상 절 비참하게 하지 않을 평온한 이야기로요."

두 사람이 이야기를 나누는 내내, 감방 구석자리에 물

러서서 나를 사로잡은 고통과 두려움을 감추려고 애쓰고 있었다. 절망이라니! 대체 감히 누가 절망을 논할 수 있단 말인가? 이제 하루가 지나면 삶과 죽음의 서글픈 경계를 넘을 불쌍한 이 희생양도 나만큼 깊고 뼈아픈 고뇌에 시달리지는 않는다. 이를 악물고 턱에 힘을 잔뜩 실으며 영혼 깊은 곳에서부터 올라오는 신음을 삼켰다. 내 신음에 유스틴이 소스라치게 놀랐다. 나를 알아본 그녀가 다가와 말했다.

"도련님, 저를 이렇게 찾아와주시다니요. 정말 배려가 깊으세요. 제발 제가 범인이라고 생각하지 않으셨으면 해요."

나는 차마 입을 뗄 수 없었다.

"아니야, 유스틴."

엘리자베스가 대신 대답해주었다.

"빅터는 나보다도 너의 무죄를 믿었어. 네가 자백했다는 이야기를 듣고도 믿지 않았단다."

"정말 감사드려요. 삶의 마지막 순간까지 저를 찾아와 다정하게 대해주시는 두 분에게 얼마나 감사한지 몰라요. 저처럼 가련한 사람에게 두 분의 애정이 얼마나 힘이 되는지 몰라요! 제가 가진 불행의 절반은 덜어주시네요. 이제는 평화만 품고 갈 수 있을 것 같아요. 제 무죄를 사랑하는 아가씨와 도련님께서 믿어주시다니."

불쌍한 아이는 이렇게 남들과 자신을 위로했다. 결국 애타게 찾던 체념과 안식을 얻은 것이다. 하지만 진정한 살인자인 나는 가슴에 살아 숨 쉬는 불멸의 벌레를 품고 있었다. 이 벌레는 희망도, 위로도 허락하지 않았다. 엘리자베스가 흐느꼈다. 너무도 불행하다고 했다. 하지만 그녀의 불행은 무고의 불행이었다. 마치 아름다운 달을 스쳐가는 구름처럼, 한동안은 구름이 드리우겠지만 절대 달빛을 더럽힐 수는 없는 일이었다. 하지만 내가 가진 절망과 고뇌는 심장을 관통했다. 나는 마음속에 지옥을 숨기고 있었고, 그 무엇으로도 화르르 타오르는 지옥 불을 끌 순 없었다. 우리는 유스틴과 함께 몇 시간을 더 보냈다. 그리고 마침내 엘리자베스는 힘겨운 작별인사를 고했다.

"차라리 너와 함께 죽고 싶어. 이렇게 불행한 세상에서 나 혼자 어떻게 살아."

유스틴은 애써 명랑한 척, 힘겹게 눈물을 삼켰다. 엘리자베스를 꼭 안아주며 벅차오르는 감정을 반쯤 억누르고 말했다.

"잘 살아요, 아가씨. 내 사랑하는 엘리자베스. 내 하나뿐인 친구. 하느님의 무한한 축복이 아가씨와 함께하기를. 오늘을 마지막으로 다시는 슬퍼하지 마세요. 그저 살아가세요. 행복하게, 살아가요. 그리고 다른 사람들을 행복하게 해주세요."

돌아오는 길에 엘리자베스가 말했다.

"당신은 모를 거야, 빅터. 이 불쌍한 아이의 무죄를 굳게 믿을 수 있어서 얼마나 다행인지 몰라. 정말 굳게 믿던 이 아이에게 배신당했던 거라면 아마 영원히 마음의 평화를 얻지 못했을 거야. 저 애가 유죄라고 생각했을 때 잠깐이나마 느꼈던 괴로움은 정말 견딜 수가 없었어. 이제 마음이 좀 가벼워. 희생양이 될 저 애는 안타깝지만 상냥하고 착한 사람이라고 생각했던 내 믿음과 신뢰를 저버린 건 아니니까. 그게 조금이나마 위로가 돼."

아, 사랑하는 엘리자베스! 그때의 넌 그렇게 생각했겠지. 너의 다정한 눈빛과 목소리처럼, 온화하고 상냥했었지. 하지만 나는, 그때의 나는 너무도 비참하고 또 비참했다.

2부

Frankenstein

연거푸 벌어진 사건에 감정이 복받친 다음 고요함이 이어지고, 그 후 영혼의 희망과 절망마저 빼앗아가는 것만큼 인간에게 고통스러운 것은 없을 것이다. 유스틴이 죽었다. 그녀는 안식을 취했고 나는 살아남았다. 내 혈관엔 피가 흐르고 있었지만 심장을 짓누르는 무거운 절망과 후회는 여전했고 지울 수 없었다. 잠이 달아났다. 나는 마치 악령처럼 방황했다. 차마 말할 수 없는 아연실색할 죄를 저질렀다. 그뿐 아니라 더한 일들이 아직도 많이 남아 있었다. (적어도 나는 그렇게 믿었다.) 내 심장에도 미덕을 사랑하는 마음과 친절이 흐르고 있었다. 인정 많은 정신력과 선의를 실천하고 인류를 이롭게 할 순간을 고대하며 살았다. 하지만 이제 모든 게 수포로 돌아갔다. 스스로에게 만족하여 과거를 돌아보고 새로운 희망의 약속을 거머쥘 수 있는 양심의 자리에 후회와 자책만이 자리했다. 어떤 언어로도 형용할 수 없는 지옥이 나를 옭아매고 있었다.

이런 심리 상태가 처음의 충격에서 완전히 회복했던 건강을 다시금 갉아먹기 시작했다. 사람들을 피하기 시작했고, 기쁨이나 만족의 소음 자체가 내겐 고문과도 같았다. 고독만이 유일한 위안이었다. 깊고 어둡고 죽음과도 같은 고독이었다.

아버지는 성품과 습관이 완전히 달라져버린 나를 고통스러운 시선으로 바라보시며 엄청난 슬픔 앞에 속절없이 무너지는 나를 타이르셨다.

"빅터, 이 아버지는 힘들지 않을 것 같으냐? 그 어떤 부모도 내가 네 동생을 사랑하는 것만큼 자식을 아끼는 아비는 없었을 게다."

아버지의 눈에 눈물이 맺혔다.

"하지만 너무 슬픔을 드러내면 살아남은 이들은 더 커다란 불행을 느낄 텐데 그걸 자제하는 것도 우리의 의무 아니겠니? 그건 또한 너 스스로를 위한 의무이기도 하다. 지나친 슬픔은 발전도, 즐거움도 가로막고 심지어 일상도 방해한단다. 사람의 사회성을 떨어뜨린다는 뜻이다."

아버지의 충고는 순전 선의에서 비롯된 것이었으나 나에겐 맞지 않았다. 내 감정에 쓰디쓴 후회만 섞이지 않았더라도 이미 내 발로 앞장서 가족들을 위로하고 슬픔을 숨겼을 것이다. 하지만 아버지에게 절망스러운 표정만을 보여드리고 최대한 그의 눈에 띄지 않으려 숨어 다니는 게 최선이었다.

이때쯤 우리는 벨리브의 별장에서 지냈다. 내게는 참 달가운 변화였다. 제네바의 집에서 머무르는 것 자체가 너무도 힘들었기 때문이다. 밤 열 시 정각이면 성문이 닫히고 이후엔 호수에 머무를 수가 없었다. 하지만 이제 자유로워졌다. 다른 가족들이 잠자리에 들고 나면 보트를 타고 몇 시간이고 호수를 떠다녔다. 이따금 돛을 올리고 바람에 배를 풀어놓기도 했으며 노를 저어 호수 한가운데로 나아간 다음 물살의 흐름에 맞춰 슬픔에 잠기기도 했다. 모든 것이 고요하게 잠든 시간, 박쥐나 개구리 몇 마리만이 간간히 울어대는 소리를 제외하면 주변을 둘러싼 모든 것이 그저 침묵이었다. 혼자 마치 천국과도 같은 아름다운 풍경 속에서 불안하게 동요하며, 내가 이 고요함을 깨는 존재라고 느껴지면 몇 번이고 호수에 몸을 던지고 싶은 유혹에 시달렸다. 나와 이 재앙을 호수 밑에 영원히 담가버릴 수 있을 테니까. 하지만 한없이 사랑하고 나와 하나로 얽혀 있는 용감하고 처연한 엘리자베스를 생각하면 그런 마음은 억지로라도 가라앉히는 수밖에 없었다. 아버지와 살아남은 동생도 떠올렸다. 내가 만들어 이 세상에 풀어놓은 괴물에게 무방비로 노출된 그들을 두고 어찌 비겁한 선택을 할 수 있단 말인가?

이럴 때면 끓어오르는 눈물을 터트리고 오직 가족들의 마음에 위로와 행복을 줄 수 있도록 나의 내면에도 평화가 찾아오기를 빌었다. 하지만 그럴 일은 없었다. 후회는 마지막 남은 한낱 희망마저 모조리 태워버렸다. 나는 돌이킬 수 없는 괴물을 이 세상에 풀어놓은 사람이었다. 매일을 공포에 떨었다. 내가 창조해낸 괴물이 새로운 악행을 저지르진 않을까 두려웠다. 윌리엄은 끝이 아니라 시작이며, 앞으로도 괴물은 엄청난 죄악을 저지르며 놀랄 만한 힘으로 내가 가진 과거의 추억마저 모두 다 없애버릴 거란 예감이 들었다. 사랑하는 것이 있으면 두려움도 항상 따르기 마련이다. 악마를 향한 나의 혐오는 감히 상상을 초월했다. 괴물을 떠올리면 이를 아득바득 갈았고 두 눈엔 불길이 치솟았으며 언제라도 경솔하게 빚은 그 목숨을 끊어버리고 싶다는 생각만 들었다. 놈이 저지른 범죄와 악행만 떠올려도 내 증오와 복수심은 모든 절제를 뛰어넘어 폭발했다. 안데스 산맥 정상에서 놈을 밀어 떨어뜨릴 수만 있다면, 주저하지 않고 순례 여행을 떠났을 것이다. 그놈을 꼭 다시 만나고 싶었다. 놈의 대가리 꼭대기에서 극단의 분노를 터트리고 윌리엄과 유스틴의 죽음에 복수하고 싶었다.

집은 완전히 초상집 분위기였다. 아버지의 건강도 최근 벌어진 일련의 사건들로 급작스럽게 노쇠해졌다. 엘리자베스는 슬픔과 실의에 젖어서 더 이상 평상시의 경쾌함을 찾아볼 수 없었다. 기쁨을 느낀다는 것 자체가 이미 죽은 이들에게 죄를 짓는 기분이었다. 당시 그녀는 오직 영원한 슬픔과 눈물만이 죽은 이들을 위한 조의라고 생각했다. 어린 시절 함께 호숫가 둑을 거닐며 들뜬 마음으로 미래의 계획을 이야기하던 행복한 존재는 사라지고 없었다. 더없이 진지해져서는 운명의 변덕과 인생의 덧없음을 불쑥 꺼내곤 했다.

"빅터, 유스틴 모리츠의 불쌍한 죽음만 생각하면 이제 더 이상 전처럼 세상을 볼 수가 없어. 예전에는 악과 불의에 대한 이야기를 읽거나 들으면, 고전문학이거나 지어낸 이야기일 뿐이라고 생각했어. 나하고는 멀리 동떨어진 이야기라고, 상상도 못 하고 겨우 머리로만 이해했던 것 같아. 하지만 불행이 우리 집에 찾아오고 나니까 사람들이 전부 서로의 피를 갈망하는 괴물로만 보여. 나 역시 마찬가지의 존재 같아. 모두들 그 불쌍한 아이가 유죄라고 믿었잖아. 그 애가 정말로 그런 짓을 저질렀다면, 당연히 인간의 탈을 쓴 악마와 다름없겠지. 보석 몇 알 때문에 은인이자 친구의 아들을, 태어났을 때부터 직접 제 손으로 돌보고 친자식처럼 키운 아이를 죽인 거잖아! 세상 그 누구의 죽음도 정당한 건 없지만, 분명 그런 악인이라면 이 사회에 남아 있어서는 안 된다고, 나도 그렇게 생각했을 거야. 하지만 그 애는 죄가 없잖아. 난 알아, 그 애에게 죄가 없다는 걸 느낄 수 있어. 너도 똑같은 생각일 거라고 확신해. 아, 빅터! 거짓이 그렇게 진실처럼 보인다면, 그렇게 진실처럼 보일 수만 있다면 과연 행복은 누가, 어떻게 장담할 수 있는 거지? 마치 수천 명의 사람들에게 떠밀려 낭떠러지 위를 걷다가 심연으로 떨어져버린 것만 같은 기분이야. 윌리엄과 유스틴은 살해당했고, 살인자는 도망쳤어. 범인은 세상을 자유롭게 활보하면서 어쩌면 남들의 존경마저 받고 있을지도 몰라. 하지만 내가 만약 똑같은 죄목으로 형장에 선다고 해도, 그런 악마에게 내 자리를 주고 목숨을 빚지고 싶진 않아."

그녀의 말을 들을 때마다 차마 입 밖으로 내지도 못 할 고통에 시달렸다. 행위가 아닌 결과만 보자면 그 살인자는 바로 나였다. 그녀가 고통스러운 내 안색을 살피고는 다정히 손을 잡아주었다.

"사랑하는 빅터, 마음을 가라앉혀야 해. 이번 일로 나도 오직 하느님만 아실 만큼 충격을 많이 받았어. 내 상처는 아무도 모르겠지. 하지만 너처럼 그렇게 비참하지는 않은 것 같아. 네 얼굴에 떠오르는 절망과 가끔씩 스쳐 지나가는 복수심을 바라보면 소름이 돋아. 그러니까 제발 마음을 다잡아봐, 빅터. 너의 평온을 위해서라면 기꺼이 목숨도 바칠 수 있어. 우리는 꼭 행복할 거야. 세상에 섞이지 않고 이렇게 고향의 자연 속에서 조용히 살고 있는데 과연 누가 우리의 평온함을 깰 수 있겠어?"

그녀는 눈물을 흘렸다. 자신이 말하고도 믿을 수가 없던 모양이다. 하지만 이내 내 마음 속에 숨은 악마를 쫓아내기라도 할 듯 미소를 지어 보였다. 내 얼굴에 드러난 불행이 마땅히 느껴야 할 슬픔보다 지나치다고 믿은 아버지는 내가 전처럼 마음의 평온을 되찾으려면 취향에 걸맞은 소일거리만이 최선이라고 여기셨다. 그런 까닭으로 우리는 거주지를 옮겼다. 그리고 마찬가지의 이유로 다같이 샤모니 몽블랑 계곡으로 여행을 떠났다. 나는 가본 적이 있지만 엘리자베스와 에르네스트는 처음 가보는 곳이었고, 그래서 두 사람 모두 그곳의 풍경을 직접 보고 싶어 했다. 전부터 경이롭고 장엄한 풍경을 익히 들어 알고 있었던 것이다. 팔월 중순쯤 제네바를 떠났다. 유스틴의 죽음 이후 거의 두 달가량 흐른 후였다.

날씨는 드물게 화창했다. 만약 내 마음의 슬픔이 이렇게 잠깐이나마 좋은 날씨에 밝아질 정도였더라면 아버지의 의도가 어느 정도는 성공했을지도 모른다. 솔직히 말해 나도 이런 자연에는 관심이 많았다. 슬픔을 완전히 다 사라지게 하지는 못 했지만, 그럼에도 이따금씩 마음은 어루만져 주었으니까. 첫날 우리는 마차를 타고 여행했다. 아침 무렵만 해도 저 멀리 보이던 산맥이 조금씩 가까워지고 있었다. 구불거리는 오솔길 사이로 지나가는 계곡은 아르브 강을 따라 이어졌다. 강을 따라 생긴 협곡이 길을 따라 안쪽으로 들어갈수록 우리를 감싸 안았다. 그리하여 마침내 해가 지고 나니, 어마어마하게 높은 산과 까마득한 절벽이 우리 머리 위로 사방을 에워싸고 우뚝 솟은 장관을 이루어냈다. 바위 사이로 세차게 흐르는 강물 소리와 폭포 소리도 웅장했다.

다음 날엔 노새를 타고 여행을 이어나갔다. 더 높은 지역으로 오르면 오를수록 계곡도 더욱 장엄하고 경이로운 자태를 뽐냈다. 소나무가 우거진 산의 절벽 위로 무너져버린 성이 아슬아슬하게 서 있었고, 세차게 흐르는 강물과 나무 사이로 살짝살짝 모습을 드러내는 오두막은 나름의 독특하고 아름다운 풍경을 만들어냈다. 하지만 이런 자연의 아름다움을 한층 돋보이게 만들고 더욱 장관처럼 보이게 한 건 다름 아닌 알프스 산맥이었다. 하얗게 빛나는 만년설의 피라미드 같은 산맥이 만물 위로 우뚝 솟아, 마치 어딘가 다른 세상 같은, 인류가 아닌 다른 종족이 살고 있는 곳처럼 보였다.

펠리시에 다리를 건너자 우리 앞으로 강이 만든 협곡이 눈에 띄었다. 그 위로 솟은 산을 타기 시작했다. 머지않아 샤모니 계곡에 도착했다. 막 지나친 세르보 계곡보다는 훨씬 더 경이롭고 아름다웠지만 그림처럼 아름답진 않았다. 눈으로 뒤덮인 산맥이 맞닿아 있었지만 그곳에서는 폐허가 된 성이나 비옥한 들판은 더 이상 보이지 않았다. 거대한 빙하가 길목으로 다가왔고, 천둥처럼 울부짖는 눈사태 소리와 눈사태가 휩쓸고 지나간 후 피어오르는 연기를 발견했다. 장엄한 몽블랑 산이 뾰족한 산봉우리 사이로 우뚝 솟아 있었다. 무섭도록 거대한 봉우리가 계곡을 굽어보고 있었다.

가끔씩 엘리자베스와 함께 걸으며 다채롭고 아름다운 풍경을 소개했다. 또 일부러 노새의 속도를 늦추고 일행과 뒤떨어져 홀로 비참한 생각을 되새겨보기도 했다. 가끔은 노새를 빠르게 재촉해 사람들보다 앞서가서, 가족과 세상 그리고 나 자신을 잊어보려 애쓰기도 했다. 거리가 한참 벌어지면 노새에서 내려 공포와 절망에 짓눌린 나 자신을 풀밭에 던졌다. 저녁 여덟 시경, 샤모니에 도착했다. 아버지와 엘리자베스는 너무도 피곤해하는 눈치였다. 하지만 에르네스트는 한껏 들떠 즐거운 기색이 역력했다. 단 한 가지 에르네스트의 고민이라면, 다음날 남풍이 불어 비가 내릴 것 같다는 예보뿐이었다.

우리는 일찍 숙소로 들어갔지만 쉽게 잠을 이룰 순 없었다. 아니 적어도 나는 그랬다. 몇 시간이나 창가를 서성이며 몽블랑 꼭대기의 창백한 번개를 바라보고, 창문 아래에서 흐르는 아르브 강의 물소리를 귀에 담았다.

02

다음 날은 가이드의 예측과 달리 구름만 약간 끼었을 뿐 날씨는 괜찮았다. 우리는 빙하에서 내려온 아르베롱 급류의 발원지를 찾아가고, 저녁 때까지 계곡 주변을 돌았다. 이 숭고하고 장엄한 광경은 이제껏 받은 최고의 위안이었다. 풍광으로 인해 온갖 사소한 감정에서 벗어났고 슬픔을 잠재우진 못 해도 차분하게 달래고 진정시켜 주었다. 지난 한 달간 뇌리에서 지울 수 없었던 생각들을 조금이나마 잊고 즐길 수 있었다. 저녁 무렵 돌아오니 몸은 피곤했지만 불행은 조금 가라앉았다. 최근의 모습과 달리 다소 명랑하게 가족들과 대화를 나누었다. 아버지는 기뻐하셨고, 엘리자베스도 어쩔 줄 모르고 기뻐했다.

"세상에, 빅터. 이렇게 네가 행복해하니까 커다란 행복이 퍼지잖아. 다시는 절대 우울함에 빠지면 안 돼!"

그녀가 말했다.

이튿날 아침부터는 비가 쏟아지며 급류가 흘렀다. 짙은 안개가 산맥의 정상을 가렸다. 아침 일찍 일어나니 이상하리만큼 우울했다. 옛 감정이 되살아나 다시금 우울함에 빠져들었다. 이런 급격한 감정변화에 아버지가 얼마나 실망하실지 잘 알고 있기에, 주체할 수 없는 감정을 어느 정도라도 숨길 수 있을 때까지 아버지를 피해야겠다고 마음먹었다. 가족들은 모두 여관에 머물게 분명했다. 나는 비와 습기, 그리고 추위에 단련된 몸이므로 혼자 몽탕베르 산 정상에 오르기로 결정했다. 끊임없이 움직이는 거대한 빙하가 내 마음에 불러온 파장이 아직도 기억에 선명했다. 처음 본 빙하의 모습은 숭고한 황홀로 나를 감싸 안았고, 마치 영혼에 날개를 단 것처럼 보잘것없는 세상에서 날아올라 빛과 환희로 나를 인도했다. 경외심을 느꼈다. 고고한 자태의 자연은 언제나 경건하게 해주고 삶의 덧없는 근심걱정을 잊게 하는 힘을 갖고 있다. 다른 사람과 함께 갔다가 자연의 고독한 장관을 망칠까 걱정스럽고 길을 잘 알고 있다고 생각한 나는, 혼자서 등산을 하기로 마음먹었다.

산길은 험난했지만 길은 꾸준히 구불거리며 이어졌고 산의 수직 벽을 탈 수 있었다. 소름 끼치게 황량한 풍경이었다. 눈사태의 흔적이 수천 곳이나 이어졌다. 부러진 나무들이 땅바닥에 흩뿌려져 있었고, 어떤 나무들은 완전히 부서졌으며 또 어떤 나무는 휘어져서 돌출된 바위에 기대 있거나 다른 나무와 직각으로 교차해 있었다. 높이 올라갈수록 길은 눈이 쌓인 골짜기와 만나고 협곡 아래로 돌이 계속 굴러 떨어졌다. 그중에서도 특히 위험한 바위가 있었다. 큰 소리로 말만 해도 소리가 울리며 대기에 파동을 일으켜 머리 위로 돌이 떨어질 수도 있었다. 소나무는 키가 크거나 울창하진 않았어도 어두침침한 색을 띠며 혹독한 풍경을 한층 두드러지게 만들었다. 바위 위에 서서 저 아래 골짜기를 내려다보았다. 자욱한 안개가 계곡을 따라 흐르는 강물과 만나면서 맞은편 산들을 두텁게 휘감았고, 산봉우리들은 짙은 구름에 가려져 있었다. 어두운 하늘에서는 폭우가 쏟아지며 주위를 에워싼 풍광에 한층 더 깊은 서정을 더했다. 아! 어째서 인간은 짐승보다 우월한 감수성을 가졌다고 자랑하는 것인가. 겨우 그런 오만함으로 훨씬 더 연약하고 의존적인 존재가 될 뿐이다. 인간이 오직 배고픔, 갈증, 그리고 성욕 따위에만 충동을 느낀다면 훨씬 더 자유로운 존재가 될 텐데. 하지만 우리는 바람 한 줄기, 말 한 구절, 혹은 그로 인해 전달되는 풍경 하나에도 한없이 흔들리는 존재가 아니던가.

누워라. 꿈은 잠을 해독하는 힘이 있다.
깨어나라. 방황하는 생각 한 자락이 하루를 더럽힌다.
느끼고, 사고하고, 생각하라. 웃거나 흐느껴라.
어리석은 괴로움을 껴안거나 근심을 쫓아버려라.
다 마찬가지이다. 기쁨이든, 슬픔이든,
떠나는 길은 여전히 자유롭다.
인간의 어제는 결코 내일과 같지 않으므로

변덕 말고 영원한 것이 어디 있으랴.*

정오 무렵이 되어서야 정상에 오를 수 있었다. 한참이나 얼음이 낀 바다를 둘러보며 바위 위에 앉아 있었다. 안개가 바다의 얼음을 뒤덮고 주위를 에워싼 산도 가렸다. 이내 산들바람이 불며 구름이 흩어졌고 나는 빙하로 내려왔다. 표면이 고르지 않아서 요동치는 파도처럼 울퉁불퉁 깊은 균열을 이루고 있었다. 벌판처럼 널따란 빙하의 너비는 5킬로미터 정도 되어 보였지만 막상 횡단하는 데에는 거의 두 시간가량이 걸렸다. 맞은편 산은 까마득하게 솟은 암벽이었다. 제자리에 서서 보면 몽탕베르 산은 완전히 반대편으로 5킬로미터가량 떨어져 있었다. 그 너머로 몽블랑 산맥이 웅장하게 서 있었다. 나는 바위 속 움푹 팬 공간에 자리를 잡고 앉아 기적과 같은 자연을 하염없이 바라보았다. 바다, 아니 그보다 거대한 얼음의 강은 산맥 사이사이를 굽이치며 흘렀고, 꿈결과 같은 산봉우리가 후미진 강가 구석구석에 자리 잡고 드높이 서 있었다. 얼음이 반짝이는 산꼭대기가 구름 너머 햇빛을 반사했다. 슬픔으로 가득하던 마음이 환희와 비슷한 감정으로 벅차올랐다. 감정을 주체하지 못하고 소

* 메리 셸리의 남편인 퍼시 셸리의 시 「변덕에 관한 노래」.

리쳤다.

"방황하는 영혼이여, 그대 비좁은 자리를 박차고 홀로 유랑 중이라면 내게 이 희미한 행복을 허락해주시오. 아니면 차라리 삶의 기쁨에서 나를 건져 함께 데려가 주시오!"

그때, 저 멀리서 사람의 형태가 나타나 초인 같은 속도로 나에게 달려들기 시작했다. 그는 내가 조심조심 걷던 까마득한 얼음 틈새를 뛰어넘었다. 몸집도 인간이라 하기엔 믿을 수 없이 컸다. 불안감에 사로잡혀 몸을 떨었다. 눈앞이 안개가 피어오르듯 희미해지고 의식이 몽롱해졌다. 그때 차가운 산바람이 돌풍처럼 불어닥치며 순간 정신이 번쩍했다. 형상이 조금씩 가까워오는 모습을 똑똑히 지켜보며 그가 바로 내가 만들어낸 괴물임을 알아차렸다. (참으로 무시무시하고 소름 끼쳤다.) 분노와 공포로 온몸이 전율했다. 놈이 다가오길 기다렸다가 맞붙어 목숨을 걸고 사투를 벌이리라 다짐했다. 놈이 나를 향해 다가오고 있었다. 그의 얼굴엔 경멸과 악이 뒤섞인 씁쓸한 고뇌가 서려 있었다. 거기엔 살면서 보지 못한 추악함이 함께해서 차마 두 눈으로 마주하기가 두려울 지경이었다. 나는 제대로 볼 수도 없었다. 분노와 증오로 처음엔 입도 뗄 수 없었다. 하지만 놈을 향한 극도의 혐오와 경멸로 말미암아 겨우 목소리를 쥐어짤 수 있었다.

"이 악마야! 감히 네가 나를 찾아오느냐? 너의 그 추악한 대가리를 내 손으로 깨부술 것이 두렵지도 않은 것이냐!"

내가 소리쳤다.

"가라, 이 더러운 벌레 새끼야! 아니면 차라리 이 자리에서 내게 짓밟혀 흙으로 돌아가거라. 너의 추악한 목숨을 끊어서라도 네놈이 사악하게 살해한 희생양들을 되돌릴 수만 있다면 내 기꺼이 그리하겠다!"

"이런 반응을 보일 거라 예상했지."

악마가 말했다.

"인간은 모두들 끔찍한 흉물을 싫어하지. 그러니 살아있는 것 중에 가장 흉측한 나를 얼마나 혐오하겠는가! 그러나 그대, 창조자인 그대가 나를 혐오하고 피한다니. 나를 창조한 그대와 피조물인 나는 서로 죽음 말고는 끊을 수 없는 사이로 엮여 있다. 그런 당신이 나를 죽이려 하다니. 어찌 감히 생명을 가지고 이런 장난을 칠 수 있지? 나를 만든 그대여, 응당 그대가 해야 할 의무를 다하라. 그럼 나도 그대와 나머지 인간에 대한 의무를 다하겠다. 내 조건에 동의하면 나도 인간과 당신을 평화롭게 놓아주지. 하지만 거절한다면 살아남은 당신 친구들의 피로 배를 채울 것이야!"

"이 혐오스러운 괴물아! 진정 사악한 악마로다! 지옥

의 고문으로도 네놈이 저지른 죄에 대한 복수로 성이 차지 않는다. 이 끔찍한 놈! 감히 너를 창조하였다고 나를 비난하느냐! 그럼 어디 와봐라, 경솔하게 빚은 네 생명의 불씨를 내가 직접 꺼버릴 테니."

분노가 끝없이 타올랐다. 상대에게 품을 수 있는 가장 극한의 감정으로 타올라 그에게 덤벼들었다.

하지만 그는 나를 손쉽게 피하며 덧붙였다.

"진정해라! 저주받은 내 머리를 내리치기 전에 이야기를 좀 들어봐. 그대가 굳이 더하려 하지 않아도 나 역시 이만하면 충분히 고통을 받았다. 삶이란 고뇌의 연속에 불과하다지만 내게는 그래도 소중한 것이다. 그리하여 내 삶을 지킬 것이다. 기억하라, 그대가 나를 그대보다 훨씬 강하게 만들었다는 것을 말이다. 내 키가 그대보다 크고, 내 관절이 그대보다 유연하다. 그러나 나는 그대와 싸우고 싶지 않다. 그대의 피조물이니 그대가 내게 빚진 의무만 다한다면 나 역시 영주이자 주군인 그대의 뜻을 따를 것이다. 아, 프랑켄슈타인. 모든 이를 공평하게 대한다면서 오직 나에게만 차갑게 굴지 말란 말이다. 나야말로 그대의 정의와 사랑, 관용을 모두 받아 마땅한 존재이다. 기억하라. 내가 그대의 피조물이다. 나는 그대의 아담인데 어찌 타락한 천사가 되어 잘못한 것도 없이 기쁨을 빼앗기고 그대에게서 쫓겨나야 한단 말이냐. 주위를 둘러보면 모든 것이 축복받은 것들뿐인데 어째서 나만 이렇게 홀로 배척을 당한단 말이냐. 나도 한때는 자애롭고 선했다. 비참함이 이렇게 악하게 만들었다. 나를 다시 행복하게 만들거라. 그럼 다시 미덕을 갖춘 존재가 될 것이다."

"저리 꺼져라! 네 말 따위는 듣고 싶지 않으니! 너와 나 사이에 무슨 얽힌 것이 있다고. 우리는 적이다. 사라지거나 아니면 한쪽이 쓰러질 때까지 싸움만 있을 뿐이다."

"내가 어찌해야 그대를 설득할 수 있단 말인가? 아무리 애원해도 그대가 만든 피조물에 그 어떤 호의도 보일 수 없단 말인가? 이렇게 그대에게 선과 연민을 애원하는데도? 내 말을 믿어보게, 프랑켄슈타인. 나는 선했고, 나의 영혼은 사랑과 인류애로 넘쳤다. 그러나 나는 지금 외롭고, 비참한 존재에 불과하다. 그대, 나를 만든 창조주여, 그대가 나를 이토록 증오하는데 하물며 아무런 폐도 끼치지 않은 다른 인간들은 나를 어찌 보겠는가? 그들은 나를 무시하고 증오할 뿐이다. 사막 같은 산맥과 음산한 빙하만이 나의 피난처이다. 수많은 날들을 이곳에서 방황하였다. 얼음동굴도 두렵지 않으며 여기가 인간이 불평하지 않는 유일한 나의 집이다. 황량한 하늘만이 나를 반기고 그대 인간들보다 훨씬 더 친절하였다. 만일 수많은 인간들이 나의 존재를 알았다면, 그들은 그대처럼 무기를 들고 나를 파멸하려 할 것이다. 그런데도 나를 혐오하는 그들을 어찌 혐오하지 않을 수가 있겠는가? 나의 적과 사이좋게 지낼 생각은 추호도 없다. 나는 비참한 존재이고 그들도 나의 불행을 나눠야 마땅하지 않겠는가. 허나 당신은 나의 불행을 보상하고 나의 악행을 막을 수 있다. 그렇지 않다면 나의 죄악도 점점 더 커져서 나중엔 그대뿐 아니라 그대의 가족과 수천수만의 인간을 분노로 집어삼킬 것이다. 동정심을 갖고 나를 혐오하지 말거라. 대신 이야기를 좀 들어다오. 제아무리 잔인한 죄를 지은 죄인이라고 해도, 인간은 선고를 내리기 전 마지막으로 변론의 기회를 주지 않느냐. 그러니 내 말을 들어보거라, 프랑켄슈타인. 당신은 내게 살인죄를 덮어씌우고 조금의 가책도 없이 나를 죽이려 한다. 아, 인간의 영원한 정의를 내게도 보여다오. 살려달라 비는 것이 아니다. 그저 내 말을 한번 들어달라는 것이다. 그다음에, 정녕 그 이후에도 나를 죽이고 싶거든 그대 손으로 만든 피조물을 그대 손으로 파괴하라."

"네놈은 어째서 자꾸만 몸서리치게 싫은 기억을 되새기려 하는가? 그대를 만든 창조주라는 게 소름이 끼치도록 싫은데. 이 혐오스러운 악마야! 네가 빛을 본 그날에 이미 저주는 내려졌다! 네놈을 만든 그 두 손을 저주한다! (비록 그게 나라고 해도!) 네놈으로 인해 형용할 수 없는 비참함으로 하루를 살아간다. 그럼에도 네놈에게 부당하게 대했는지 아닌지조차 사고할 수 없는 처지란 말이다! 그러니 꺼져버려라! 지긋지긋한 네놈을 다시는 보고 싶지 않다."

"그렇다면 내 그대의 소원을 들어주지."

그는 소름 끼치는 손을 들어 내 두 눈을 가리려 했다. 나는 격렬하게 몸부림쳤다.

"이러면 그대가 그토록 싫어하는 내 모습이 보이질 않으니, 내 목소리만 듣고 그대의 동정을 얻어볼 수 있겠지. 한때 내가 가졌던 미덕에 기대어 그대에게 하나만 요청한다. 제발 내 이야기를 들어다오. 아주 길고 기이한 이야기가 될 텐데 이곳의 추위는 예민한 그대에겐 적합지 않으니 산 위의 오두막으로 오라. 아직은 해가 중천이다. 해가 눈 덮인 암벽 너머로 지고 세상이 어두워지기 전에 내 이야기를 다 듣고 결정도 내릴 수 있을 것이니. 과연 내가 인간들의 세상을 영원히 떠나 모두에게 무해한 존재로 삶을 이어나가도 괜찮을지, 아니면 인간을 응징하고 순식간에 그대를 파멸할 악마가 될 것인지는 모두 그대에게 달려 있으니."

말을 끝낸 괴물은 얼음을 건너 길을 안내했다. 잠자코 그의 뒤를 따랐다. 심장이 터질 것 같았고 아무런 대답도 할 수 없었지만 그를 따라가며 그가 제시한 다양한 논거들을 머릿속으로 가늠하고 적어도 이야기는 들어봐야겠다고 생각했다. 한편으로는 호기심 때문이었고 또 한편으로는 동정심 때문이었다. 그때까지도 놈이 윌리엄을 죽인 범인이라는 생각 때문에 과연 그가 진짜 범인인지 아닌지에 대한 답이라도 듣고 싶었다. 그리고 그날 이후 처음으로, 내가 만든 것에 대한 창조주의 도리를 떠올리며 놈의 악행을 탓하기 전에 놈의 요구를 들어주어야 마땅하지 않겠냐는 생각도 들었다. 그래서 나는 그를 따랐다. 우리는 얼음을 건너 반대편 암벽을 올랐다. 공기는 싸늘했고, 비가 다시 쏟아졌다. 오두막에 들어섰다. 악마는 감출 수 없는 기쁨으로, 나는 무겁고 침울한 마음으로 말이다. 하지만 결심대로 이야기는 들어보겠다고 했다. 그리고 불쾌한 동행이 피운 모닥불 곁에 앉았다. 이윽고 그가 자신의 이야기를 시작했다.

"나의 탄생 순간을 돌이켜본다는 것 자체가 내게는 매우 힘든 일이었다. 당시 벌어진 사건들은 전부 혼란스럽고 흐리멍덩할 뿐이니까. 이상한 감정들이 복합적으로 나를 사로잡았고, 시각과 촉각, 청각과 후각을 동시에 느낄 수 있었지. 한참이 지나자 다양한 감각을 구별하는 법을 습득했어. 시간이 조금씩 지나면서 강한 빛이 시신경을 짓눌렀고 어쩔 수 없이 눈을 질끈 감아야 했던 기억이 난다. 그러자 어둠이 나를 덮쳤고, 불안했다. 결국 감았던 눈을 떴어. 지금에서야 생각해보면 빛이 다시 쏟아졌던 모양이지. 나는 걷기 시작했어. 아마 아래로 내려갔던 것 같다. 감각에 엄청난 변화가 생기고 있었어. 처음엔 어둡고 불투명한 형체들이 내 주위를 에워쌌고, 촉각이나 시각에는 전혀 자극이 느껴지지 않았지. 하지만 시간이 지나자 자유롭게 걸을 수 있었고 발 앞에 장애물이 있어도 쉽게 뛰어넘거나 피할 수 있었어. 빛이 조금씩 더 자극적으로 느껴지고 열기 때문에 걸을수록 피곤해져서 그늘을 찾아 쉬기로 했지. 잉골슈타트 근처의 숲이었다. 시냇가에 누워 피로를 풀고 있자니 금세 배고픔과 갈증이 몰려들었어. 선잠에 빠져 고통을 달래다가 몸을 일으켜 나무에 달려 있거나 땅에 널려 있는 산딸기를 주워

먹었지. 갈증은 시냇물로 달랬고. 그리고 다시 누워 잠에 빠졌어.

깨어나 보니 세상은 어두워져 있었다. 해가 지자 추위가 몰려들었고 스산한 기운에 본능적으로 두려움을 느꼈어. 당신의 집을 떠나기 전 추위를 느껴 옷가지를 좀 걸치고 나왔는데도 밤이슬을 막을 수는 없었지. 나는 그야말로 불쌍하고 오갈 데 없는, 비참한 흉물이었어. 아무것도 알 수 없고, 아무것도 분간할 수 없는. 온몸에서 느껴지는 고통으로 주저앉아 흐느꼈어.

머지않아, 하늘에서 따스한 빛이 내려오며 기분이 한결 나아졌다. 자리에서 일어나 나무들 사이에서 솟아오르는 빛을 바라보았는데 그야말로 놀라웠지. 빛이 조금씩 떠오르며 내가 가는 길을 밝혀주었어. 나는 다시 산딸기를 찾아 나섰어. 추위는 여전했지만 나무 아래에 누가 버리고 간 커다란 외투를 찾아 걸치고 땅바닥에 주저앉았지. 머릿속에 떠오르는 생각은 모두 혼란스러웠고 분명하지 않았어. 빛과 굶주림, 갈증과 어둠을 느꼈다. 헤아릴 수 없는 소리가 이명처럼 귀를 어지럽혔고, 사방에서는 온갖 향기가 코를 찔렀고. 그저 환한 달만 바라볼 뿐이었다.

밤낮이 몇 번이나 바뀌고, 동그란 달이 절반으로 이지러지고 나서야, 다양한 감각을 구분할 수 있게 되었다.

차츰 물을 마실 수 있는 시냇물과 잎사귀로 그늘을 드리우는 나무들도 보였어. 귓가에 달콤하게 속삭이던 인사가, 눈에 비치는 빛을 가로막던 날개 달린 작은 생물에게서 난다는 것을 처음 발견했을 땐 기분이 좋아졌어. 훨씬 또렷하게 주위의 형상들을 관찰했고 지붕이 돼주던 찬란한 빛의 경계도 구분할 수 있게 되었지. 가끔 새들의 경쾌한 울음소리를 따라해보기도 했지만 마음처럼 잘 되진 않았어. 가끔은 나름의 감각을 표현하고 싶은 마음도 들었지만, 내 입에서 나오는 거칠고 기이한 소리에 놀라 다시 입을 다물 수밖에 없었어.

달은 사라졌다가 어느새 다시 조그만 모양으로 나타났다. 그때도 여전히 숲에 머물러 있었는데, 이때쯤 감각을 명확하게 구분할 수 있었고, 매일 더 많은 생각들을 떠올리고 있었어. 이제 빛이 익숙해져서 더 다양한 형상을 인식하게 됐지. 나는 벌레와 약초를 구분했고, 차츰 다양한 풀떼기도 분간할 수 있게 되었어. 참새의 울음소리는 거칠었지만 찌르레기와 개똥지빠귀의 노랫소리는 달콤하고 매혹적이었어.

어느 날, 추위에 떨다가 방랑자들이 피워놓고 간 불을 발견하고, 열기를 느끼며 기뻐했어. 너무 기쁜 나머지 아직 다 타지 않은 불쏘시개에 손을 넣었다가 고통스러운 비명을 지르며 화들짝 놀라 손을 뗐어. 참으로 이상했다.

똑같은 빛인데도 정반대의 결과라니! 불을 피우는 재료는 기쁘게도 나무였어. 재빨리 나뭇가지를 몇 개 모아왔지만 이슬에 젖어 불이 피어오르지 않더군. 슬픈 나머지 제자리에 앉아 불길의 작용을 차분히 지켜보았어. 불 근처에 갖다 놓았던 나무가 마르면서 불이 붙어 타기 시작했지. 불을 바라보며 곰곰이 생각에 잠겼다. 그리고 나뭇가지들을 만지작거리다가 그 원인을 알아냈고 분주히 돌아다니며 나뭇가지를 모아왔지. 잘 말려 땔감으로 삼을 참이었거든. 밤이 되고 잠이 밀려들자, 불이 꺼질까 봐 겁이 나기 시작했어. 마른 나무와 잎사귀를 모아 불쏘시개로 삼고, 그 위에 젖은 나뭇가지들을 쌓았어. 외투를 땅에 깐 다음 땅바닥에 누운 나는 그대로 잠에 빠져들었다.

눈을 뜨니 아침이었어. 처음으로 한 일이 불을 살펴보는 것이었지. 덮었던 나뭇가지와 잎사귀를 치우자, 살며시 불어오는 산들바람이 불길을 되살렸어. 바람이 부는 현상을 자세히 살펴본 뒤 재빨리 나뭇가지로 부채를 만들어 불씨가 꺼지면 다시 부채질을 해서 불을 키웠어. 밤이 오자, 불에서 열기뿐만 아니라 빛이 나온다는 걸 깨달았지. 이처럼 사물의 성질을 발견하는 것은 특히 먹을 것을 찾을 때에도 유용했어. 여행자들이 불에 구워 먹고 버린 동물의 내장도 발견했어. 산딸기보다 훨씬 더 맛이 좋더군. 그래서 똑같은 방법으로 재료를 불 위에 올려놓고 음식을 만들었어. 산딸기는 불에 구우면 엉망이 되었지만 견과류나 뿌리 열매는 맛이 더 좋았어.

그러나 그것도 잠시뿐, 먹을 것을 찾기는 점점 더 힘들어졌다. 날카로운 허기를 달래려고 이곳저곳을 헤매어도 도토리 몇 알도 못 찾는 날이 허다했지. 먹을 것이 더 이상 없다는 걸 깨닫고 이곳을 떠나 제대로 경험한 바 없던 다양한 욕구를 충족시킬 만한 곳을 찾아야겠다고 결심했어. 다만 이곳을 떠나며 몹시 아쉬웠던 건, 우연히 얻은 불을 잃는다는 것이었어. 불을 다시 피우는 법을 알지 못했거든. 몇 시간이고 고민을 거듭했어. 하지만 불을 피우려는 시도는 모두 실패였지. 결국 외투로 몸을 감싼 채 숲을 가로질러 저무는 해를 향해 발걸음을 옮겼어. 사흘을 정처 없이 걷기만 했지. 그러자 확 트인 벌판이 나타났어. 전날 밤 내린 폭설로 들판은 온통 하얬지. 황량한 들판에, 땅을 뒤덮은 차갑고 습한 눈으로 발이 시렸어.

아침 일곱 시경, 난 음식과 쉴 곳이 간절했어. 비탈길에 서 있는 작은 오두막이 보이더군. 양치기들을 위해 지어놓은 쉼터였네. 처음 보는 광경에 호기심이 돋아 건물을 살펴보았는데 한 노인이 불 앞에 앉아 아침을 만들고 있었어. 인기척에 고개를 돌린 노인이 나를 보고는 비명을 지르며 오두막을 뛰쳐나갔어. 노쇠한 몸으로 낸다고는 믿기 힘들 속도로 들판을 가로지르며 도망갔지. 이제껏 본 적 없는 모습과 나를 피해 도망가는 모습에 나는 충격을 받았다. 그러나 그보다는 오두막 내부에 관심이 쏠리더군. 여기라면 눈과 비를 피할 수 있었으니까. 바닥이 보송보송 건조했고, 마치 불의 강에서 고초를 겪은 지옥의 악마들이 목도했다는 판데모니움*만큼이나 정교하고 신성해 보였어. 빵, 치즈, 우유 그리고 포도주. 양치기가 남기고 간 아침식사를 게걸스럽게 먹어치웠지. 포도주는 영 내 입맛에 맞지 않았지만. 밥을 다 먹은 나는 몰려오는 피곤을 이기지 못하고 짚더미에 누워 잠이 들었어.

잠에서 깨어나니 이미 정오였다. 하얀 땅 위를 따스하게 덥히는 태양에 이끌려 다시 여행을 시작하기로 했어. 오두막에서 찾은 가죽주머니에 남은 아침식사를 전부 챙긴 후 몇 시간이고 들판을 건넜고, 해질 무렵 어느 마을에 도착했어. 마을이라니, 기적과도 같았어! 오두막, 말끔한 통나무 집, 그리고 웅장한 주택의 모습이 차례대로 내 시야를 끌었지. 마당의 채소와 통나무집 창가에 놓여 있던 우유와 치즈, 군침이 돌더군. 개중 제일 좋은 집

* 존 밀턴의 『실낙원』에 나오는 마귀소굴.

에 들어갔어. 하지만 발을 들이기가 무섭게 아이들은 비명을 질렀고 여자 하나는 정신을 잃었어. 마을 전체가 난리가 났지. 도망치는 사람도 있었고 나를 공격하는 사람도 있었어. 돌멩이를 비롯해 나를 향해 날아오는 온갖 무기에 맞아 심하게 멍이든 채로 벌판으로 도망쳤고, 겁에 질려 야트막한 헛간에 몸을 숨겼네. 헛간은 마을의 궁전 같던 주택들에 비하면 너무도 누추하고 허름하기 짝이 없었지. 헛간 옆에 깨끗하고 쾌적해 보이는 집이 하나 있었지만 방금 전의 경험으로 감히 들어갈 엄두가 나질 않았어. 내가 숨은 곳은 나무로 만든 헛간이었어. 천장이 너무 낮아 똑바로 앉기조차 힘들었지. 흙바닥이었지만 그래도 눅눅하진 않았네. 건물 틈으로 외풍이 심하게 들었지만 그래도 눈과 비를 피할 수 있어 그만하면 견딜 만했지.

그곳에 숨어들어 몸을 눕히고 나니, 쉼터를 찾았다는 것만으로도 기뻤네. 비록 혹독한 계절과 야만적인 인간들로 비참하긴 했지만 말이야.

아침이 밝아오자마자 쉼터에서 기어 나와 인접한 오두막을 살펴보고 좀 더 머물러도 괜찮을 것 같다는 결론을 내렸어. 오두막 뒤편 쉼터는 돼지우리와 맑은 샘 사이에 자리 잡고 있었거든. 한쪽이 뚫려 있는 바람에 내가 피신을 할 수 있게 말이야. 하지만 보이는 틈새를 돌과 나무로 막고 가끔 나갈 때만 치울 수 있게 만들었어. 빛이라고는 돼지우리에서 새어 들어오는 게 전부였지만 내겐 그것만으로도 충분했지.

머무를 곳을 마련한 나는 깨끗한 짚을 바닥에 깔고 몸을 숨겼어. 저 멀리 사람의 형상이 보였으나 전날 마주친 사람들의 반응이 또렷이 기억났거든. 슬쩍 훔친 딱딱한 빵 한 덩이와 컵 하나로 헛간 옆에 흐르는 깨끗한 물도 마실 수 있었어. 바닥에 깐 짚더미가 살짝 높아 보송보송했고 집 굴뚝과도 가까워 그럭저럭 따뜻했네.

먹고 잘 곳을 마련한 나는 결심을 바꿀 만한 별다른 일이 생기기 전까지는 그곳에 머물기로 했지. 얼마 전까지 지내던 황량한 숲, 빗물이 떨어지던 나뭇가지와 축축한 땅에 비하면 지상낙원이었으니까. 기분 좋게 아침식사를 마치고 물을 마시기 위해 가려두었던 널빤지를 치우려던 찰나, 발걸음 소리가 들렸어. 비좁은 틈새로 밖을 살펴보니 머리에 양동이를 진 젊은 여자가 축사 앞을 지나가고 있었어. 젊고 몸가짐도 나긋나긋했고. 그때까지 만난 오두막의 사람들이나 농장 하인들과는 정말 달랐어. 그러나 여자가 걸친 옷가지라고는 허름하고 낡은 파란색 페티코트와 린넨 상의뿐이었어. 땋은 금발머리에도 장식이라곤 하나도 없었고. 얼굴엔 인내심이 묻어났지만 슬픔도 어려 있었지. 그녀가 곧 시야에서 사라졌어.

그리고 한 십오 분쯤 지났을까, 우유가 반쯤 찬 양동이를 지고 다시 돌아왔어. 양동이가 무거워서인지 발걸음이 영 불편해 보였는데, 그때 한 청년이 그녀를 맞이했어. 청년은 훨씬 더 우울해 보이는 표정을 짓고 있었어. 우울한 표정으로 몇 마디를 건네더니 처녀의 머리 위 양동이를 받아들고 오두막으로 날랐어. 처녀는 청년의 뒤를 따랐고, 두 사람도 이내 시야에서 멀어졌지. 얼마 후 청년은 손에 연장을 들고 다시 나타났는데, 오두막 뒤편의 벌판을 가로질렀어. 그리고 처녀도 집과 마당을 드나들며 분주히 일을 했네.

거처를 살펴보다가 오두막 창문 하나가 널빤지로 막혀 있는 걸 봤어. 더 이상 사용하지 않아 누군가 막아놓은 모양으로. 널빤지로 가린 창문에는 작은 틈이 벌어져 있어 내부를 간신히 훔쳐볼 수 있었네. 흰색으로 칠한 깨끗한 방이었지만 가구는 거의 없었고, 한쪽 모퉁이의 작은 난로 앞에 노인이 두 손을 머리에 묻고 참담한 자세로 앉아 있었어. 젊은 처녀가 분주히 오두막을 청소하다가 서랍에서 무언가를 꺼내 만지작거리며 노인 옆에 앉더군. 그러자 노인은 그 물건을 집어 들어 연주를 하기 시작했어. 개똥지빠귀나 나이팅게일의 울음소리보다도 훨씬 감미로운 소리였어. 지금껏 한 번도 아름다운 것을 보지 못한 나 같은 괴물의 눈에도 어찌나 사랑스러운 광경이던지! 노인의 백발과 자애로운 얼굴에 나도 모르게 존경심이 일었고, 처녀의 다정한 몸짓이 사랑스러웠어. 노인은 달콤하고 슬픈 음악을 연주했네. 음악을 들은 처녀는 눈물을 흘리기 시작했어. 노인은 처녀가 소리 내어 흐느끼기 전까지 전혀 눈치를 채지 못한 것 같았어. 이윽고 여자의 울음소리를 들은 노인이 뭐라고 이야기를 하자, 아름다운 처녀는 하던 일을 멈추고 그의 발치에 무릎을 꿇었어. 그는 여자를 일으켜 세운 다음 다정하고 자애로운 미소를 보였어. 그 모습에 기이하고 강렬한 감정을 느꼈네. 고통과 기쁨이 뒤섞인 이상한 감정이었어. 배고픔이나 추위, 온기나 음식에서는 절대 느껴본 적이 없는 기분. 차마 견딜 수 없던 나는 창문에서 물러나버렸어.

이윽고 젊은이가 어깨에 장작을 한 보따리 메고 돌아왔어. 처녀가 문간에서 그를 맞이하며 짐을 덜어주었어. 그리고는 땔감을 조금 덜어 오두막으로 가지고 들어가 불 속에 넣었지. 여자와 청년은 따로 구석으로 갔어. 청년이 여자에게 커다란 빵 한 덩이와 치즈 한 조각을 보여주자 여자는 기뻐하며 마당으로 나가 뿌리 열매와 채소를 가져와 물에 넣은 다음, 불 위에 올렸어. 여자는 하던 일을 계속 이어나갔고, 청년은 마당으로 나가 땅을 파고 뿌리를 부지런히 캐더군. 한 시간 정도 일을 하던 두 사람이 만나 집으로 돌아갔네.

그 사이 노인은 가만히 생각에 잠겨 있었어. 하지만 젊은 두 사람이 집 안으로 들어서자 짐짓 쾌활한 체했지. 세 사람은 함께 둘러 앉아 짧은 식사를 했어. 처녀는 다시 오두막을 정리했고, 노인은 청년과 팔짱을 낀 채 햇살을 받으며 집 앞을 걸었어. 그 두 사람의 대비만큼 아름다운 것을 본 적이 없었지. 한 사람은 백발 머리로, 자애로움과 사랑을 빛내고 있었고, 호리호리하고 우아한 몸매의 젊은이는 누구보다 균형이 잡힌 섬세한 외모였다네. 그러나 그의 눈빛과 태도엔 슬픔과 절망이 배어 나오고 있었어. 노인은 곧 오두막으로 돌아갔고, 청년은 아까와는 다른 연장을 쥐고 들판을 가로질러 나아갔네.

순식간에 밤이 찾아오고 주변이 어두컴컴해졌어. 놀랍게도 오두막의 사람들은 촛불을 이용해 빛을 밝혔어. 해가 지고 난 후에도 인간들을 지켜보는 즐거움을 누릴 수 있다는 것이 무척 기뻤어. 저녁이 오자 처녀와 식구들은 이해할 수 없는 여러 활동을 하느라 바빠 보였어. 노인은 나를 매혹했던 천상의 소리가 나는 악기를 다시 연주했고. 하지만 노인의 연주는 너무 빨리 끝이 났고, 이번에는 청년이 연주 대신 단조로운 소리를 내뱉기 시작했어. 노인이 내던 악기의 화음이나 새들의 지저귐과는 전혀 다른 소리였네. 나중에서야 청년이 큰 소리로 책을 읽었다는 것을 알게 되었지만, 당시 나는 말이나 글자의 과학에 대해서는 아무것도 모르는 무지렁이였어.

이렇게 잠시 시간을 보내던 가족들이 곧 불을 끄고 각자의 방으로 돌아갔어. 아마 휴식을 취하러 갔을 거라고 짐작했네."

“짚더미 위에 누워서도 잠이 오질 않았어. 오늘 하루를 하나씩 되새겨보았지. 무엇보다 충격적이었던 건 그들의 우아한 몸짓이었어. 나도 그들과 함께하고 싶었지만, 감히 엄두가 나질 않았어. 지난밤 야만적인 마을 사람들에게서 받았던 대우가 너무도 생생했으니까. 앞으로 어떻게 행동해야 할지는 알 수 없었으나 어찌 되었든 지금은 조용히 이 헛간에 머무르며 사람들을 관찰하고 대체 무슨 이유로 그런 취급을 받아야 했나 연구해보기로 했어.

다음 날 아침, 집 안 사람들은 해가 뜨기도 전에 일어났네. 젊은 여자는 집 안을 정리하고 음식을 차렸고, 젊은 청년은 식사를 마치자마자 집을 나섰지.

그날도 일상은 전날과 똑같이 흘러갔어. 청년은 하루 종일 집 밖에서 일하고 아가씨는 집 안에서 여러 힘든 일을 해치웠어. 이틀째야 노인이 맹인이라는 걸 알게 됐네. 그는 악기를 연주하며 시간을 때우거나 명상에 잠겼어. 젊은 두 사람이 덕망 있는 노인에게 보내는 사랑과 존경은 비할 데가 없었어. 두 사람은 사랑과 의무에서 비롯된 다정한 태도로 노인을 보살폈어. 노인은 자애로운 미소로 보답했고.

그렇다고 세 사람이 마냥 행복하기만 한 것은 아니었어. 젊은 청년과 아가씨는 이따금 따로 있을 때면 눈물을 보이기도 했지. 대체 이들이 불행할 이유가 무엇인지 알 수는 없어도 마음이 쓰이긴 매한가지였네. 이토록 사랑스러운 이들마저 불행하다면 나처럼 불완전하고 고독한 존재의 비참함도 그렇게 이상할 일은 아니지 않은가. 어째서 이 고귀한 사람들이 불행할까? 비록 내 기준이긴 하지만 살기에 적당한 집이며, 모든 게 호화로운 느낌이었으니까. 추울 때 몸을 따뜻하게 덥혀줄 불도 있고, 주린 배를 채울 음식도 있고. 훌륭한 옷에 서로 함께 이야기를 나누고 다정함과 애정으로 가득한 표정을 짓는 가족이 있지 않은가. 이들의 눈물이 대체 무슨 의미일까? 진정 고통에서 비롯된 눈물이란 말인가? 처음엔 질문에 답을 찾을 수 없었어. 그러나 꾸준히 지켜보며 궁금하던 많은 부분에 답을 얻을 수 있었어.

시간이 한참 흐른 후에야 이 사랑스러운 가족들이 느낀 고통의 이유를 알아냈네. 다름 아닌 가난이었어. 그들은 상당히 빈곤한 가족이었어. 식량이라고 해봤자 텃밭에서 나는 채소와 젖소 한 마리에서 나오는 우유가 전부였고, 그마저도 겨울엔 먹이가 없어 우유를 구할 수도 없었지. 내가 보기에 이들의 굶주림은 꽤 심한 상태였네. 특히 젊은 두 사람은 더했어. 노인에게만 음식을 주고 자신들은 굶는 날이 허다했지.

나는 이런 다정함에 상당히 감동받았어. 밤이면 이들이 보관하던 음식에 손을 대는 일이 습관처럼 익숙해진 후였네. 하지만 오두막집 식구들을 괴롭히고 있다는 걸 깨닫고 난 후로는 되도록 도둑질을 삼가고 근처 숲에서 구한 산딸기나 견과류, 뿌리 열매 따위로 허기를 채웠지.

또 이들의 노동을 도와줄 방도도 알아냈네. 젊은 청년은 하루 상당 부분을 땔감을 찾아 밖으로 돌았어. 나는 밤마다 그의 연장을 들고 나가 며칠 동안 쓰고도 남을 만큼의 땔감을 가져왔어. 청년의 연장을 쓰는 법을 금세 익힐 수 있었거든.

처음 땔감을 모아왔던 날이 기억난다. 아침에 일어나서 문을 열자마자 밖에 쌓여 있는 땔감을 발견한 처녀는 몹시 놀랐지. 큰 소리로 무언가를 외치자 청년이 달려 나왔고 그도 깜짝 놀라기는 마찬가지였어. 그날 청년이 숲으로 나가지 않고 집에 머무르며 오두막을 고치고 텃밭을 가꾸며 시간을 보내는 모습을 즐겁게 지켜보았네.

나는 조금씩 더 의미 있는 발전을 거듭하고 있었어. 이 사람들이 정확한 목소리를 이용해 서로의 경험과 감정을 소통한다는 사실도 깨달았지. 가끔은 그들이 무슨 말을 할 때, 듣는 이의 마음과 얼굴에도 즐거움이나 고통, 미소나 슬픔이 떠오른다는 것도 알아차렸네. 정녕 신성한 깨달음의 과학이었지. 나도 깨우치고 싶다는 마음이 들끓었어. 그러나 노력을 해도 수포로 돌아갔지. 사람들의 말은 내가 따라하기엔 너무 빠른 속도였으니까. 그리고 그들이 내뱉는 말은 직접적으로 눈에 보이는 게 아니라서 그들이 지칭하는 대상의 비밀을 풀어낼 수 없었어. 하지만 엄청나게 노력하며 달이 몇 번이나 뜨고 질 때까지 헛간에 머무른 결과, 이들의 대화에 가장 친숙하게 등장하는 단어 몇 가지를 깨우칠 수 있었어. 나는 '불', '우유', '빵' 그리고 '나무' 같은 단어를 배우고 익혔어. 또 이 집에 사는 사람들의 이름도 외웠지. 남자와 여자는 서로 몇 가지의 이름을 썼지만 노인의 이름은 단 하나, '아버지'뿐이었어. 처녀는 '누이' 또는 '애거사'라고 불렸고, 청년은 '펠릭스' 혹은 '오빠', 아니면 '아들'이라고 불렸지. 각각의 소리가 암시하는 뜻을 배우고 발음할 수 있게 되던 날 이루 말 할 수 없을 만큼 기뻤네. 완벽히 이해를 하거나 따로 써먹을 순 없어도 분간할 수 있는 단어는 몇 가지 더 있었어. 가령 '착한', '사랑하는', '불행하다'와 같은 단어.

겨울을 그렇게 보냈어. 가족들의 온화한 태도와 아름다움 때문에 그들을 진정으로 좋아할 수 있게 되었지. 그들이 불행하면 나도 울적했어. 그들이 기뻐하면 나 역시 함께 기뻐했고. 그들 외에 다른 인간은 거의 마주치지 못

했어. 설령 다른 이들이 오두막을 찾아와도, 타인의 거친 몸짓과 무례한 언행으로 인해 이 집의 친구들이 얼마나 고매하고 우월한 사람들인지만 깨달았어. 노인은 자녀들에게 우울함을 이겨내라고 격려하곤 했어. 아, 노인이 가끔 젊은이들을 '자녀들'이라고 불렀네. 경쾌한 말투와 선한 얼굴에 덩달아 기분이 나아졌다니까. 애거사는 아버지의 말씀에 공손히 귀를 기울이며 가끔 차오르는 눈물을 남모르게 닦아내곤 했어. 그러나 아버지의 훈화가 끝나면 그녀의 표정과 말투가 조금 더 활기차지곤 했지. 하지만 펠릭스는 달랐어. 그는 가족들 중 가장 우울한 사람이었어. 아직은 미숙하던 내 분별력으로도 그가 다른 식구들보다 훨씬 깊은 고민에 빠져 있다는 걸 알 수 있었어. 그러나 표정은 울적해도 목소리만큼은 누이보다 훨씬 밝았어. 특히 아버지와 대화를 나눌 때 유독 그랬지.

이토록 사랑스러운 가족들의 성품을 사소하게나마 드러낼 일화는 수도 없이 많아. 가령 빈곤과 궁핍 속에서도 펠릭스는 눈 덮인 땅에 핀 여리고 하얀 꽃 한 송이를 기쁜 마음으로 누이에게 가져다주었어. 그리고 아침 일찍, 동생이 일어나기도 전에 미리 소가 사는 막사까지 쌓인 눈을 깨끗이 치우고, 우물에서 물을 길어오고, 별채에서 땔감도 가져왔어. 땔감은 보이지 않는 누군가가 늘 채워놓아 놀라워했지. 낮엔 다른 농장의 소작일을 하는 모양이었어. 그런 날엔 외출을 했다가 저녁이 되어서야 집에 돌아오면서도 땔감을 지고 오지 않아 알 수 있었어. 또 다른 날엔 텃밭 일을 돕기도 했지만, 서리가 내리는 계절 탓에 할 일이 거의 없어 노인과 애거사에게 책을 읽어주곤 했네.

처음엔 책을 읽는다는 게 무엇인지 몰라 어리둥절했어. 지켜보니 그가 말을 할 때 내는 소리와 책을 읽는 소리가 상당 부분 비슷하다는 사실을 알 수 있었지. 종이 위에 쓰여 있는 단어를 이해하고 있다고 생각한 나는 그를 따라 문자를 이해하고 싶다는 욕심이 생겼어. 하지만 기호가 상징하는 소리조차 알지 못하는 내가 책을 어떻게 읽을 수 있겠는가? 상당 부분 독해 능력을 발전시키긴 했지만 대화를 알아들을 정도는 되지 못했네. 온 정신을 집중해 노력한 약간의 성과였지. 아무리 오두막 사람들에게 모습을 드러내고 싶어도 언어를 유창하게 구사하지 않는 한, 시도조차 어려운 일이었어. 언어에 대한 지식이 있다면 흉측한 생김새도 이해해주지 않을까 하는 기대가 있었네. 나와 대조적인 외모의 사람들을 끊임없이 관찰하며 나 자신의 기형에 대해서도 어느 정도 받아들이고 있었어.

그들의 완벽한 외모가 부러웠어. 우아함과 아름다움, 섬세한 얼굴까지. 반면 투명한 물웅덩이에 비친 내 얼굴을 보면 그렇게 겁이 날 수가 없었어! 처음엔 깜짝 놀라 뒷걸음질을 치며 물에 비친 모습이 진짜 나라는 걸 믿을 수가 없었지. 하지만 내가 정말 끔찍한 괴물이라는 사실을 받아들이고 나자, 쓰디쓴 좌절과 울분에 휩싸였어. 아! 이토록 참혹한 괴물이 어떤 치명적인 결과를 불러올지 그때는 알지 못했네.

날이 조금씩 풀리고, 낮이 길어지고, 눈이 녹으면서, 벌거벗은 나무와 짙은 땅이 모습을 드러냈어. 이맘때쯤부터 펠릭스는 조금 바빠졌어. 당장이라도 굶어 죽을 것만 같았던 우려도 사라졌지. 나중에 알았지만 그들의 음식이 보기엔 변변찮아도 건강에 좋았고 양도 이젠 넉넉해졌어. 밭에서는 다양한 채소가 자라고 있었고, 식구들은 그걸 따다 먹었어. 계절이 여물어가면서 가족들의 삶도 안정되어 가는 눈치였네.

노인은 아들에게 의지해 비가 오는 날을 제외하면 날마다 정오에 산책을 했어. 나는 하늘에서 물이 쏟아지는 걸 '비'라고 부른다는 것도 알게 됐지. 비는 꽤 자주 내렸어. 하지만 높은 바람이 불어 땅을 말렸고 세상은 그 어느 때보다 청량했어.

헛간에서의 내 삶은 똑같았지. 아침엔 사람들의 움직임을 살펴보다가 그들이 각자 할 일을 하러 사라지면 잠에 드는. 그리고 나머지 시간은 가족들을 관찰하며 보냈네. 모두가 쉬러 들어가고 달이 조금이라도 떠 있거나 밤하늘에 별이 빛나면, 숲으로 가서 내 식량과 오두막에 필요한 땔감을 모았어. 돌아오는 길엔 그들이 다니는 길 위의 눈을 치우기도 하고, 펠릭스에게 보고 배운 노동을 하기도 했네. 나중에야 알았지만 가족들은 보이지 않는 누군가가 해놓은 노동에 상당히 놀랐더군. 이런 일이 있을 때, 가족들은 두어 번 정도 '착한 영혼'이나 '기적'이라는 이야기를 하기도 했지만 당시에 나는 그게 무슨 뜻인지를 이해하지 못했지.

이제 내 사고도 훨씬 활발해져서, 이토록 사랑스러운 존재들을 움직이게 하는 동기나 감정에 대해 알고 싶다는 열망이 들었지. 펠릭스는 왜 저렇게 비참해 보이는지, 애거사는 왜 그렇게 슬픈 표정을 짓는지 궁금했어. 마땅히 행복만 누려야 할 이 가족들에게 행복을 되찾아줄 수 있는 힘이 어쩌면 내게 있지 않을까 하는 착각도 했고. (실로 어리석은 괴물이었다!) 잠을 잘 때도, 가족들에게서 떨어져 있을 때도, 나는 자애롭고 눈이 먼 아버지와 상냥한 애거사, 그리고 건실한 청년 펠릭스의 모습을 떠올렸네. 그들을 우월한 존재라고 우러러보았고 내 운명이 그들의 손에 달려 있다고 믿었지. 머릿속으로 수천 번이고 그들에게 나를 소개하는 상상을 했고, 그들의 반응을 그려보곤 했어. 처음에야 그들도 혐오감을 느끼겠지만 교양 있는 몸짓과 호감을 불러오는 말투라면 나중엔 꼭 사랑을 받을 수 있을 거라 믿은 거지.

이런 상상으로 들떠 새삼 열정적인 태도로 언어를 습득하는 데 매달렸어. 온몸의 장기는 조악했지만 유연했어. 목소리도 부드러운 그들과는 달랐지만 내가 이해하는 단어는 그럭저럭 따라할 수 있었고. 애완견을 부러워한 당나귀가 개를 흉내 내다가 쫓겨났다던 우화가 딱 내 꼴이었지. 하지만 태도는 다소 거칠어도 애정을 얻고자 노력하는 순한 당나귀에게 구타와 저주보다 더 나은 대접을 해줄 수 있지 않았을까.

봄의 상쾌한 소나기와 따뜻한 기운에 땅이 눈에 띄게 변화하고 있었어. 동굴에 처박혀 있던 것 같던 사람들이 모두 밖으로 나와 다양한 농경기술을 이용해 일을 하기 시작했지. 새들은 더 경쾌하게 지저귀고 나무에는 새싹이 트고. 그야말로 낙원처럼 행복한 땅이었네! 바로 얼마 전까지만 해도 황량하고 축축하고 병약했던 땅이 이제는 신이 살기에도 부족함이 없었지. 자연의 매혹적인 풍경에 나도 덩달아 기분이 좋아졌어. 과거는 기억에서 잊혔고, 현재는 평온했으며, 미래는 희망의 햇살과 설레는 기대감으로 빛나고 있었네."

05

"이제 이야기의 속도를 조금 내야 좋을 것 같군. 지금부터 할 이야기는 과거의 내가 지금의 내가 될 수 있었던 사건들이야.

봄이 빠르게 찾아오고 날씨는 화창했으며 하늘엔 구름 한 점이 없었어. 사막처럼 황량하던 이곳이 아름다운 꽃과 녹음으로 변화하는 모습이 놀라웠어. 나는 수천 가지의 향과 아름다운 풍경으로 갈증을 풀고 생동감을 얻었네.

그러던 어느 날, 오두막 사람들이 힘든 노동을 끝내고 휴식을 취하고 있었어. 노인은 기타를 연주하고 자녀들은 그의 음악을 귀에 담았고. 그때 펠릭스의 얼굴에 차마 형용할 수 없는 우울이 드리워져 있다는 것을 깨달았어. 그는 이따금 한숨도 내뱉었네. 노인은 잠시 연주를 멈추고 아들에게 무슨 일이 있느냐고 물었어. 펠릭스는 짐짓 아무렇지 않은 활기찬 말투로 대답했고, 노인은 다시 연주를 시작했지. 바로 그 찰나에, 누군가 문을 두드렸어.

동네 시골 사람의 안내를 받아 한 숙녀가 말을 타고 왔어. 숙녀는 짙은 옷을 입고 두꺼운 검은 베일로 얼굴을 가리고 있었네. 애거사가 무언가를 묻자, 낯선 숙녀는 다정한 말투로 펠릭스의 이름을 말할 뿐이었어. 음악같이 고운 목소리였지만 나의 친구들과 비교하면 누구와도 비슷한 데가 없는 투였어. 이름을 듣자마자 펠릭스가 황급히 숙녀에게 다가갔어. 그를 보자마자 숙녀는 얼굴에 드리웠던 베일을 벗었어. 그러자 내 눈 앞에 천사처럼 아름답고 풍부한 표정이 드러났네. 윤기가 흐르는 짙은 머리카락을 특이하게 땋은 모습이었어. 두 눈동자 역시 어두운 색이었지만 생기가 넘치면서도 온화했고. 한마디로 조화로운 얼굴. 눈이 부시게 하얀 피부와 사랑스러운 뺨이었어.

그녀를 본 펠릭스는 기쁨에 겨워했네. 좀 전까지 보이던 슬픔은 온데간데없이 사라지고 얼굴엔 환희가 가득 피어올랐지. 사람이 그렇게 기뻐할 수 있으리라고는 상상조차 할 수 없었어. 뺨이 환희로 붉게 물들고 두 눈은 반짝이고. 펠릭스의 그런 얼굴은 처음이었어. 마치 초면인 것처럼 새삼스럽게 그가 아름답다는 생각마저 들었지. 숙녀는 감정이 복받치는 듯 눈물을 몇 방울 흘리며 두 손을 펠릭스에게 내밀었어. 펠렉스는 그 손에 열정을 담아 입을 맞추고는, '나의 사랑하는 아라비아 여인'이라고 속삭이는 것 같았어. 내가 알아듣기로는 그랬어. 숙녀는 펠릭스의 말을 이해한 것 같아 보이지 않았지만 미소를 지었지. 숙녀가 말에서 내릴 수 있도록 에스코트한 펠릭스가 마을 사람을 돌려보냈고, 얼마 후 그녀를 오두막으로 데리고 들어갔어. 그는 아버지와 잠깐 대화를 나누었어. 이방인 숙녀가 노인에게 무릎을 꿇으며 입을 맞추려 하자, 노인이 그녀를 자애로운 몸짓으로 일으켜 세웠어.

머지않아 이 이방인이 자신만의 언어로 또박또박 말을 한다는 것을 알아차렸네. 하지만 집 안의 누구도 그녀의 말을 이해하지 못했고 자신의 뜻도 전할 수 없다는 사실을 깨달았어. 그들은 내가 이해할 수 없는 말들을 주고받았지. 그러나 숙녀의 존재가 태양이 새벽안개를 흩뜨리듯, 집안의 우울함을 쫓아내고 온 집안에 기쁨을 불러왔다는 것을 알 수 있었어. 펠릭스가 유독 행복해했지. 그는 즐거워 마지않는 미소로 아라비아 여인을 맞이했어. 언제나 사랑스러운 애거사 역시 이방인의 손에 입을 맞추고, 자신의 오빠를 가리키며 여인이 오기 전까지 얼마나 슬퍼했는지 모르겠다는 듯 몸짓했어. 몇 시간이 이렇게 흘렀네. 그 사이 오두막의 사람들은 이유를 알 수 없는 즐거움을 발산하고 있었어. 이윽고 이방인 숙녀는 식구들의 소리를 한 음절씩 따라 반복했어. 아마 이들의 언어를 배우려는 심산 같았어. 나도 그녀의 방법을 따라 언어를 배워야겠다는 생각이 문득 들었지. 첫 시도에서 숙녀는 스무 개가량의 단어를 배웠어. 대부분 내가 알고 있던 것들이었지만 그래도 새로 배운 단어는 도움이 되었네.

밤이 찾아오자 애거사와 아라비아 숙녀는 일찍 잠자리에 들었어. 방을 나서며 펠릭스는 숙녀의 손등에 입을 맞추고 이렇게 말했어. '잘 자요, 나의 사랑하는 사피.' 펠릭스는 훨씬 늦게까지 잠을 이루지 못하고 아버지와 이야기를 나누었어. 연거푸 그녀의 이름을 반복하는 것으로 보아 사랑스러운 손님이 대화의 주제라는 것을 알 수 있었지. 그들의 이야기를 알아듣고 싶어 온 신경을 쏟았지만 그건 도저히 불가능한 일이었네.

다음 날 아침, 펠릭스는 일을 하러 나섰어. 애거사가 평소와 다름없이 집안일을 마치고 나자, 아라비아 숙녀는 노인의 발치에 앉아 그의 기타 연주를 귀담아 들었어. 몽환적이고 아름다운 선율에 내 눈에서도 슬픔과 기쁨이 섞인 눈물이 흘렀네. 그녀가 노래를 따라 불렀어. 숲 속의 나이팅게일처럼 한껏 높아졌다가 사그라지는 풍부한 카덴차 한 곡조였어.

숙녀가 노래를 마치고 기타를 애거사에게 넘겨주었지만 애거사는 사양했어. 그러다가 결국 소박한 곡 하나를 연주하며 달콤한 억양으로 노래를 불렀어. 이방인의 황홀한 노래와는 결이 달랐네. 노인은 감동받은 표정으로 몇 마디를 건넸어. 애거사가 사피에게 그의 말을 설명해주었고. 아마 그녀의 음악이 노인에게는 그 무엇과도 비교할 수 없는 기쁨이었다는 뜻이었던 것 같아. 전처럼 평화로운 나날이 지나가고 있었지만, 단 하나 다른 점이 있다면 친구들의 얼굴에 드리웠던 슬픔이 사라지고 기쁨만 남았다는 것이야. 사피는 늘 쾌활하고 행복해했어. 사피와 내 언어 구사력도 많이 늘어서 두 달이 지나자 우리는 가족들이 하는 말의 대부분을 이해하는 경지에 이르렀어.

그 사이 흙으로 덮여 있던 땅에도 향기로운 풀이 돋아났어. 초록빛 강둑에는 수없이 많은 꽃이 피어 향기와 풍경이 모두 달콤했고, 달이 밝은 밤이면 꽃은 별처럼 빛났어. 별이 따스해지면서 밤은 맑고 온기가 넘쳐흘렀지. 해가 늦게 지고 일찍 뜨는 바람에 긴 산책을 할 순 없었지만 밤이면 나도 예전처럼 밖을 거닐 수 있었어. 처음 사람을 만났을 때와 같은 대접을 받게 될까 봐 겁이 나서, 감히 낮에는 밖을 나다닐 엄두가 나지 않았거든.

날마다 집중력을 발휘해 빨리 말을 익히려 노력했어. 아라비아 숙녀보다 내 습득 능력이 훨씬 월등했다고 해도 좋을 것이야. 그녀는 말을 한 번에 알아듣지 못하고 뚝뚝 끊어지는 억양으로 대화했지만, 나는 온전히 이해하고 모든 단어를 유창하게 흉내 낼 수 있었어.

말하는 실력이 향상되면서 글도 익힐 수 있었지. 물론 이방인이 글을 배워서 가능한 일이었어. 글을 읽을 수 있게 되면서 내 눈 앞에 경이로움과 기쁨이 널리 펼쳐졌어.

펠릭스가 사피에게 가르친 책은 볼니의 『제국의 몰락』이었어. 펠릭스가 책을 읽어주며 자세히 설명해주지 않았더라면 나 역시 온전히 책을 이해하긴 어려웠을 것 같아. 펠릭스의 설명에 따르면, 이 책을 선택한 이유는 선언서에 가까운 문체에 동양의 사상가를 모방하여 쓰였기 때문이라고 했어. 이 책을 통해 역사에 대한 원론적인 지식과 현재 세상에 존재하는 다양한 제국을 볼 수 있는 시각을 갖게 되었어. 이 세계에 존재하는 서로 다른 나라의 관습과 정부, 그리고 종교에 대한 나름의 통찰도 생겼고. 게으른 아시아인, 그리스인의 놀라운 천재성과 정신력, 그리고 초기 로마인의 전쟁과 미덕, 그 후의 부패, 대제국의 몰락과 기사도, 마지막으로 나라의 왕들에 대한 이야기도 배울 수 있었어. 지구 반대편의 아메리카 대륙을 발견한 일이나 그곳 원주민의 불행한 운명을 배울 때에는 사피와 함께 눈물을 흘렸네.

이토록 놀라운 이야기를 배우자니 이상한 감정이 피어올랐어. 과연 인간이란 그토록 강하고, 미덕이 넘치고, 훌륭하면서 동시에 사악하고 부덕하단 말인가? 인간은 때론 온갖 사악한 규칙을 전승받은 후계자에 불과해 보이다가, 또 때론 고귀하고 신성한 몸처럼 보이기도 했어. 위대하고 덕망을 고루 갖춘 사람이 된다는 건, 분별력이 있는 존재가 상상할 수 있는 최고의 영광 같았지. 역사에 기록된 무수한 사람들처럼 천박하고 사악해진다는 건 곧 저급한 몰락과 같았어. 몰락은 심지어 눈먼 두더지나 무해한 벌레가 되는 것보다도 훨씬 더 절망적이었지. 어떻게 한 인간이 친구를 죽이려 들고, 심지어 법과 정부는 왜 존재하는지를 이해하는 데 아주 오랜 시간이 걸렸어. 악행과 유혈에 대해 자세히 배우고 나니 경외감은 사라지고 혐오와 반감만 들어 외면하고 싶었어.

오두막 사람들의 대화는 이렇게 매번 새롭고 놀라웠네. 펠릭스가 아라비아 숙녀에게 들려주던 가르침을 귀동냥으로 배우며 나는 인간 사회의 기이한 체계를 깨우쳤지. 재산 분배나 막대한 부, 누추한 빈곤, 계급과 가문, 그리고 고귀한 혈통까지도.

이렇게 배운 체계가 나 자신을 돌아보게 했어. 인간이라는 종족은 크게 쌓은 부와 고귀한 혈통의 결합을 가장 높이 평가한다는 점을 깨달았지. 이 중 하나만 갖고 있어도 평생 존경을 받으며 살 수 있지만, 둘 다 없을 경우엔 아주 드문 경우를 제외하고는 대부분 선택된 소수의 이익을 위해 노동력을 빼앗기는 운명에 처한 부랑자나 노예가 되어버리는 것이라는 걸. 그렇다면 나는 무엇인가? 탄생이나 내 창조주에 대해 아는 바가 없었어. 그러나 내게 돈도, 친구도, 사유재산도 없다는 건 알고 있었어. 게

다가 나에겐 흉악하고 일그러진 외모도 있지 않은가. 심지어 사람과 같은 본성도 없었어. 그러나 인간보다 훨씬 민첩하고 형편없이 끼니를 때워도 견딜 수 있었어. 지독한 열기와 혹독한 추위를 견디고도 살아남았고. 인간보다 신장도 우월했어. 주위를 아무리 둘러봐도 나와 같은 존재는 보지도, 듣지도 못 했지. 그렇다면 나는 이 세상에 한 점 얼룩에 지나지 않는 괴물이란 말인가? 인간이라면 누구든 나를 보고 도망치고, 내쳐버리는 그런 존재란 말인가?

이런 고뇌가 얼마나 큰 고통이었는지 차마 말로 설명할 수도 없어. 우울한 생각을 쫓아버리려 애썼지만, 한번 깨닫고 나니 슬픔은 종잡을 수 없이 커졌어. 아, 차라리 원래 살던 숲에서 영원히 벗어나지 않았더라면, 굶주림과 목마름, 더위 외에 아무런 배움도 얻지 못했더라면 좋았을걸!

지식의 본질이란 얼마나 기이한가! 지식은 마음을 사로잡고 나면 바위에 낀 이끼처럼 들러붙어 떨어지지 않아. 가끔은 나도 생각과 감정을 모두 떨쳐버렸으면 하고 바랐지. 고통을 극복할 수 있는 방법은 하나밖에 없었어. 바로 죽음뿐. 그러나 죽음은 두렵고 이해할 수 없는 것이었어. 나는 미덕과 선함을 우러러보고, 오두막 가족의 다정함과 쾌활한 성격을 사랑했지만 이들과 교류를 할 순 없었어. 기껏해야 이들의 눈과 귀를 피해 몰래 훔쳐보는 것이 전부일 뿐. 그러다 보니 사람들과 함께 섞여 살아가는 존재가 되고 싶다는 갈망이 충족되기는커녕 오히려 점점 더 커져만 갔네. 애거사의 친절한 말과 매력적인 아라비아 숙녀의 생기 넘치는 미소는 나를 위한 것이 아니었어. 노인의 다정한 설교와 그에게 사랑받는 펠릭스의 열띤 대화도 나의 것이 아니었고. 나는 비참하고 불행한 괴물일 뿐이었다!

그 밖의 다른 깨달음 역시 내게 깊이 새겨졌어. 남성과 여성의 차이, 아이의 탄생과 성장, 아비가 갓난아기의 미소에 기뻐하는 마음, 자란 아이가 활기차게 뛰는 모습에 행복한 부모의 감정도 배웠지. 고귀한 탄생 하나에 어미의 삶이 온통 집중되고, 아이의 마음이 어떻게 지식과 견해를 확장시키고 배우는지도 알았네. 형제와 자매, 인간을 다른 인간과 유대관계로 맺어주는 다양한 관계도 배웠고.

그러나 나의 친구들과 친척은 어디 있단 말인가? 갓난 시절을 지켜봐주던 아버지도, 미소와 손길로 축복해준 어머니도 없지 않은가. 있다고 한들, 이전의 내 삶은 이제 시커먼 얼룩이자 아무것도 분간할 수 없는 공허에 불과했네. 기억을 할 수 있는 그 순간부터 나는 이미 똑같은 키와 덩치를 지니고 있었지. 그때까지 나를 닮은 존재는커녕 나와 관계를 맺었다는 사람도 만난 적이 없었어. 그럼 나는 무엇일까? 그 질문이 또다시 머리를 가득 메웠지만 할 수 있는 대답이라곤 그저 신음뿐이었어.

이런 감정이 어떤 방향으로 이어졌는지 이제부터 설명하고자 하네. 하지만 우선은 오두막 사람들에 대한 이야기를 조금 더 해야겠어. 이들의 사연은 내게 분노, 기쁨, 그리고 경이로움처럼 온갖 다양한 감정을 느끼게 해주었지만 결국 모든 감정은 늘 내 보호자들에 대한 사랑과 존경심이 더해지는 것으로 끝나곤 했어. (얼마쯤은 순수한 마음으로, 또 절반 정도는 고통스러운 자기기만으로 그들을 나의 보호자로 칭하고 싶었을 뿐이야.)”

06

"한참 시간이 흐른 뒤에야 가족들의 자세한 사연을 알 수 있었다. 알고 나니 마음에 깊이 남는 이야기였어. 나처럼 경험이 부족한 존재가 보기엔 그 속에 등장하는 수많은 사건들이 그저 흥미롭고 놀라울 뿐이었네.

노인의 이름은 드 라세. 프랑스의 훌륭한 가문 출신으로 오랜 세월 프랑스의 높은 이들과 교류하며 존중받고 모두가 우러러보는 부유한 사람이었어. 아들 역시 조국에 충성을 다하는 사람이 되라고 가르쳤고. 애거사는 나라에서 가장 고귀한 숙녀들과 어깨를 나란히 했었네. 내가 오두막에 도착하기 몇 달 전, 그들은 파리라는 호화로운 대도시에서 사람들에게 둘러싸여 일정 수준 이상의 자산이 있어야만 가질 수 있는 미덕과 넘치는 지성, 그리고 취향을 즐겁게 만끽하며 살았지.

그런데 사피의 아비가 이 가족을 몰락시켰어. 그는 터키의 상인으로 수년 간 파리에 머물는데, 내가 알지 못하는 모종의 이유로 프랑스 정부의 미움을 사게 되었어. 사피가 아버지와 함께 살기 위해 콘스탄티노플에서 파리로 오던 바로 그날, 그녀의 아버지는 체포되어 감옥에 갇혔어. 재판에서 사형을 선고받았지. 명백히 부당한 재판을 받았어. 파리 전체가 그의 판결에 분노했네. 사형은 그가 뒤집어쓴 죄가 아니라, 그의 종교와 부유함 때문이라고 다들 입을 모았어.

펠릭스는 두 눈으로 재판을 지켜보며 법정의 판결에 형용할 수 없는 분노와 공포를 느꼈어. 그 순간 사피의 아버지를 구해야겠다는 굳은 결심을 하고 방법을 찾아 헤맸지. 감옥에 들어가려고 여러 번 시도했지만 모두 실패했어. 그러다가 경비가 지키고 있지 않는 쪽에 튼튼한 창살이 달린 창문을 발견했어. 이 창문이 불행한 이슬람교도의 지하 감옥을 유일하게 밝혀주고 있었지. 그는 무거운 사슬에 묶인 채 절망에 잠겨 야만적인 사형이 집행되기만을 기다리고 있었네. 펠릭스는 야밤에 창문으로 접근해 자신의 구출 계획을 알렸어. 터키 상인은 놀랍고 기쁜 마음으로 보상과 막대한 부를 약속하며 자신의 은인에게 실행 의지를 불태우고자 했어. 펠릭스는 상인의 제안을 단칼에 거절했어. 하지만 아버지의 면회 허락을 받아내고 밝은 미소로 감사의 인사를 하는 사피를 보자마자, 자신의 고생과 위험을 보상해줄 보물이 상인에게 있다는 것을 인정하지 않을 수 없었네.

터키인은 펠릭스가 자신의 딸에게 마음이 있다는 것을 눈치채고, 안전한 곳으로 도망만 칠 수 있게 해준다면 딸과 혼인을 허락하겠노라며 펠릭스를 붙잡았어. 펠릭스는 섬세한 성품을 가진 청년으로 이런 제안을 함부로 받아들일 수는 없었지만, 내심 그렇게만 된다면 행복해질 수 있으리라 기대했지.

그 후로 상인을 구출하고자 하는 계획을 차근차근 세우는 사이, 펠릭스의 사랑은 사피가 보내오는 편지 몇 통으로 더욱 굳건해졌어. 숙녀는 아버지의 하인이자 프랑스어를 할 줄 아는 어느 노인의 도움으로 사랑하는 이에게 자신의 마음을 전달했어. 그녀는 아버지를 도와주려는 그에게 최고의 감사인사를 전하며 찬사를 보냈지. 내심 자신의 운명을 한탄하기도 하면서.

내게 그 편지의 사본이 있다. 헛간에 머무르면서 글 쓰는 도구를 구할 수 있어 가능했던 일이지. 편지는 대부분 펠릭스나 애거사에게 있었어. 이 편지들은 내가 떠나기 전 그대에게 주고 갈 것이야. 내 이야기의 진실을 입증하는 증거로 쓰일 테니. 그러나 일단 지금은, 해가 저문 지 오래되었으니 편지의 핵심만 전달할 시간밖에 없군.

사피의 이야기에 따르면 그녀의 어머니는 기독교를 믿는 아랍인으로 터키인에게 잡혀 노예가 되었다가 미모 덕분에 사랑을 받고 사피의 아버지와 결혼을 할 수 있었네. 어머니의 이야기를 담은 문장에 존경심이 묻어날 정도였어. 어머니는 자유로운 몸으로 태어나 노예가 되어버린 자신의 신세를 한탄했지. 딸에게는 기독교의 기본 강령을 가르쳤고, 이슬람교의 여인에게는 금지된 지성의 힘과 영혼의 독립을 꿈꾸라고 가르쳤어. 사피의 어머니는 세상을 떠난 후였으나, 어머니의 가르침은 사피의 마음을 떠나지 않았지. 사피는 다시 아시아로 돌아가 하렘의 성벽 속에 감금되어 유치한 오락이나 즐기며 살아갈 미래가 암담했어. 이제 거대한 이상과 미덕을 따르는 고결함에 익숙해진 사피의 영혼에는 맞지 않는 운명이었으니. 그러니 기독교인과 결혼해 여성의 몸으로도 사회의 일원이 될 나라에서 살 수 있다는 생각에 마음이 끌리지 않을 수 없었지.

이윽고 사형날짜가 잡혔네. 그러나 이미 전날 밤, 상인은 감옥을 탈출해 아침 동이 트기 전 파리에서 몇 킬로미터 떨어진 먼 곳에 도착한 후였어. 펠릭스는 아버지, 누이 그리고 자신의 이름으로 여권을 만들어두었네. 아버지에게는 이미 자신의 계획을 전했고, 아버지는 아들의 계획을 돕고자 여행을 떠난다는 핑계로 딸과 함께 파리 외곽에 몸을 숨긴 참이었어.

펠릭스는 프랑스를 가로질러 리옹 몽스니에서 프랑스와 이탈리아의 접경 도시인 이탈리아령 리보르노까지 탈출한 두 사람을 안내했고, 상인은 그곳에서 터키령 영토로 들어갈 적기를 기다리기로 했어.

사피는 아버지가 떠날 때까지 함께 남아 있기로 결심하고 그 전에 상인은 생명의 은인에게 딸과의 혼인을 다시 한번 확인해주었네. 펠릭스 역시 기대를 갖고 그들과 함께 머물렀어. 그 사이 그는 아라비아 숙녀와 행복한 시간을 보냈고, 그녀 역시 하나뿐인 마음을 표현했네. 통역의 도움으로 대화를 나누었고, 가끔은 얼굴 표정만으로도 서로의 마음을 확인했어. 사피는 이따금 천국처럼 아름다운 모국의 노래를 불러주었지.

터키인은 이렇게 두 사람의 친밀한 관계를 허락하고 젊은 연인들의 기대를 한껏 고취시켜놓았으나 속으로는 다른 마음을 품고 있었네. 딸을 기독교인에게 넘겨주는 것이 끔찍하게 싫었으나, 자신의 속마음을 드러내면 펠릭스가 분노할까 봐 겁을 내고 있었던 것이야. 일단 이탈리아령까지만 도착해 펠릭스를 배신한다면, 그도 자신의 운명을 어찌할 수 없을 거라고 판단했지. 상인은 펠릭스가 필요 없어질 때까지 계속해서 거짓말을 하다가 몰래 딸을 데리고 출국하겠다는 수천 가지 음모를 꾸몄어. 그의 계획은 파리에서 당도한 소식 하나로 훨씬 수월해졌지.

프랑스 정부는 죄수의 탈옥에 크게 분노하여 무슨 수를 써서라도 탈옥을 도운 자를 색출하겠다고 했어. 펠릭스의 계획은 금세 들통났고, 드 라세와 애거사 역시 투옥되었어. 이 소식을 들은 펠릭스는 달콤한 꿈에서 깼어. 눈도 보이지 않는 노령의 아버지와 다정한 누이가 악취

나는 지하감옥에 갇혀 있는데, 자신은 자유로운 공기를 만끽하며 사랑놀음이나 하고 있었던 것 아닌가. 당연히 괴로울 수밖에 없었지. 즉시 터키인과 의논했고, 펠릭스가 이탈리아령으로 돌아가기 전 터키인이 출국할 만한 기회를 잡는다면 사피는 리보르노의 수녀원에 묵기로 했네. 그리고 펠릭스는 사랑하는 여자와 헤어져 파리로 돌아와 아버지와 누이를 구하고자 스스로 법의 처분에 몸을 맡겼어.

그러나 펠릭스의 계획은 실패했네. 세 사람은 다섯 달이나 감옥에 갇혀 있다가 재판을 받았어. 결국 전 재산을 몰수당하고, 고향에서 영원히 추방당했네.

세 사람은 독일의 한 오두막에서 비참한 삶을 살고 있었던 거야. 그때 내가 이들의 오두막을 발견했고. 펠릭스는 자신과 가족들이 다시없을 고초와 억압을 받으며, 이처럼 빈곤하고 모든 것을 잃은 존재로 전락한 것을 알면서도 목숨을 던져 구한 터키인이 선의와 명예를 모조리 배신한 채 딸과 함께 이탈리아를 떠났다는 사실도 알게 되었네. 펠릭스에게는 생계에 보태라며 보낸 푼돈이 전부였지.

펠릭스는 심장이 무너지는 아픔을 겪었고, 처음 이 가족을 만났을 때 그가 누구보다 더욱 상심해 있었던 까닭이었지. 빈곤은 견딜 수 있었어. 고난이 미덕의 보상이라면 영광으로 삼을 수도 있었어. 하지만 터키인의 배신과 사랑하는 여자를 잃었다는 사실이 돌이킬 수 없이 쓴 불행이었지. 그런데 아라비아 숙녀가 다시 돌아와 그의 영혼에 새로운 숨을 불어넣은 것이야.

펠릭스가 재산과 지위를 모두 잃었다는 소식이 리보르노에 전해지자마자, 상인은 딸에게 그에 대한 걱정은 버리고 함께 고향으로 돌아갈 준비나 하라고 했어. 하지만 마음씨가 고왔던 사피는 아버지의 명령에 반기를 들었지. 아버지를 설득하려 했지만, 폭군처럼 굴며 화를 내고 자리를 피했어.

며칠 후, 아버지는 딸의 숙소에 성급히 들어와 리보르노의 거처가 발각된 것 같다며 머지않아 자신이 프랑스 정부에게 끌려갈지도 모른다고 조바심을 냈어. 콘스탄티노플로 떠날 배를 구해놨으니 몇 시간 후에 떠날 예정이라고 얘기했지. 그리고 자신의 심복을 이곳에 남겨, 아직 도착하지 않은 남은 재산과 사피를 돌봐줄 것이라는 이야기도 전했어.

혼자가 된 사피는 이런 비상 상황에서 자신이 어떤 태도를 취해야 할지 금세 마음을 정했어. 터키에서 산다는 건 생각만으로도 끔찍했으니까. 종교와 정서 모두 그녀에겐 맞지 않는 옷이었으니. 어쩌다 손에 넣은 아버지의 서류를 통해 연인의 망명 소식을 들은 그녀는 곧 그가 어디에 살고 있는지도 알아냈지. 한참을 망설이던 그녀는 결국 마음을 굳혔어. 자신의 몫으로 된 보석 조금과 돈 몇 푼을 들고 터키어를 할 줄 아는 리보르노 출신의 하녀 하나만 대동한 그녀는 이탈리아를 떠나 독일로 향했어.

그녀는 드 라세의 오두막에서 100킬로미터쯤 떨어진 마을에 안전히 도착했지. 그러나 그곳에서 하녀가 중병에 걸려 목숨이 위중해졌어. 사피는 온 정성을 쏟아 하녀를 간호했네. 하지만 안타깝게도 하녀는 세상을 떠났고, 그렇게 사피는 언어도, 문화도 모르는 나라에 혈혈단신으로 남게 되었던 것이야. 그 와중에 좋은 사람들을 만난 게 다행이었지. 이탈리아 하녀가 예전에 목적지를 언급했던 기억이 있어, 하녀가 죽은 후 그들이 머물던 집주인의 도움을 받은 사피는 펠릭스가 살고 있는 오두막집에 무사히 도착할 수 있었어."

"이게 내가 사랑하던 오두막 가족의 사연이다. 이야기의 전말을 알게 된 나는 깊이 감동받았지. 그리고 사회 속에서 살아가는 삶에 대한 교훈도 얻을 수 있었고. 미덕은 우러러보되 인간의 악행은 비난받아 마땅하다는 점 말이야.

그때까지 범죄는 아득히 먼 일이었어. 내겐 오직 자애로움과 관용만이 존재했으니. 저렇게 훌륭한 자질을 보여야 하는 분주한 세상으로 나가 많은 것을 배우고 싶다는 욕망만이 마음속에 자리 잡고 있었네. 그럼에도 내 지성이 이토록 발전한 계기를 설명하려면 그해 팔월 초에 일어났던 한 가지 사건을 언급하지 않을 수가 없지.

어느 날 밤, 여느 때처럼 인근의 숲으로 나가 먹을 식량과 가족들을 위한 땔감을 모아오는데, 길목에서 드레스 몇 벌과 책 몇 권이 들어 있는 가죽 여행가방을 발견했어. 마치 내 고생에 대한 보답이라도 되는 양. 기꺼이 물건을 챙겨 헛간으로 돌아왔네. 다행히도 책은 오두막에서 배운 불어로 쓰여 있었어. 『실낙원』과 『플루타크 영웅전』 한 권, 그리고 『젊은 베르테르의 슬픔』이었네. 이 귀중한 보물을 얻게 되다니, 한없이 기뻤네. 나의 친구들이 일상생활을 할 때면, 책을 읽고 공부하며 지적 호기심을 충족했지.

그 책들을 읽으며 얻은 성과를 어떻게 표현해야 할까. 내 마음속 새로운 심상과 감정이 끊이지 않고 샘솟아 가끔은 황홀할 정도로 마음이 고양되었지만, 대부분은 절망의 나락으로 떨어지기 일쑤였어. 『젊은 베르테르의 슬픔』은 소박하고 감동적인 이야기가 흥미로웠으나, 이제까지 애매모호하던 사물에 대한 너무도 많은 통찰이 담겨 있어, 사색과 놀라움이 매 장마다 펼쳐졌어. 이 책이 그리는 다정하고 온화한 문체는 자신이 아닌 무언가에 대한 숭고한 마음과 감흥이 결합되어 오두막 가족들 사이에서 내가 겪었던 경험이나 마음속으로 품고 있던 욕구와도 결이 맞았어. 베르테르는 내가 지금껏 보고 상상했던 그 어떤 인물보다도 훨씬 더 거룩한 인간이었고. 그의 가식 없는 성격은 그 무엇보다 마음속에 깊은 울림을 주었네. 죽음과 자살에 대한 치밀한 논설은 경이로울 지경이었어. 물론 내가 동조를 할 수 있었다고 말하기엔 어렵지만, 마음은 주인공의 견해에 깊이 공감했지. 그가 죽었을 땐 이유를 모른 채 흐느끼며 울었어.

책을 읽으며 나는 내 감정과 사정에 훨씬 더 깊은 이입을 할 수 있었다. 읽고 대화를 엿듣는 책 속의 인물들과 나 자신이 비슷하면서도 한편으로는 이상하게 다르다는 것을 깨달았지. 그들에게 공감하고 어느 정도는 이해도 했지만, 내 마음은 아직 온전히 만들어졌다고 보기엔 어려웠어. 누구에게도 의존하지 않았고 누구와도 관계를 맺지 못했으니까. '내가 가려는 길은 자유로우나'* 내 죽음에 슬퍼할 이는 없었다. 나는 흉측하고 거인만큼 덩치가 컸다. 이게 무슨 뜻일까? 나는 누구인가? 나는 어디서 왔을까? 그럼 내 목적지는 어디일까? 이런 질문들이 끝없이 떠올랐지만 답은 찾을 수 없었네.

『플루타크 영웅전』은 고대 공화국의 초대 건국자들에 대한 역사를 담고 있는 책이었어. 『젊은 베르테르의 슬픔』과는 많은 면에서 다른 울림이 있었네. 베르테르의 상상력을 통해 나는 절망과 우울을 배웠지. 그러나 플루타크의 영웅담은 고도의 사고력을 가르쳐주었어. 내 존재의 비참한 길을 초월하여 고양시켜주고, 과거의 영웅들을 존경하고 사랑할 수 있게 해주었어. 내가 읽은 많은 책들이 내 이해력과 경험을 뛰어넘었다네. 왕국이나 거대한 나라, 거센 강물과 무한한 바다 같은 것들을 대충이나마 알고는 있었어. 그러나 도시라든가, 많은 사람들이 모인 곳에 대해서는 전혀 알지 못했었지. 인간의 본성에 대해 배운 유일한 학교는 오직 오두막집의 가족들뿐이었기 때문에. 그러나 이 책은 새롭고 강력한 인간의 면면

* 퍼시 셸리의 시에서 인용.

을 소개시켜주었어. 공직을 맡은 이들이 자신의 종족을 다스리거나 학살하는 이야기도 있었어. 미덕을 향한 열망이나 악에 대한 혐오가 마음속 깊은 곳에서 샘솟았지. 물론 내가 이해할 수 있을 만큼의 범위에 국한되어 있긴 했네. 그러나 미덕이며, 열망이며 하는 것들이 내겐 쾌감 아니면 고통과 비슷하게 상대적인 감정으로만 다가왔어. 나는 이런 감정에 이끌려 로마의 로물루스나 그리스 신화의 테세우스보다는 누마, 솔론, 리쿠르고스처럼 평화적인 방식으로 나라를 통치한 자들에게 더 이끌렸네. 특히 오두막의 가족들이 보여주는 가부장적인 생활방식에 더 익숙해서 그런 감상을 가졌던 것 같아. 명예와 학살을 일삼는 젊은 군인으로 인간을 처음 배웠더라면 아마 나도 다른 감정을 갖게 되었을지 모르겠네.

『실낙원』은 전혀 다른, 훨씬 심오한 감정을 일깨웠네. 우연히 얻게 된 다른 책과 마찬가지로 그 책을 실제 역사라고 믿었지. 전지전능한 신이 피조물과 싸우는 장면은 내가 가진 모든 경이와 존경심을 일깨웠어. 나와 비슷한 점에 놀라 몇 가지 상황을 대입해 비교하기도 했지. 아담과 마찬가지로 나 역시 이 세상의 어떤 존재와도 관계를 맺지 않고 태어났어. 하지만 아담이 처한 상황은 모든 면에서 나와는 달랐지. 아담은 신의 손에 의해 완벽한 피조물로 탄생했지 않은가. 창조주의 특별한 관심을 받으며 행복하고 번영을 누리는 자. 아담은 더욱 탁월한 존재와 대화도 나누고 지식도 전수받는 특권을 누렸네. 그러나 나는 비참하고, 무기력하고, 또 고독했다네. 오히려 사탄이 나와 더 잘 맞는다고 생각했지. 오두막 가족들의 행복한 모습을 보면 볼수록 사탄처럼 쓰라린 질투가 내 안에서 치밀었기 때문이야.

또 하나, 내게 일어난 다른 일 하나가 질투를 훨씬 더 강하고 공고하게 만들었어. 헛간에 살고 얼마 지나지 않아 나는 당신의 실험실에서 입고 온 옷 주머니에서 종이 쪽지를 몇 개 발견했어. 처음엔 대수롭지 않게 여겼으나, 글자를 읽을 수 있게 된 후로 열심히 그 뜻을 해석했어. 나를 창조하기 전 넉 달간 당신이 기록해놓은 일지였다네. 당신은 일지에 작업의 진행 상황을 자세히 적어놓았어. 당신도 틀림없이 이 일지를 알고 있을게야. 여기, 그 일지가 있네. 저주받은 나의 기원에 대한 사항이 모조리 적혀 있었어. 내 탄생으로 이어진 혐오스러운 정황이 모조리 기록되어 있었다고. 불쾌하고 역겨운 몸뚱이에 대한 묘사가 생생했어. 일지는 당신의 마음뿐만 아니라 내 마음에도 지울 수 없는 공포를 심었어. 읽어나갈수록 역겨웠네. '나는 내가 태어난 날을 저주한다!' 나는 고통에 울부짖었다네. '나의 창조자를 저주한다! 그대는 어째서 자기마저 역겨워 등을 돌릴 흉측한 괴물을 만들었는가?

신은 연민을 갖고 자신을 본떠 아름답고 매혹적인 인간을 만들었는데. 내 모습은 그대의 더러움을 본떴고 그래서 더욱 끔찍할 뿐이니. 심지어 사탄에게도 그를 숭배하고 지지해줄 친구가 있었는데, 나는 그저 홀로 남아 미움만 받는구나.'

의기소침하고 외로운 마음으로 몇 시간을 보냈어. 하지만 오두막집 가족들의 미덕과 자애로운 성품을 생각하며 스스로를 타일렀지. 내가 그들의 미덕을 동경하고 따르고 싶다는 것을 저 사람들이 알게 된다면 분명 연민을 갖고 나의 신체적 기형을 눈감아주겠지. 아무리 흉측한 괴물이라고 해도, 동정과 우정을 갈구하는 나를 내치려 할까? 적어도 쉽게 절망하진 말자, 나는 그렇게 생각했네. 내 운명을 결정할 그들과의 만남에 만반의 준비를 다 하자고 결심했어. 하지만 실행을 몇 달 더 미루었네. 잘 해내고 싶다는 욕심이 너무 커서 실패에 대한 두려움도 함께 커졌던 까닭이야. 게다가 매일의 경험으로 이해력이 상당 수준 발전했기 때문에 몇 달 정도 더 배우고 난 다음 실행에 옮기고 싶다는 계산도 있었지.

그 즈음 오두막에는 몇 가지 변화가 일어났네. 사피가 함께 살면서 가족들 사이에 행복이 퍼졌지. 나 역시 오두막집이 훨씬 풍족해졌다는 걸 체감했으니까. 펠릭스와 애거사는 쉬거나 대화를 나누는 시간이 늘어났고 일을 할 때도 하인들의 도움을 받았어. 부유해 보이진 않아도 만족스럽고 행복한 삶이었지. 잔잔하고 평화로운 사람들을 보며 내 감정은 날마다 더욱 격앙되었다네. 지식이 쌓일수록 내가 얼마나 비참하고 외로운 존재인지를 절실히 느꼈어. 물론 희망은 그대로 품고 있었지. 그러나 물에 비친 내 얼굴이나 달빛에 늘어진 내 그림자를 볼 때면, 덧없는 허상이자 변덕스러운 그늘에 불과한데도 희망을 붙잡고 있기가 어려웠어.

이런 두려움을 물리치고 몇 달 안에 이들을 마주하고 심판을 받으리라 마음을 다잡았네. 그러나 가끔은 이성을 잃고 낙원의 벌판을 헤매며, 감정을 공감해주고 우울을 경쾌하게 풀어줄 사랑스러운 존재가 내 곁에 있기를 감히 상상해보기도 했지. 그럴 때면 천사 같은 상상의 얼굴이 숨을 쉬며 내게 위안의 미소를 보냈어. 그러나 서러움을 달래주고 나와 생각을 함께할 이브가 내게는 없었네. 철저히 혼자였어. 그때 아담이 조물주에게 빌었던 것이 떠올랐어. 그러나 내 조물주는 어디 있단 말인가? 그는 나를 저버렸고, 쓰디쓴 심정으로 그를 저주했네.

가을이 이렇게 흘렀지. 나뭇잎이 시들어 떨어지고 숲과 눈부신 달을 처음 보았던 때처럼, 다시 자연은 메마르고 황량하게 변해가고 있었어. 그게 놀랍고 슬펐지. 하지만 스산한 날씨엔 아랑곳하지 않았어. 체질상 더위보다 추위에 강했거든. 하지만 꽃과 새, 여름의 온갖 화려함을 지켜보는 게 가장 큰 낙이었는데. 계절이 바뀌며 낙이 사라지자, 오두막집 가족들에게 더욱 집착할 수밖에 없었어. 그들의 행복은 여름이 가도 사그라지지 않았네. 서로를 사랑하고 서로에게 공감하고. 서로를 믿고 의지하며 느낀 기쁨은 스산한 계절을 맞이해 사방에서 죽어가는 생명에도 꺾이지 않았지. 그들을 지켜보면 볼수록 보호와 다정함을 갈구하는 내 욕심도 덩달아 커졌어. 내 존재를 알리고 이들의 사랑을 받고 싶어 애가 탔네. 그 다정한 표정이 나를 향하게 하고 싶은 마음 외엔 더 이상의 욕망이 없었어. 설마 나를 경멸하며 두려움으로 등을 돌리리란 생각은 감히 떠올릴 수도 없었어. 물론 내가 바라는 게 약간의 음식이나 휴식보다는 훨씬 커다란 욕심이었지. 그들에게 친절과 연민을 바랐으니까. 그러나 내게 그런 것을 바랄 자격이 없다고는 생각하지 않았네.

겨울이 성큼 다가왔어. 생을 얻어 태어난 후로 온전한 사계절이 다 지난 것이야. 당시 마음은 온통 오두막집 가족들에게 나를 소개하는 계획에만 쏠려 있었어. 무수히 많은 계획을 세웠지만, 결국은 눈먼 노인이 혼자 집에 있을 때를 노리기로 했어. 예전에 나를 마주친 사람들이 놀란 이유는 바로 부자연스럽고 흉측한 외모 때문이라는 걸 파악할 정도는 되었다네. 목소리가 거칠어도 못 들어줄 정도는 아니었어. 그래서 노인의 자식들이 집에 없을 때 그에게 호감을 얻는다면 내 편을 들어줄지도 모른다는 계산을 했던 것이야. 그러면 젊은 자녀들도 노인을 생각해 내게 조금은 관대해질지도 모르니까.

어느 날, 붉은 낙엽이 소복이 쌓인 땅에 햇살이 비치며 따스하진 않아도 약간의 경쾌함을 불어넣던 날, 사피, 애거사, 그리고 펠릭스는 시골길을 따라 긴 산책에 나섰고 노인은 산책 생각이 없다며 홀로 집에 있었어. 자식들이 떠나자 그는 기타를 집어 들고 슬프지만 달콤한 곡조의 노래를 연주했네. 이제껏 들었던 그 어떤 연주보다 서글프고 달콤했지. 즐거움으로 환했던 노인의 안색도 연주가 계속되며 고민과 슬픔으로 바뀌었어. 마침내 악기를 내려놓은 노인은 자리에 앉아 깊은 사색에 잠겼네.

심장이 두근거렸어. 지금이 바로 심판의 순간, 그토록 기다리던 두려움을 현실로 바꿀 시간이었으니. 하인들은 동네 축제에 가고 없었어. 오두막집 안과 주변이 모두 적막이었네. 이보다 좋을 기회가 없었지. 그러나 막상 계획을 행동에 옮기려고 하니 온몸에 힘이 쭉 빠지고 결국 다리에 힘이 풀려 주저앉았어. 다시 한번 일어섰어. 쓰러지지 않으려 안간힘을 쓰며, 은신처를 가리려고 헛간 앞에 쌓아두었던 널빤지를 치웠네. 맑은 공기를 마시며 정신을 차린 다음 다시 한번 마음을 다잡고 오두막 문으로 다가갔어.

나는 문을 두드렸어.

'누구시오? 들어오시오.'

노인이 대답했지.

나는 문을 열고 들어섰어.

'저는 쉴 곳을 찾는 여행객입니다, 어르신. 잠시 쉴 곳이 필요해 그런데 몇 분만 불 앞에 있게 해주시면 감사하겠습니다.'

'들어오시게.'

드 라세가 말했네.

'필요한 게 있으면 내 도와드리겠소. 근데 자식들이 잠깐 외출 중이고 눈이 보이질 않으니, 미안하오만 음식을 대접하긴 어렵겠소.'

'괜찮습니다, 어르신. 요깃거리는 저도 있습니다. 그저 온기와 휴식이 필요합니다.'

나는 자리에 앉았고 침묵이 이어졌어. 일분일초가 소중하다는 걸 알면서도 어떤 식으로 이야기를 이어나가야 할지 몰라 주저했지. 그때 노인이 말을 걸었어.

'그대 억양이 우리와 동향인 것 같소만. 혹시 프랑스인이오?'

'아닙니다. 하지만 프랑스 가족에게 교육을 받아서 프랑스어만 알아들을 수 있습니다. 이제 제가 진심으로 사

랑하는 이들에게 몸을 의지하러 가는 길입니다. 그들의 호의에 온 희망을 걸었지요.'

'그들이 독일 사람이오?'

'아닙니다. 프랑스인들입니다. 그런데 괜찮으시다면 다른 이야기를 좀 해드려도 되겠습니까? 저는 불행하고 버림받은 존재입니다. 주위를 둘러봐도 이 세상에 친척도, 친구도 없습니다. 제가 만나러 가는 다정한 이들은 저를 본 적도 없고, 저에 대해 잘 알지도 못 합니다. 그러니 전 두렵기만 하지요. 혹시라도 그들에게 버림을 받으면 전 영영 이 세상에서 추방당한 존재가 될 테니까요.'

'쉽게 절망하지 마시게. 친구가 없다는 건 분명 불행한 일이나 인간의 마음은 이기적인 마음에서 비롯된 편견만 없다면 인류애와 자비심이 넘친다오. 그대의 친구들이 선하고 다정한 이들이라면 절망은 하지 마시오.'

'정말 친절한 분들입니다. 세상에서 가장 훌륭한 분들이지요. 그러나 불행히도 저에 대한 편견을 갖고 있습니다. 저는 선한 존재이고 지금까지 그 누구에게도 해를 끼치지 않았으며 어떤 면에선 도움도 주었습니다. 그런데 치명적인 편견이 그들의 눈을 가리는 바람에 다정하고 친절한 친구가 아니라 혐오스러운 괴물로만 본답니다.'

'그것 참 불행한 일이오. 그러나 정말 그대의 탓이 아니라면 진실을 알려줄 수 있지 않겠소?'

'그래서 마주해보려고 합니다. 그런 이유로 저는 그 전에 엄청난 두려움부터 극복해야겠지요. 하지만 저는 그들을 깊이 사랑합니다. 그들은 모르지만 저는 몇 달 동안 날마다 그들을 위해 친절을 베풀었습니다. 하지만 그들은 제가 해를 끼치려 한다고 믿어 그 편견을 뛰어넘어야 하지요.'

'그대의 친구들이 어디에 살고 있소?'

'이 근방입니다.'

노인은 잠시 말이 없더니 다시 입을 떼었네.

'만약 그대가 그대의 이야기를 거리낌 없이 털어놓는다면 어쩌면 내가 그들에게 진실을 알려줄 수도 있지 않겠소. 눈이 멀어 그대의 얼굴을 판별할 수 없으나 그대의 목소리만 들었을 때는 어쩐지 그대의 말이 모두 진심인 것만 같소. 나는 가난한 망명자에 불과하지만, 어떻게든 그대에게 도움이 된다면 그것도 내겐 기쁜 일이 아니겠소.'

'참으로 훌륭한 분이십니다! 감사합니다. 너그럽게 베풀어주신 은혜는 감사히 받겠습니다. 어르신께서 친절을 베풀어주시니 흙바닥에 쓰러져 있던 저를 일으켜 세워주신 것만 같습니다. 선생님의 도움을 받아 인간 사회와 연민의 손길을 잡을 수 있을 것만 같습니다.'

'저런! 하물며 범죄자라 할지라도 그건 아니 될 말이

오. 미덕이 아니라 절망을 불어넣다니. 나 역시 불행하긴 마찬가지라오. 나와 가족들은 죄가 없는데도 처벌을 받았소. 그러니 내가 그대의 불행에 공감하지 못한다면 판단을 받아 마땅하지요.'

'어르신의 은혜에 어떻게 보답을 해야 좋을까요? 제겐 다시없을 은인이십니다. 생전 처음으로 다정한 목소리를 들었습니다. 앞으로 영원히 잊지 못할 겁니다. 어르신의 너그러움을 접하고 나니 앞으로 만나게 될 친구들과 성공적으로 해후할 수 있으리란 자신감이 듭니다.'

'그대 친구들의 이름과 사는 곳을 말해보시게.'

잠시 망설였어. 지금이 바로 결정의 순간이었지. 영원히 행복을 빼앗기거나 얻을 수 있는 결단의 순간. 그의 말에 단호하게 대답할 용기를 내보려 했지만 역부족이었어. 이미 남은 힘이 다 빠진 후였네. 의자에 주저앉아 큰 소리로 흐느끼기 시작했지. 그때, 젊은 자녀들의 발걸음 소리가 들렸어. 한 순간도 허투루 쓸 수가 없어 노인에게 다가가 손을 맞잡고 외쳤어.

'지금입니다! 제발 저를 구하시어 보호해주십시오! 제가 찾는 친구들은 바로 어르신과 가족분들입니다! 제발 저를 심판의 시간으로 내버리지 말아주십시오!'

'오, 하느님! 그대는 대체 누구요?'

노인이 외쳤어.

그 순간 오두막집의 문이 열리고 펠릭스, 사피 그리고 애거사가 들어섰어. 나를 본 그들의 얼굴에 떠오른 공포와 경악을 어떻게 묘사할 수 있을까? 애거사는 정신을 잃었고, 사피는 가족들을 돌보지도 못 한 채 오두막을 뛰쳐나갔어. 펠릭스가 달려들어 노인의 무릎에 매달려 있던 나를 초인적인 힘으로 끌어냈네. 분노에 정신이 나간 그가 나를 덮쳐 땅에 쓰러뜨리고는 곤봉으로 내리쳤어. 마치 사자가 영양을 갈기갈기 찢는 것처럼 나도 그의 사지를 모조리 찢어놓을 수도 있었지만, 말할 수 없는 깊은 슬픔에 잠겨 차마 그럴 시도도 하지 않았지. 다시 나를 향해 폭력을 휘두르는 그의 모습을 보며, 고통과 괴로움에 휩싸여 오두막을 뛰쳐나왔네. 그리고 혼란스러운 마음으로 헛간에 다시 숨어들었지."

08

"저주받을, 저주받아 마땅한 창조주! 어째서 내 숨이 붙어 있는가? 어째서, 내게 숨이 붙어 있는 그 순간에, 당신이 제멋대로 불어넣은 내 숨을 끊지 않았던가? 아직도 모르겠어. 그 순간에도 절망을 느끼지 못했던 모양이야. 오직 분노와 복수의 마음뿐이었지. 기꺼이 오두막과 그 집 사람들을 다 파멸시키고 비명과 불행을 마음껏 맛볼 수도 있었네.

밤이 오고 은신처에서 나와 숲속을 헤매었어. 더 이상 들킬까 봐 두려운 마음도 없이 목청껏 울부짖으며 괴로워했지. 마치 올가미를 부수고 도망친 야수와 같았어. 앞을 가로막는 것은 모두 짓밟으며 수사슴처럼 날렵하게 숲속을 누볐어. 아! 그날 밤 얼마나 비참했던가! 차가운 별은 나를 조롱하며 빛났고, 벌거벗은 나무는 머리 위에서 가지를 흔들었지. 이따금 새들의 달콤한 지저귐이 쥐 죽은 듯 고요한 숲속을 흔들었네. 나만 빼고 모두가 느긋하게 휴식을 취했어. 그러나 나는 악마의 우두머리처럼 지옥을 품었고, 나를 불쌍히 여기는 자가 아무도 없다는 것을 알고 나니 차라리 나무를 뿌리째 뽑아 주변을 마구잡이로 파괴하며 그 자리에 주저앉아 폐허를 만끽할까 싶었지.

그러나 이런 감정도 호사스러운 사치였네. 거칠게 움직인 탓에 금세 녹초가 되었고, 절망감에 지쳐 축축한 풀밭에 드러누웠어. 세상에 존재하는 수많은 인간 중 그 누구도 나를 불쌍히 여기거나 도와줄 이가 없었어. 그런데 원수에게 왜 친절해야 하는가? 그 순간부터 인간이라는 종족에게 영원한 전쟁을 선포했어. 특히 그 누구보다도 나를 빚고 견딜 수 없는 불행으로 몰아넣은 그대와의 전쟁을.

어느덧 해가 떠올랐어. 사람들의 목소리가 들렸고, 다시는 은신처로 돌아갈 수 없다는 것을 깨달았지. 무성한 덤불 밑에 몸을 숨기고 내 상황을 반추하며 시간을 보내기로 마음먹었어.

그래도 눈부신 햇살과 상쾌한 공기가 어느 정도 안정을 되찾아주었네. 오두막집에서 일어난 일을 곱씹을수록 너무 성급하게 움직였다는 생각이 들었어. 부주의했던 거지. 사연을 털어놓고 아비의 호의를 겨우 끌어낸 마당에, 굳이 자식들에게 모습을 드러내는 멍청한 짓을 하다니. 드 라세와 친한 관계를 맺고 나서 그들이 마음의 준비를 했을 때 조금씩 나를 알렸어야 했는데. 그러나 돌이킬 수 없는 실수는 아니라는 생각이 들었네. 심사숙고 끝에 오두막으로 돌아가 노인을 찾고 다시 한번 이야기를 나누며 내 편으로 만들어야겠다고 다짐했어.

생각이 여기까지 미치자 금세 진정되었고, 오후엔 낮잠도 잤어. 하지만 피가 끓어오르며 열이 나서, 평온한 꿈을 꿀 수는 없었어. 전날의 광경이 찾아와 계속해서 반복되었으니까. 여자들은 도망치고 분노에 찬 펠릭스가 노인에게서 나를 억지로 떼어냈던. 지친 몸으로 잠에서 깨어났을 때 이미 밖은 밤이었네. 숨어 있던 곳에서 기어나와 음식을 찾아나섰지.

끼니를 때운 다음 익숙한 길을 따라 오두막으로 향했어. 오두막은 예상 외로 평온하더군. 헛간으로 기어들어가서 식구들이 일어날 때까지 조용히 기다리며 기대감을 품었네. 그러나 시간이 흐르고 해가 중천에 떴는데도 사람들은 코빼기도 보이지 않았어. 무서운 불안감을 애써 감추며 몸을 떨었지. 오두막은 어두웠고 조금의 인기척도 들리지 않았어. 그때의 팽팽한 긴장감은 지금도 차마 다 말할 수 없네.

이윽고 마을 사람 두 명이 나타났어. 그런데 두 사람이 오두막 근처에서 발을 멈추고는 격렬한 몸짓을 보이며 대화를 나누는 것이 아닌가. 오두막 사람들과 달리 이 나라의 언어를 쓰는 통에 대화를 하나도 이해할 수가 없었어. 얼마 후 펠릭스가 또 다른 사람과 함께 모습을 드러냈어. 그날 아침 펠릭스가 오두막에서 나서는 것을 보지 못했기에 깜짝 놀랄 수밖에 없었어. 어째서 이상한 곳에서 모습을 드러냈는지 연유를 알고 싶어 열심히 귀를 기울여보았네.

'석 달 치 집세에 텃밭 작물도 다 잃는 셈인데, 그건 고려하고 이러는 거요? 부당하게 이득을 챙기고 싶지는 않소. 며칠 말미를 줄 테니 잘 생각해보고 다시 말해주오.'

'그럴 필요 없습니다.'

펠릭스가 대답했어.

'다시는 이 오두막에서 살 수 없어요. 아까 말씀 드린 일로 아버님의 목숨이 위험할 뻔했습니다. 아내와 여동생은 아직도 무서워해요. 저를 설득하지 마십시오. 더 이상 세를 살지 않을 테니 집은 다시 받으시고 여기서 제발 떠나게 해주십시오.'

펠릭스는 이렇게 말하면서도 심하게 몸을 떨었어. 그와 집주인이 오두막으로 들어섰고, 그곳에서 몇 분간 집을 둘러본 후 떠났지. 그 후로 드 라세 가족을 다시는 만날 수 없었어.

그날 하루를 멍하니 헛간에 숨어 절망의 구렁텅이를 헤매었네. 보호자들은 떠났고, 나와 세상을 이어주던 유일한 연결고리가 끊어졌으니. 처음으로 복수와 증오의 감정이 가슴을 채웠고 굳이 억누르려 하지 않았네. 감정에 몸을 맡긴 채 폭력과 죽음으로 마음을 다잡았지. 친구들과 드 라세의 온화한 목소리, 애거사의 다정한 눈빛과 아라비아 여인의 눈부신 미모를 떠올리면 감정이 누그러지고 눈물이 솟구쳤어. 저들이 나를 저버리고 매몰차게 거부했다는 생각이 들면 분노가 다시 치밀었지. 하지만 차마 인간을 해칠 수 없어 생명이 없는 것들에 화를 풀었어. 밤이 깊어지고 불이 붙을 만한 것들을 모아 오두막 주변에 둘렀네. 텃밭에 있는 농작물을 모두 파괴한 다음, 달이 지고 계획을 실행할 때만을 초조하게 기다렸어.

밤이 깊어지자 매서운 돌풍이 숲속에서 불어와 하늘에 구름마저 흐트러트렸어. 돌풍이 눈사태처럼 휩쓸고 내 영혼에도 일종의 광기 같은 것을 불러와 이성과 사고의 경계를 모조리 파괴했지. 마른 나뭇가지에 불을 붙여 잔혹한 분노를 터트리고 온 마음을 다해 아끼던 오두막 주변을 춤추듯 돌았어. 그러면서도 시선은 서쪽 지평선을 뚫어져라 노려보는 중이었네. 달이 그 끝에 살짝 걸터앉아 있었어. 달이 조금씩 사라지자 불붙은 나뭇가지를 마구 흔들었어. 저버린 달을 보며 목청껏 절규하고 짚더미와 나뭇가지, 덤불에 불을 붙였지. 바람이 불쏘시개를 태우며 오두막은 금세 불길에 휩싸였어. 오두막에 달라붙은 화마가 갈라진 파멸의 혓바닥으로 집을 핥았네. 그 누구의 힘으로도 집을 건사할 수 없을 만큼이 된 후에야 나는 현장을 떠나 숲속으로 피신했어.

하지만 이제 어디로 가야 하나? 어디로 발걸음을 옮겨

야 하나? 고심 끝에 불행으로부터 최대한 멀리 도망치기로 했어. 하지만 증오와 경멸을 받는 내가 어디로 간들 달라질 건 없었지. 그때 당신 생각이 났어. 주머니 속 일지에서 당신이 내 아버지이자 창조주임은 알 수 있었거든. 생명을 준 당신 말고 내가 누구에게 의탁할 수 있겠는가? 펠릭스는 사피에게 지리도 알려주었네. 그들에게 대륙의 서로 다른 상대적 위치도 익혀둘 수 있었어. 당신의 고향은 제네바라고 했지. 그래서 제네바를 향해 떠나기로 마음먹었어.

제네바는 어떻게 가야 하는가? 목적지에 도착하면 남서쪽으로 향해야 한다는 건 알고 있었어. 내게 길을 알려줄 것이라곤 태양밖에 없었어. 지나야 할 도시의 이름을 마주치는 인간을 붙잡고 물을 수도 없는 노릇이니까. 그러나 좌절하지 않았어. 도움을 기대할 만한 자라고는 오직 당신밖에 없지 않은가. 물론 당신에게 증오 외엔 다른 어떤 감정도 느낄 수가 없었지만. 감정도 심장도 없는 창조주! 그대는 내게 지각과 열망만 주고 인간에게 공포와 경멸을 한몸에 받도록 내쳤네. 그러나 동정심과 보상을 요구할 이도 그대뿐이었기에, 내가 받아 마땅한 정의를 그대에게 얻기로 결심했지. 인간의 탈을 쓴 다른 존재에게선 끝내 받을 수 없는 것.

여행은 길고 견뎌야 할 고단함은 극심했어. 늦은 가을

에 머물던 오두막을 떠났고 인간과 마주칠까 두려워 밤에만 움직였어. 주변의 자연이 계절에 시들고 태양도 온기를 잃었지. 눈과 비가 내렸고 강물은 얼어붙었어. 대지가 딱딱하고 차갑게 얼고 헐벗어서 도무지 쉴 곳을 찾을 수가 없었네. 아, 대지! 내 존재의 근원인 땅에 어찌나 저주를 퍼부었던가! 온화한 본성은 사라지고 남은 것이라곤 온통 울분과 원한뿐이었어. 그대의 고향에 가까워질수록 심장에선 복수를 향한 울분으로 활활 타올랐어. 눈이 내리고 물은 얼었으나 나는 쉬지 않았네. 잊을 만하면 일어나는 몇 가지 사건으로 방향을 잡고, 이 나라의 지도도 손에 넣을 수 있었지. 가끔은 가야 할 길에서 벗어나 한참을 헤매기도 했어. 괴로움 때문에 편히 쉴 수도 없었지. 조우하는 사건은 늘 나의 분노와 불행을 가중시켰네. 그러나 해가 다시 온기를 찾고 땅이 푸르러질 때쯤, 스위스 국경에 도착했고, 때마침 일어난 한 사건으로 내 원한과 공포가 조금 특별한 방식으로 공고해졌어.

낮에는 주로 쉬고 누구의 시선도 받지 않을 밤에만 움직였지. 그러던 어느 날 아침, 오솔길이 깊은 숲속으로 이어진다는 사실을 깨닫고 여행을 이어나갔어. 해가 뜬 후에도 계속해서 길을 나섰어. 이른 초봄의 햇살과 향기로운 공기로 기분이 한결 나아졌네. 오랫동안 죽어 있던 온화함과 기쁨이 내 안에서 되살아났지. 이런 감각이 너무도 오랜만이라 반쯤 놀란 마음으로 감정이 이끄는 대로 움직이기로 했어. 고독과 흉측함은 잊고 감히 행복을 느꼈지. 샘솟은 눈물이 뺨을 흐르고 촉촉한 눈을 들어 이런 기쁨을 내려준 태양을 향해 감사를 전하기도 했네.

숲속 오솔길을 계속 따라가다가 어느덧 숲의 경계에 다다른 나는 깊고 빠른 물살이 흐르는 강물을 발견했어. 나무는 강물을 향해 휘어 있고 가지엔 파릇한 봄 새싹이 돋아 있었지. 잠시 발을 멈추고 어디로 가야 할지 가늠하며 망설이는데, 사람들의 목소리가 들렸어. 황급히 삼나무 그늘에 몸을 숨겼네. 겨우 몸을 구겨 감추었는데, 어떤 젊은 소녀가 깔깔거리며 동무에게서 도망쳐 내 쪽으로 달려왔어. 강물이 낭떠러지와 맞닿은 쪽으로 계속해서 달려오던 소녀가 발을 헛디디며 급류에 빠지고 말았네. 숨어 있던 나는 급하게 뛰쳐나와 거센 급류를 뚫고 소녀를 구해 강변으로 나왔어. 소녀는 의식이 없었고 나는 모든 조치를 취해 소녀를 다시 살려냈어. 그때 어느 한 시골 청년이 다가오는 모습을 보고 말았지. 나를 보자마자 달려들어 소녀를 내 품에서 억지로 떼어내고는 깊은 숲속으로 허둥지둥 도망쳤어. 순간 나도 모르게 발을 재게 놀려 그들을 따라갔어. 내가 쫓아오는 모습을 발견한 청년이 총을 겨누더니 방아쇠를 당기는 것이 아닌가. 그대로 고꾸라졌고, 내게 상처를 입힌 자는 더욱 빠르게 숲속으로 사라졌어.

내가 베푼 친절에 대한 보상이 이런 것이라니! 숨이 끊어질 뻔한 인간을 살렸더니 그 보답으로 살과 뼈가 부서지고, 고통에 시달렸어. 바로 몇 분 전까지 찾아왔던 다정함과 온화함은 사라지고 오직 이를 악물게 하는 분노만이 남았네. 고통에 몸부림치던 나는 인간을 향한 영원한 증오와 복수를 맹세했지. 하지만 고통을 참을 수 없었고 이내 맥박이 멈추며 정신을 잃었네.

몇 주간 숲속에서 상처를 치료하려 애쓰며 비참한 목숨을 연명했다네. 총은 어깨를 겨냥했어. 총알이 관통한 건지 몸에 남았는지 알 수 없었지만, 남아 있다고 해도 빼낼 수 없었지. 내가 내민 선의에 대한 불의와 배은망덕한 태도로 인해 얻은 총상이 억울해서 괴로움은 한층 더했어. 참아야 했던 분노와 고통을 보상할 수 있는 깊고 치명적인 복수를 날마다 빌었어.

몇 주일 후, 상처는 아물었고 다시 길을 나섰네. 눈부신 햇살이나 부드러운 봄바람도 내가 견뎌야 할 아픔을 무디게 하지 못했지. 기쁨은 고독함을 모독하는 조롱에 불과했고, 애초에 기쁨을 누릴 수 있는 존재가 아니라는 생각이 고통을 더욱 날카롭게 할 뿐이었어.

그러나 내 험난한 여정도 어느덧 끝이 보이고 있었어. 그로부터 두 달 후, 제네바에 도착했네.

도착하고 보니 저녁이라, 어디서 몸을 숨기고 그대를 찾아야 할지 감이 오질 않았어. 피로와 허기로 몸은 만신창이였고 우울이 깊어질 대로 깊어져서 저녁의 산들바람도, 쥐라 산맥을 넘어가는 일몰의 장관도 누릴 새가 없었어.

잠깐 빠진 선잠으로 고통에서 벗어나는 것도 찰나, 아름다운 소년이 다가오는 바람에 금세 잠에서 깼어. 어린애 같은 장난기로 가득한 소년은 내가 쉬던 후미진 곳으로 달려들어 왔어. 아이를 보니 문득 좋은 생각이 떠올랐지. 아이는 편견이 없고 흉측한 모습을 두려워할 만큼 오래 살지도 않았으니, 이 아이를 붙잡아 가르쳐 동행으로 삼으면 인간이 지배하는 이 세상에서 외롭지는 않을 거라는 생각이었어.

이런 충동에 휩싸인 나는 지나가던 소년을 붙잡아 끌고 왔어. 아이는 내 얼굴을 보자마자 두 손으로 눈을 가리며 고래고래 비명을 지르기 시작했어. 억지로 두 손을 끌어내린 다음 물었어.

'아이야, 왜 우느냐. 너를 해칠 생각이 없으니 내 말을 좀 들어보련.'

아이는 강하게 몸부림쳤어.

'보내줘, 이 괴물아! 흉측해! 나를 잡아먹고 갈가리 찢으려는 거야. 사람을 잡아먹는 괴물이지! 놔줘, 아니면

우리 아빠한테 이를 거야!'

아이가 외쳤어.

'꼬마야. 넌 다시는 아버지를 볼 수 없단다. 나와 같이 가자.'

'못생긴 괴물! 보내줘. 우리 아빠는 평의원이야. 프랑켄슈타인 의원이라고. 아빠가 너한테 벌을 내리실 거야. 네까짓 게 감히 나를 어떻게 붙잡아.'

'프랑켄슈타인이라고! 그렇다면 너는 숙적의 가문 놈이구나. 영원의 복수를 다짐한 놈. 그럼 네가 첫 번째 희생양이 되어야겠다.'

아이는 몸부림치며 절망적인 욕설을 퍼부었어. 아이의 입을 막으려고 목덜미를 움켜쥐었지. 그런데 얼마 지나지 않아 아이가 내 발치에 숨을 거둔 채 누워 있었어.

희생양을 가만히 내려다보았어. 환희와 함께 지옥 같은 승리에 도취되어 손뼉까지 치며 외쳤어.

'나 역시 절망을 만들어낼 수 있는 몸이다. 나의 적은 난공불락의 존재가 아니다. 이 죽음이 그에게 절망이 될 것이고, 수없이 많은 불행이 그의 뒤를 따라 그를 파괴할 것이다.'

꿈쩍도 않고 아이를 바라보던 나는 소년의 가슴에 걸려 있던 반짝이는 무언가를 발견하고 뜯어냈어. 세상에서 가장 아름다운 여인의 초상화였네. 악에 받친 심장에도 불구하고 초상화가 내 마음을 누그러뜨리며 자꾸 시선이 갔어. 길고 짙은 속눈썹과 까만 눈동자, 그녀의 사랑스러운 입술도. 하지만 곧 화를 되찾았어. 이렇게 아름다운 존재가 주는 기쁨이 영원히 내 것이 아니라는 것을 기억했기 때문이야. 눈을 뗄 수 없는 초상화 속 여인이라도 나를 실제로 본다면 성스럽고 인자했던 얼굴에 공포와 혐오가 떠오를 것이란 사실도 깨달았고.

그런 생각을 하다가 분노를 겪었다는 게 놀라운가? 아니, 내가 그저 순간의 절규와 고뇌로 분노를 발산하는 것이 아니라 사람들 속으로 뛰어들어가 인류를 파멸하려다 죽음을 맞이하지 않았다는 점이 놀라운 것이지.

감정을 이겨내던 나는 살인을 저지른 장소에서 벗어나 더 으슥한 곳을 찾아 몸을 숨기기로 했네. 그때 한 여자가 근처를 지나갔어. 젊은 여인이었어. 초상화 속 여인처럼 아름답진 않았지만 그래도 보기 좋은 외모였네. 청춘과 건강함을 고루 갖춘 아가씨였지. 여기, 나를 제외한 모두에게 보기 좋은 미소를 주는 이가 하나 더 있구나, 싶었어. 그리고 그녀가 빠져나갈 구멍이 없게 만들 셈이었어. 펠릭스의 가르침과 유혈이 낭자한 인간의 법 덕분에 나는 죄악을 실천할 방법을 잘 알고 있었네. 몰래 그녀에게 다가가 초상화 목걸이를 드레스 주머니에 집어넣었어.

그리고 며칠간 그 주변을 배회했어. 그대를 마주치고 싶은 마음이 들 때도 있었고 인간 세상과 고뇌에서 영원히 벗어나고 싶은 마음이 들 때도 있었어. 정처 없이 걸은 끝에 산맥으로 숨어 들어가 거대한 산자락을 헤매며 오로지 당신만이 해결해줄 수 있는 열망을 불태웠네. 그러므로 당신이 내 요구를 들어주겠다고 약속할 때까지 결코 그대를 떠나지 않을 것이야. 나는 외롭고 불행한 처지일세. 인간은 나와 함께 하지 않을 것이니. 그러나 나처럼 흉측하고 추악한 존재가 또 있다면 나를 거부하진 않겠지. 내 반려자는 나와 똑같은 종족으로 나와 같은 결함을 가져야 마땅하네. 그대, 나와 같은 종족을 만들어라."

09

괴물은 할 말을 마치고 대답을 요구하는 눈빛으로 나를 빤히 바라보았다. 하지만 너무도 당황하고 혼란스러워 그가 원하는 것이 무엇인지를 제대로 이해조차 하지 못했다. 괴물은 계속해서 대화를 이어나갔다.

"나를 위한 여성을 만들어라. 나와 함께 공감하고 남은 생을 동반자로 살아갈 존재. 정당하게 요구할 수 있는 나의 권리이니 그대는 거절할 수 없다."

오두막집 사람들의 평화로운 이야기를 들으며 가라앉았던 분노는 뒤에 이어진 이야기에 다시금 활활 타오르고 이젠 억누를 수 없는 불길처럼 나를 집어삼켰다.

"거절하겠다."

내가 대답했다.

"그리고 네놈이 어떤 고문을 해도 대답은 한결같을 것이다. 나를 세상에서 가장 불행한 인간으로 만들 수 있을지는 몰라도 내 스스로 비겁하다 느낄 만한 인간으로 만들 수는 없을 것이다. 너와 같은 존재를 하나 더 만들어낸다면, 둘이 합심하여 이 세상을 참혹하게 파괴시킬 텐데. 그러니 이제 떠나라! 대답은 이미 듣지 않았느냐. 네놈이 아무리 고문해도 대답은 변하지 않는다."

"그대는 틀렸다."

악마가 말했다.

"협박이 아니라 그대를 설득하는 것이다. 내가 이토록 사악해진 것은 내가 불행한 존재였기 때문이야. 인간이 나를 회피하고, 증오하지 않았는가? 나를 만든 그대 역시 나를 짓어발기고 승리의 기쁨을 만끽하려 하지 않는가. 그것을 잊지 말거라. 인간이 나를 동정하지 않는데 어째서 내가 인간을 동정해야 하는가? 그대는 나를 저 얼음 절벽 틈으로 거꾸로 밀어 던지고 그대가 만든 내 육신을 파괴하여도 살인이라 하지 않겠지. 인간이 나를 경멸하는데 왜 내가 인간을 존중해야 하는가? 서로 상처를 주고받는 것이 아니라 친절함을 주고받으며 살아간다면 나 역시 나를 포용한 인간의 은혜에 감사의 눈물을 흘리며 어떤 식으로든 인간에게 도움이 되려고 할 것이다. 그러나 그건 이미 있을 수 없는 일이 되었다. 나를 향한 인간의 판단력은 이미 우리 사이를 갈라놓는 공고한 벽일 뿐이야. 그렇다고 비굴하게 노예처럼 복종하며 살진 않을 것이다. 내가 받은 상처는 복수로 돌려줄 것이다. 사랑을 받을 수 없다면 공포의 근원이 되겠어. 누구보다 나의 창조주인, 그렇기에 나의 숙적인 그대를 향해 영영 꺼지지 않는 증오를 품을 것이다. 그러니 조심하라. 그대를 파멸시키고 이 복수는 그대가 태어난 날을 저주할 정도로 처참하게 무너지기 전까진 결코 끝나지 않을 것이다."

놈의 얼굴에 악마 같은 분노가 화르르 타올랐다. 얼굴이 끔찍하게 일그러져 도무지 맨눈으로는 마주할 수가 없었다. 이내 놈은 마음을 가라앉히고 말했다.

"이성적으로 설득을 할 작정이었지. 감정이 격해지면 나에게도 좋을 게 없으니. 그대는 감정의 폭발이 그대 때문에 일어났다고는 결코 생각하지 않으니 말이야. 그 어떤 존재든 선의와 호의를 베풀어준다면 나는 그의 백배, 천배로 돌려줄 것이다. 바로 그 한 사람을 위해 모든 인간과 화해를 할 수도 있다! 하지만 이는 실현이 불가능한 희망사항이지. 나는 그대에게 합리적인 것을 요구하고 있는 것이다. 나와 다른 성으로, 나만큼만 흉측한 존재를 만들어다오. 만족스러운 마음은 적을지언정 그 이상을 얻을 수 없다면 그대로도 충분하다. 우리 둘이 서로만 의지하며 세상과 단절된 채로 살겠어. 그러나 우리는 서로를 이해하기에 더 깊이 아끼고 사랑할 것이야. 우리의 삶이 행복하진 않을지언정, 남을 해치지 않고 지금 내가 느끼는 비참함도 더 이상은 없으리라. 아, 창조주여! 나를 행복하게 해다오! 단 한 번 은혜를 베풀어 그대에게 감사하는 마음을 갖게 해주오! 나 역시 다른 이에게 연민이라는 감정을 품어보고 싶으니! 내 청을 거절하지 말아다오!"

마음이 조금 흔들렸다. 하지만 수락한 후에 생길 결과에 전율이 흘렀다. 괴물의 주장이 아주 틀린 말은 아니었다. 그의 이야기와 표현하는 감정이 그가 섬세한 감정의 소유자라는 것을 증명했다. 창조주인 나는 최대한 그의 행복을 위해 노력할 의무가 있지 않은가? 그는 내 감정의 변화를 눈치채고 설득을 이어나갔다.

"만약 그대가 동의한다면 그대나 다른 인간 누구도 우리의 존재를 다시는 목격하지 않을 것이다. 남미의 광활한 황야로 떠날 것이야. 우리는 인간과 다른 섭식으로도 생존할 수 있어. 배를 채우기 위해 어린 양이나 염소를 잡아먹지 않을 것이다. 오로지 도토리와 산딸기만으로도 충분한 영양을 얻을 수 있으니. 동반자 역시 나와 똑같은 본성을 지닐 테니 같은 음식으로도 만족할 것이다. 마른 잎을 이불 삼아 덮고 햇살은 인간을 비추듯 우리를 비추어 우리의 음식을 익어가게 할 것이다. 그대에게 제시하는 그림은 다분히 평화롭고 인간적이니, 이를 거절하는 건 제멋대로 힘을 휘두르는 잔인한 짓임을 그대도 알 것이다. 지금까지 내게 동정심이라곤 하나 없던 그대이나, 이제 그 눈에도 연민이 깃드는군. 제발 이 기회를 놓치지 말고 간절한 소망을 들어주겠다, 약속을 해주오."

"인간이 사는 곳에는 한 발짝도 디디지 않고 멀리 도

망쳐 오로지 들짐승만을 벗 삼아 야생의 존재로 살아가겠다는 것이구나. 그러나 인간의 사랑과 연민을 그리도 갈구하는 네놈이 대체 어떻게 그런 야만인으로 살아갈 수 있겠느냐? 네놈은 틀림없이 다시 돌아와 인간의 친절을 갈구하고, 다시 그들에게 내쳐질 것이다. 사악한 욕구가 되살아날 테고 그때는 그대의 악행을 도울 동반자까지 생기는 것이 아니냐. 그럴 순 없다. 대답은 아까와 같으니 이제 그만해라."

"그대의 감정은 참으로 변덕스럽기 짝이 없군! 불과 일 분 전만 해도 내 이야기에 흔들리다가, 이렇게 애원하니 이제와 마음을 닫는단 말인가? 내가 사는 이 땅과 나를 만든 그대를 걸고 맹세하리다. 당신이 선사할 반려자와 함께 인간이 사는 땅을 벗어나 야생의 땅으로 가서 살겠어. 내게 타인의 연민이 닿는 순간, 모든 욕심이 사라지고 내 인생은 조용히 흐를 것이다. 숨을 거두는 순간에도 그대를 저주하지 않겠어."

놈의 말이 이상한 효과를 불러왔다. 실제로 동정심이 생겼고 때로는 그를 위로해주고 싶은 마음도 들었다. 그러나 두 눈을 뜨면, 움직이고 말하는 흉측한 덩어리가 보여 심장이 갑갑하게 옥죄였고, 금세 공포와 증오를 느꼈다. 감정을 억눌러보았다. 내가 공감할 수 없다고 해서, 그에게 줄 수 있는 작은 행복마저 거부할 권리는 없다는 생각이 들었다.

"진심으로 해를 끼치지 않겠다 맹세를 하겠단 뜻이구나. 그러나 이미 네놈이 보여준 악행만으로도 너를 불신할 수밖에 없지 않느냐? 이마저도 더 커다란 복수로 승리하기 위한 거짓일지 어찌 알겠느냐?"

"어찌 이럴 수가 있단 말이냐? 그대의 연민을 얻었다고 생각했는데, 내 마음을 달래주고 나를 무해하게 만들 유일한 방법을 거부하겠다는 뜻이란 말이냐? 반려와 사랑이 없다면 내게 남은 건 오직 증오와 악행뿐. 하지만 다른 이를 사랑할 수 있다면 악행의 근원이 사라지고, 남의 눈에 띄지 않는 존재가 될 수 있어. 나는 원치 않았던 고독으로 이렇게 악한 존재가 되어버린 것이다. 그러니 나와 동등한 존재와 함께 살 수만 있다면 내 안의 미덕도 반드시 되살아날 것이다. 다정한 존재에게 애정을 느끼고, 지금은 이리 소외되어 살지만 타인과 함께 삶을 엮을 수 있을 것이야."

잠시 말을 멈추고 그의 사연과 주장을 전부 하나씩 곱씹어보았다. 탄생 초기에는 분명히 미덕의 가능성이 보였다. 오두막 보호자들이 보인 혐오와 경멸로 모든 선의를 잃은 사건도 떠올렸다. 그의 힘과 협박도 계산했다. 빙하 속 얼음 동굴에서도 살아갈 수 있고 누구도 오를 수 없는 절벽을 오르며 사람의 추적을 피해 몸을 숨길 수 있으니 과연 대적할 맞수가 없는 자였다. 오랫동안 아무 말 없이 생각에 잠겨 있던 나는, 순순히 그의 요청을 들어주는 것이 이 자와 인류 모두에게 빚진 정의를 실천할 수 있는 방법이라고 결론 내렸다. 그에게 등을 지며 말했다.

"네놈의 요구를 들어주겠다. 동반자가 되어줄 여성을 얻자마자 바로 유럽과 인간이 가까이 있는 모든 땅을 떠난다고 경건히 맹세하라."

"맹세한다."

그가 외쳤다.

"이 태양과 저 푸른 하늘에 맹세코, 그대가 내 기도를 들어준다면 태양과 하늘이 존재하는 한, 그대는 다신 내 모습을 보는 일이 없을 것이다. 집으로 돌아가 어서 시작하라. 차마 입에도 담지 못할 불안감을 안고 그대의 진척 상황을 지켜볼 것이다. 그리고 모든 준비가 끝나면 그대의 앞에 나타나겠어."

이 말과 함께 갑자기 나를 두고 자리를 떠났다. 아마 내 마음이 바뀔까 봐 두려웠던 모양이다. 그는 날아가는 독수리보다도 빨리 산을 내려가 이내 굽이진 얼음 바다 속으로 모습을 감추었다.

그의 이야기를 듣는 데에도 꼬박 하루가 걸렸다. 그가 떠날 때쯤 태양은 지평선 끝에 걸려 있었다. 어서 골짜기를 내려가지 않으면 아마 사방이 어두워질 것이다. 그러나 내 마음과 발걸음 모두 무거웠다. 산맥을 따라 구불구불 이어지는 오솔길을 따라가는 것만으로도 힘에 겨웠고, 그날 일어났던 일로 감정이 격해져 한 발 한 발 내딛는 것조차 버거웠다. 밤이 깊어서야 가야 할 길의 절반 정도를 내려와 쉴 수 있는 샘물가에 주저앉았다. 구름이 움직일 때마다 별이 아스라이 비치고 사라졌다. 높은 소나무가 우뚝 솟아 있었고, 여기저기 부러진 나무는 땅바닥에 널브러져 있었다. 경이롭고 장엄한 모습에 이상한 감정이 솟구쳤다. 나는 울분을 터트리고 말았다. 그리고 고통스럽게 두 손을 맞잡고 외쳤다.

"아! 별아! 구름아! 바람아! 다들 나를 조롱하는구나. 진심으로 나를 불쌍히 여긴다면 감각과 기억을 모두 지워다오! 아무것도 아닌 무생물이 되게 해다오! 그럴 수 없다면 차라리 가버려라! 멀리 떠나버려라! 나를 암흑 속에 버려두어라!"

그때 광기 어린 섬뜩한 생각이 들었다. 영원히 반짝이는 별빛이 나를 무겁게 짓눌렀다. 바람이 한 점 스칠 때마다 마치 나를 죽이려 휘몰아치는 유럽의 열풍이라도 되는 것 같아 온 신경이 바싹 곤두섰다.

아침 동이 트고 나서야 샤모니 마을에 도착했다. 돌아온 내 모습이 어찌나 초췌하고 이루 말할 수 없이 황폐했던지, 내가 돌아오기만을 기다리며 밤을 새운 가족들도 차마 안심할 수 없을 지경이었다.

다음 날 우리는 제네바로 돌아갔다. 아버지는 내 기분 전환과 마음의 평온을 되찾게 하기 위해 여행을 주선했는데, 오히려 결과는 치명적이었다. 내가 느끼는 불행을 도무지 이해할 수 없던 아버지는 오히려 서둘러 집으로 향했다. 조용하고 단조로운 일상을 회복해 원인 모를 고통을 조금씩 이겨내기를 바라는 마음이셨다.

나는 그저 가족들이 하라는 대로 따를 뿐이었다. 사랑하는 엘리자베스의 다정함도 깊은 절망에 빠진 나를 수렁에서 건져올릴 순 없었다. 마치 단테의 『신곡』에 나오는 지옥의 악마들이 머리에 쓰는 금속 고깔처럼, 악마와 맺은 약속으로 심장이 짓이기는 고통을 느낄 뿐이었다. 땅과 하늘의 온갖 즐거움이 꿈처럼 뇌리를 스쳤다. 생생히 실감할 수 있는 건 오직 그 생각뿐이었다. 가끔은 광기에 사로잡혀 수없이 많은 더러운 짐승이 내게 끝없는 고문을 가하는 환각에 시달리고, 절규와 쓰라린 신음만 내뱉었다. 당신은 상상할 수도 없을 것이다.

그러나 차츰 이런 감정들도 누그러졌다. 어느 정도 평정심을 회복한 나는 지지부진한 일상을 이어나갔다.

3부

Frankenstein

01

하루가 이틀이 되고, 일주일이 또 이 주일이 지났다. 제네바에 온 지도 시간이 꽤 흘렀지만 일을 다시 시작할 엄두도 낼 수 없었다. 실망할 놈의 복수가 두렵지만 그 끔찍한 일을 다시 시작할 수는 없었다. 여성을 만들려면 또 다시 몇 달간 심오한 연구와 피곤한 조사에 빠져야 한다는 것을 깨달았다. 영국의 어느 철학자가 몇 가지 발견을 했다고 했다. 내가 성공하려면 그 지식이 꼭 필요했다. 그래서 아버지의 허락을 얻어 영국에 가야겠다고 마음먹으면서도, 온갖 핑계를 대며 어떻게든 출발을 미뤘다. 회복되고 있는 마음의 평온함을 깰 엄두가 나지 않았다. 그때까지 악화되기만 하던 건강도 꽤나 회복 단계였고, 끔찍한 약속만 떠올리지 않으면 기분도 괜찮았다. 아버지는 건강이 좋아지는 나를 상당히 흐뭇해하시며 우울증을 이겨낼 수 있는 최선의 방법을 찾느라 여념이 없으셨다. 그러나 우울은 마치 발작처럼 찾아와, 다가오는 햇살을 집어삼킬 것처럼 강렬한 암흑을 몰고 왔다. 이런 순간이면 혼자만의 고독에서 피난처를 찾았다. 몇 날 며칠이고 작은 배에 올라 타 종일 호수 위를 떠다니며 구름을 관찰하거나 잔잔한 물결소리에 귀를 기울였다. 상쾌한 공기와 화사한 햇살을 받으면 어느 정도 마음이 가라앉았다. 집에 돌아와 훨씬 밝은 미소와 명랑한 태도로 가족들의 인사에 화답할 수 있었다.

어느 날 정처 없이 거닐다가 집으로 돌아오니 아버지가 나를 부르시고는 물으셨다.

"사랑하는 아들아, 네가 예전에 좋아하던 일들을 다시 시작하고, 원래의 모습으로 돌아오는 것 같아 기쁘기 그지없구나. 여전히 우울한 얼굴로 가족들과 시간을 보내는 것을 꺼리긴 하지만 말이다. 한동안 그 이유가 뭘까 궁금했지만 도저히 그 이유를 알 수 없었는데, 어제 머릿속에 한 가지 생각이 들더구나. 내 생각이 옳다면 그렇다고 대답을 해주었으면 한다. 이런 일을 마음에만 담아두는 것은 하등 쓸모없고, 모두의 불행으로 쌓이기 때문이니 말이다."

아버지의 말씀에 몸이 덜덜 떨렸지만, 아버지는 아랑곳 않고 말씀하셨다.

"솔직히 말해 나는 너와 네 사촌의 결혼을 늘 고대했다. 이 혼인은 우리 가족을 평온하게 해주고 쇠락하는 나에게 버팀목이 되어줄 것이다. 너희는 아주 어렸을 때부터 서로를 아끼고 사랑했지. 함께 배웠고. 둘의 성정과 취향을 봐도 서로에게 참 잘 어울리는 한 쌍이란다. 그러나 사람의 경험은 가끔 맹목적으로 만들 때도 있어, 너희를 맺어주려던 내 계획에 가장 큰 도움이 되리라 믿었던 일이 오히려 모든 걸 망쳤는지도 모르겠구나. 어쩌면 너는 그 아이를 신붓감으로 보는 게 아니라 그저 동생으로만 바라보는 게야. 아니면 다른 사랑하는 여자를 만났거나. 그 아이와의 정략결혼을 명예 때문에 지켜야 한다는 고민에 빠져 지금처럼 극심한 우울을 느끼는 것이 아니냐."

"아버지, 그런 걱정은 마세요. 저는 그 아이를 진심으로 사랑합니다. 엘리자베스처럼 제 마음속에 뜨거운 사랑과 존경을 일으키는 여인은 만난 적이 없습니다. 제 희망과 미래를 위해 우리가 결혼하리란 기대를 품고 있어요."

"사랑하는 빅터, 네가 이렇게 마음을 털어놓으니 오랜만에 마음이 한결 기쁘구나. 네 마음이 그렇다면 지금 아무리 힘들더라도 마음의 그늘을 견디며 행복해져도 괜찮을 성싶다. 그러나 어서 마음의 어두운 그늘을 흩뜨려야 할 테다. 지금 당장 결혼식을 올리는 것에 반대하는 건 아닌지 말해주렴. 우리는 불행한 일을 겪었고, 최근 일어난 사건으로 내 나이와 노쇠한 육신에 걸맞지 않은 일상의 동요를 겪고 있지 않느냐. 네가 아직 젊긴 하나 상당한 재력이 뒷받침되니 오히려 일찍 결혼을 한다 해도 장래의 명예나 전문직을 가지는 데엔 전혀 문제가 되지 않을 게야. 하지만 내가 너희의 행복을 강요한다고 생각지는 말거라. 당장 결혼을 하지 않아도 문제가 되진 않으니 말이다. 내 말을 있는 그대로 듣고 고민한 후에 확신과 진심을 담아 대답해주려무나.”

아버지의 말씀에 한참을 대답하지 못했다. 머릿속에 수만 가지의 고민이 피어났고 결론을 내리려 안간힘을 썼다. 아! 엘리자베스와의 결혼은 내게 곧 공포와 절망을 의미했다. 아직 지키지 못한 악마와의 맹세가 남아 있었다. 맹세를 깨뜨린다면, 나와 사랑하는 가족에게 어떤 불행이 찾아올지 아무도 모르지 않는가! 끝없이 추락할 것 같은 죽음의 추를 목에 단 채 결혼식장에 들어설 수 있을까. 그전에 의무를 이행하고, 괴물에게 짝을 쥐여주어 떠나게 해야 한다. 그래야 비로소 이 평화로운 결혼에 온전히 빠져 기쁨을 누릴 수 있을 것이었다.

그러기 위해서는 반드시 영국으로 가던가, 작업에 필요한 지식을 발견한 철학자들과 편지로라도 대화를 나눠야 했다. 하지만 편지로 이야기를 나누는 건 불필요하게 시간이 길고 만족스럽지도 못 할 것이다. 게다가 어떤 식으로든 일상에 변화를 주고, 경치도 다르고 할 일도 다양한 곳에서 일이 년 정도 가족들과 떨어져 사는 것도 나쁘지 않은 선택이었다. 그 사이 사건이 생겨서 평화와 행복을 되찾을지도 모르는 일이니까. 약속을 지키면 괴물은 떠난다. 혹은 사고가 생겨 괴물이 죽고 노예와 같은 내 상황도 결론을 맺을 수 있을 테니까.

이렇게 생각이 미치자 아버지에게 드릴 대답도 확고해졌다. 영국으로 떠나고 싶다고 말씀드렸다. 하지만 진짜 이유는 숨긴 채, 고향에 평생 정착하기 전 여행을 하며 세상을 둘러보고 싶다는 거짓말을 했다.

간절하게 말씀을 드리니 아버지도 쉽게 허락을 해주셨다. 이토록 너그럽게 자식의 뜻을 존중해주는 부모가 또 있을까. 계획은 빠르게 세웠다. 프랑스 스트라스부르에 도착하면 클레르발이 합류할 예정이다. 그리고 네덜란드의 도시 몇 곳을 둘러본 후 영국에 머무를 계획이었다. 돌아올 때도 프랑스를 거치고, 여행은 약 이 년간 계속될 것이다.

아버지는 제네바로 돌아와 바로 엘리자베스와 결혼을 할 생각이라는 말에 참 기뻐하셨다.

"이 년은 금방 지나간다. 결혼을 미루는 것도 이번이 마지막일 테니 우리 모두 다시 함께 모여 산다면 그 어떤 희망도, 두려움도 가족의 평안을 해치지는 않을 게야. 그 날이 참으로 기다려지는구나."

"제 생각도 그렇습니다. 그때쯤이면 우리 모두 조금 더 현명해지고 바라건대 지금보다 더 행복해지겠지요."

내가 대답했다. 그리고 한숨을 내쉬었다. 사려 깊은 아버지는 내게 한숨을 쉬는 이유를 묻지 않으셨다. 그저 새로운 풍광과 여행의 즐거움이 내 마음에 평온을 되찾아 주기만 바랄 뿐이었다.

여행 준비를 모두 마쳤다. 그러나 불길한 예감이 계속 따라다녔다. 두렵고 불안했다. 내가 없는 사이 가족들은 놈의 정체도 모른 채 무방비로 그의 공격에 노출된다. 내가 떠나면 괴물이 통제가 불가능한 분노를 느낄지도 모를 일이었다. 하지만 놈은 내가 어디로 가든 끝까지 따라올 거라 하지 않았던가. 설령 그게 영국이라고 해도 놈은 따라올 것이다. 이런 상상을 하면 끔찍했지만 어떻게 보면 그 편이 가족들에겐 더 안전할 수도 있었다. 오히려 반대의 상황이 일어날까 봐 무서웠다. 내가 만들어낸 괴물의 노예로 사는 동안, 나는 순간의 충동을 이기지 못했다. 다시 내가 떠나면 놈이 나를 따르고, 위험부담이 있어도 가족들은 안전할 거란 예감이 들었다.

여행은 팔월에 시작해 이 년 정도로 예상했다. 엘리자베스는 여행의 이유를 인정하고 받아들였지만, 단 한 가지, 자신 역시 견문을 넓히고 세상을 배울 똑같은 기회를 얻지 못했다는 데서 약간의 서운함을 느꼈다. 그러나 작별인사를 하며 그녀는 눈물을 흘렸다. 그리고 내가 돌아왔을 땐 꼭 행복하고 평온하길 빌어주었다.

"우리 모두 너에게 많이 의지하고 있어. 네가 불행하면 우리는 오죽하겠어?"

나는 타고 갈 마차에 몸을 던진 채, 어디로 가는지도, 주변 풍경이 어떤지도 신경 쓰지 않았다. 오로지 쓰디쓴 괴로움으로 화학실험 도구를 짐 속에 함께 챙기도록 지시를 해야 한다는 것에만 집중했다. 외국 땅에서 내가 한 맹세를 지키고 가능하다면 자유로운 몸으로 돌아오고 싶었다. 무서운 상상만 머릿속에 스쳐 지나가는 가운데에도, 밖은 아름답고 장관이었다. 그러나 내 눈은 멍하니 한 곳만 응시한 채 아무것도 보지 못했다. 오로지 여행의 목적과 해야 할 일을 곰곰이 되새길 수밖에 없었다.

며칠을 무기력하게 보내며 긴 여행을 한 후에야 스트라스부르에 도착했고, 그곳에서 이틀 동안 클레르발을 기다렸다. 약속한 시간에 친구가 도착했다. 아, 우리 두 사람은 참으로 다른 모습이었다! 그는 새로운 풍경 하나하나를 볼 때마다 감탄했다. 일몰의 아름다움에 기뻐했고, 해가 뜰 때는 더욱 기쁜 마음으로 하루를 시작했다. 매 순간 변하는 아름다운 자연과 색채, 하늘을 가리키며 말했다.

"정말 산다는 게 이런 것 같네. 이제야 내 존재의 이유를 즐기는 것 같아! 하지만 프랑켄슈타인, 자네는 왜 이렇게 무기력하고 우울해하는 게야."

솔직히 말하자면 나는 우울함에 빠져 저녁에 별이 지는 것도, 라인 강에 비치는 황금녘 일출도 보지 못했다.

아, 차라리 그대가 클레르발의 일기를 읽는 편이 더 재미있을지도 모르겠다. 나의 이런 감상을 읽느니 차라리 풍부한 감정과 기쁨으로 풍경을 관찰하던 그의 일기가 더 나을 테니. 당시 비참한 인간쓰레기에 불과했던 나는 저주에 쫓겨 모든 감정을 차단한 채 살았다.

우리는 배를 타고 라인 강을 따라 스트라스부르에서 로테르담까지 내려가, 그곳에서 런던으로 가는 배를 타기로 했다. 여행을 하며 버드나무가 무성한 숲을 수없이 많이 지나쳤고, 아름다운 도시도 만났다. 하루는 만하임에서 보냈으며 스트라스부르를 떠난 지 닷새 만에 마인츠에 도착했다. 마인츠에서 돌아보는 라인 강 풍경은 훨씬 더 아름다웠다. 강은 물살은 세지만 높지 않았고, 가파르고 아름다운 언덕 사이로 굽이쳤다. 녹음에 에워싸여 인적이 닿지 않는 높은 절벽 끄트머리에는 폐허가 된 성들이 서 있었다. 라인 강 중에서도 이 지역의 경치는 특히 다채로운 풍광을 자랑했다. 어떤 지점에서 보면 암벽이 거친 언덕이 보였고, 어떤 지점에서 보면 무시무시한 위엄을 자랑하는 절벽에 무너진 성이 보였고, 그 아래로 검은 라인 강이 세차게 흘렀다. 그곳을 지나가면 갑자기 암반이 돌출된 곳을 돌아 풍성한 포도밭과 경사진 강둑, 그리고 굽이치는 강과 사람들이 북적이는 도시가 펼쳐졌다.

마침 포도를 수확하던 시기에 여행을 했던 차라, 강을 따라 배를 타고 내려가며 일꾼들의 노동요를 들을 수 있었다. 울적하고 가라앉은 기분으로 마음이 좋지 않던 나도 그때는 기분이 좋았다. 배에 몸을 뉘이고 구름 한 점 없는 하늘을 하염없이 바라보고 있으니 잊고 살았던 평정심이 몸에 깊이 가득 차는 것 같았다. 내가 이 정도였으니 앙리는 어땠을까. 그는 마치 인간이 맛보지 못했던 도원경의 세상에 들어간 사람처럼 행복해했다.

"우리나라의 루체른이나 호수도 찾아갔지. 거기서 눈 덮인 산맥이 깎아놓은 것처럼 수직으로 호수까지 떨어져서 꿰뚫을 수 없는 검은 그림자 같은 풍경도 보았어. 푸른 나무가 울창한 섬이 없었더라면 아마 음울하고 울적한 풍경이었을 거야. 호수가 폭풍우에 울렁이는 모습도 보았지. 바람이 불어 호수의 표면이 소용돌이치는 모습을 보면 거대한 바다에 물기둥이 솟는 것 같이 파도가 산맥으로 맹렬하게 달려들어. 그곳에서 한 성직자와 그의 애인이 바다에 휩쓸렸는데, 밤바람이 잠잠해져 정적이 찾아오면 죽어가던 그들의 울음소리가 아직도 들린다고들 하더군. 스위스 발레 산과 보 지방에도 가보았지. 그런데 빅터, 이곳은 스위스의 그 어떤 경이로운 광경보다도 훨씬 멋있어. 스위스의 산맥이 더 장엄하고 거대하긴 하지만, 이 거룩한 강둑엔 지금껏 보아온 그 무엇과도 비교할 수 없는 어떤 매력이 있어. 저 절벽 위에 성을 보게. 아름드리나무가 녹음에 가려 잘 보이진 않는군. 저 포도밭의 일꾼들, 후미진 산에 반쯤 모습을 드러낸 마을도 보란 말이야. 아, 분명 이곳을 지키는 정령은 빙하를 일구거나 오를 수 없는 봉우리를 쌓는 스위스의 정령보다 인간과 훨씬 더 조화를 잘 이룰 게야."

클레르발! 나의 사랑하는 벗! 지금도 그의 말을 기록하는 일이 즐거울 지경이다. 비범한 그에게 마땅한 찬사를 펼치며 이렇게 잠시나마 숨을 고르는 것이 즐겁다. 그는 '진정 자연이라는 시'의 걸맞은 사람이었다.* 열정으로 타오르던 그의 상상력은 세심한 감수성으로 다듬어졌다. 그의 영혼은 뜨거운 애정이 넘쳤으며 그의 우정은 세속적인 사람들이라면 상상 속에서나 찾아볼 법할 만큼 헌신적이고 경이로웠다. 그러나 사람들의 공감만으로는 그의 열망을 만족시킬 수 없었다. 자연을 보며 그저 감탄만 하는 사람들과 달리 클레르발은 진심으로 자연을 사랑했다.

거친 폭포는

격정적으로 그를 사로잡았다.

높은 바위와 산맥, 깊고 어두운 숲.

* 리 헌트의 시 「리미니 이야기」에서 인용.

자연의 색채와 형상이
그때의 그에겐 욕망이었고, 감정이었고 사랑이었네.
그저 상상으로 볼 법한 매혹이나
눈앞에 드리운 흥밋거리는
그에게 하등 쓸모가 없었네.*

그러나 그는 지금 어디 있는가? 이 온화하고 사랑스러운 존재가 영영 사라졌단 말인가? 새롭고 기발한 생각과 상상력만으로도 그는 세상 하나는 만들어낼 수 있었다. 하지만 오로지 창조주가 살아 있을 때에만 존재하는 세상이다. 그의 정신은 어디로 사라졌는가? 이제 내 기억 속에서만 살아 있단 말인가? 아니, 그렇지 않다. 신과 같은 이, 아름다움을 발산하는 그의 육신은 썩었으나 그의 정신은 아직도 남아 이 불행한 친구를 위로한다.

갑작스러운 슬픔을 전해 미안하지만, 앙리의 빼어난 미덕에 비하면 이는 하찮은 헌사에 불과하다. 그래도 이런 찬사를 건네며 그를 기억할 때면 새삼 찢어지고 조각난 내 심장이 조금은 치유되는 것 같다. 다시 돌아와 이야기를 계속하고자 한다.

쾰른을 지난 우리는 네덜란드 평원으로 내려갔고, 남

* 윌리엄 워즈워스의 시 「틴턴 수도원」에서 인용.

은 길은 말을 타고 달리기로 했다. 며칠 후 로테르담에 도착했고, 거기서부터 배를 타고 영국으로 떠났다. 십이월 하순의 청명한 아침, 나는 처음으로 영국의 하얀 절벽을 마주했다. 템스 강의 강기슭은 새로운 풍광이었다. 평원이면서도 비옥했고, 마을마다 하나씩 숨겨진 사연이 있었다. 우리는 틸버리 요새를 보며 스페인 함대를 떠올렸다. 그레이브젠드, 울위치 그리고 그리니치를 지났다. 우리 고장에서도 들어본 적이 있는 곳이었다.

마침내 런던의 무수한 첨탑이 보였다. 그 위로 우뚝 솟은 세인트폴 대성당과 영국사에서 중요한 런던탑을 볼 수 있었다.

02

우리는 당분간 런던에서 쉬기로 했다. 훌륭하고 고명한 대도시에 몇 달 머물기로 결정했다. 클레르발은 당시 이름을 날리던 천재나 인재들과 인맥을 쌓고 싶어 했지만 내게 그런 일은 부수적인 문제였다. 주로 괴물과의 약속을 완수하기 위한 정보를 수집하는 데 몰두했다. 그리고 준비해온 추천서를 들고 저명한 자연철학자들을 찾아 나섰다.

학문에 정진하던 시절 여행을 떠났더라면 이 기회가 더할 수 없는 기쁨이었을 것이다. 그러나 이미 시들대로 시든 몸이었고, 끔찍하게 싫어하는 학문을 연구하는 자들만 찾아다녔다. 사람들을 만나는 일은 그 자체로도 몸서리치게 싫었다. 혼자 있을 때면 하늘과 땅의 풍경으로 마음을 달랠 수 있었고, 앙리의 목소리가 마음을 안정시켜주었으며, 이렇게 스스로를 속이며 덧없는 행복을 누릴 수도 있었다. 그러나 바쁘고 관심 없는 사람들의 즐거운 표정을 보고 있자면 마음속에 절망이 다시 되살아났다. 나와 다른 인간들 사이에는 넘을 수 없는 장벽이 보였다. 이 벽은 윌리엄과 유스틴의 피로 칠갑이 되어 있었다. 그리고 그 이름이 연관된 사건을 떠올리면 내 영혼은 고통에 몸부림쳤다.

그러나 클레르발에게선 예전의 내 모습이 보였다. 탐구심이 강하고 새로운 경험과 배움도 갈망했다. 관습의 차이를 관찰하는 것이 앙리에게는 배움과 즐거움의 마르지 않는 샘이었다. 앙리는 늘 바빴다. 유일하게 그의 즐거움을 방해하는 것이 있다면 풀이 죽고 우울한 내 모습이었다. 그에게 최대한 감정을 숨기고 싶었다. 괜한 근심이나 슬픈 기억으로 새로운 환경을 배우는 그가 당연히 누려야 할 기쁨을 망치고 싶지 않았다. 그래서 다른 약속이 있다는 핑계를 대며 함께 누군가를 만나러 가자는 제안을 여러 번이나 거절했다. 그리고 집에 홀로 남았다. 또 한편으로는 새로운 괴물을 만들어내기 위해 필요한 것들을 수집하기 시작했다. 마치 머리 위로 물이 한 방울씩 계속해서 떨어지는 고문을 당하는 기분이었다. 그 일을 위해 계속해서 생각하는 행위 자체가 엄청난 괴로움이었고 또 그로 인해 필요한 말을 한 마디, 한 마디 내뱉는 것 자체가 온몸이 떨려오며 심장이 터질 것 같은 고통이었다. 런던에서 몇 달을 보낸 후, 예전 제네바에서 만났던 이가 스코틀랜드에서 보낸 편지를 한 통 받았다. 그는 자신의 아름다운 고향을 언급하며 원한다면 북쪽으로 여행을 떠나 자신이 살고 있는 퍼스까지 오지 않겠냐는 제안을 했다. 사람들과 어울리는 것을 극도로 꺼려하던 나도 산과 강, 자연이 선택한 곳에 자연이 일궈놓은 기적과 같은 풍경을 보고 싶었다.

우리가 잉글랜드에 도착한 게 시월 초순이었는데 어느덧 이월이었다. 그래서 삼월이 다 가기 전, 다시 여행을 떠나기로 결심했다. 북쪽 에든버러로 향하는 대로를 따라가는 대신 우리는 윈저, 옥스퍼드, 매틀록 그리고 컴벌랜드 호수를 거쳐 칠월 말까지 목적지에 가기로 정했다. 화학도구와 수집한 재료를 챙기고 스코틀랜드 북부의 고원지대 어딘가에 몸을 숨겨 일을 완수해야겠다고 생각했다.

삼월 이십칠일, 런던을 떠나 윈저에서 며칠 묵으며 아름다운 숲을 거닐었다. 주로 산만 보며 자란 우리에게 이곳의 거대한 참나무, 풍성한 사냥감, 그리고 기품 넘치는 사슴떼 같은 것들은 참 새로운 풍경이었다.

그곳을 지나 옥스퍼드로 향했다. 도시에 들어서자마자 한 세기하고도 반이나 더 지난 과거의 역사를 떠올렸다. 찰스 1세가 군대를 소집했던 곳이다. 온 나라가 의회와 자유의 가치를 따라 찰스 1세의 명분을 저버렸으나 이 도시만큼은 여전히 왕에게 충성을 다짐했다. 불행했던 왕과 그의 측근들, 온건파 포클랜드, 오만했던 고링, 그리고 그들이 지지했던 왕비와 찰스 2세에 대한 지식으로 이 도시의 구석구석이 상당히 흥미롭게 느껴졌다. 이곳에 머무는 과거의 정령을 따라 우리도 기꺼이 그 발자취를 따랐다. 역사를 따르지 않더라도 도시는 그 자체만으로도 탄식을 자아낼 만큼 아름다웠다. 대학들은 고풍스러웠고, 한 폭의 그림 같았다. 거리는 화려했다. 푸른 초원을 흐르는 눈부신 아이시스 강은 잔잔하고 광활하여 고목들에 에워싸인 위풍당당한 탑, 첨탑, 돔을 비추었다.

참으로 아름다운 광경이었다. 비록 과거에 대한 기억과 미래에 대한 불투명함으로 마냥 기뻐할 수만은 없었지만. 나는 천성적으로 평화로운 행복을 만끽할 수 있는 사람이다. 어린 시절에는 불만을 품은 적이 단 한 번도 없었다. 권태나 불만이 생겨도 자연의 아름다운 경관을 보고, 인간이 만든 훌륭하고 숭고한 발명품을 공부하다 보면 언제나 마음이 지식으로 가득 차고 사기가 충전되었다. 그러나 이제 한 그루의 말라버린 나무와 다름없었다. 나를 때린 번개가 영혼을 잠식했다. 어떻게 살아남긴 했으나, 내 존재의 목적은 남들이 보기에 한심하고, 스스로도 혐오스러운 망가진 인간의 비참함을 드러내기 위함 같았다. 물론 그마저도 곧 바스러져버릴 테지만.

우리는 꽤 오래 옥스퍼드에 머무르며 주변을 산책하고 영국사에서 가장 역동적이었던 시기의 장소들을 탐방했다. 우리의 여행은 언제나 끊임없이 나타나는 유적지 앞에서 지체되곤 했다. 찰스 1세에게 맞서 싸우다 전사한 햄던의 무덤과 그가 전사한 전장을 찾아갔다. 잠깐이나마 영혼이 고양되어 저급하고 비참한 두려움을 뛰어넘고 자유와 희생이라는 신성한 가치관에 대해 생각해보기도 했다. 지금 내가 보는 것은 그가 지키려던 가치관에 바치는 일종의 추모비였다. 잠시나마 옥죄던 무거운 사슬을 던져버리고 자유롭고 고고한 영혼이 되었다. 그러나 족쇄는 다시금 내 살을 파고들었다. 몸을 떨며 희망을 잃고 불행한 원래의 내 모습으로 돌아오곤 했다.

우리는 아쉬워하며 옥스퍼드를 떠나 머물기로 한 매틀록으로 향했다. 이 주변은 스위스의 경관과도 상당히 닮아 있었다. 그러나 모든 게 상대적으로 더 낮았고, 푸른 언덕 너머엔 하얀 알프스 산맥이 보이질 않았다. 스위스에서는 언제나 푸른 언덕 멀리로 알프스 산맥이 드리워져 있었다. 신기한 동굴과 소규모 자연사박물관도 방문했다. 진기한 유물이 세르보와 샤모니에서 본 것과 똑같은 방식으로 진열되어 있었다. 앙리가 샤모니를 언급할 때마다 나는 몸을 떨었다. 그래서 무서운 장면을 떠올리게 하는 매틀록을 서둘러 떠날 수밖에 없었다.

더비를 지나 계속해서 북쪽으로 길을 나선 우리는 컴벌랜드와 웨스트모어랜드에서 두어 달을 보냈다. 이곳은 정말 스위스처럼 산으로 둘러싸여 있다는 생각이 들었다. 산의 북쪽 면에 아직 녹지 않고 남아 있던 눈자락,

호수, 그리고 험준한 강물까지 모두 친숙하고 정겨웠다. 여기서 우리는 친구도 몇 명 사귀었다. 이 모든 게 합쳐지면서 하마터면 마음을 속이고 진정으로 행복을 느낄 뻔했다. 클레르발의 기쁨은 나와는 비교도 할 수 없을 만큼 컸다. 재능이 넘치는 자들과 사귀며 클레르발의 견문은 더욱 넓어졌고, 별다른 재주가 없는 이들과 어울릴 때는 상상도 못 했던 무한한 잠재력이 자신에게도 있다는 것을 발견한 것이다.

"평생을 여기서 살아도 될 것 같아."

그가 말했다.

"여기 산속에서 지내면, 스위스와 라인 강도 아쉽지 않을 것만 같군."

그러나 앙리는 여행자의 삶이 즐거움만큼 괴로움도 많다는 것을 곧 깨닫는다. 항상 긴장을 늦출 수 없고, 휴식을 좀 취하려고 해도 새로운 것이 나타나 방해했다. 새로운 무언가가 주목을 끌다가도 또 다른 것이 등장하면 금세 버림을 받아야 했다.

컴벌랜드와 웨스트모어랜드의 여러 호수를 방문한 지 얼마 되지 않아 우리는 그곳의 주민들과도 정이 들었지만 스코틀랜드 친구와 약속한 시간이 다가오는 바람에 다시 여행길에 올라야 했다. 나는 사실 그렇게 아쉽지 않았다. 한동안 괴물과의 약속을 게을리했기에 그 악마가 실망감에 무슨 짓을 벌이진 않을까 우려되었기 때문이다. 그놈이 스위스에 남아 가족들에게 복수를 할 수도 있었다. 이런 마음을 떨칠 수가 없어 휴식을 취할 때도 매 순간 괴로웠다. 나는 늘 조급한 마음으로 편지를 기다려야 했다. 스위스에서 오는 편지가 늦어지면 마음이 불안해 수천 가지 두려움을 상상하고 정신을 차릴 수가 없었다. 그리고 막상 엘리자베스나 아버지에게 편지가 오면 내용이 무서워 차마 편지를 열어보지도 못 했다. 가끔은 괴물이 따라와 동생을 죽이고 태만했던 나에게 벌을 내리진 않을까 하는 생각도 했다. 이런 생각에 사로잡히면 앙리의 곁을 떠나지도 못 하고 그림자처럼 그 뒤를 졸졸 따랐다. 혹시라도 괴물이 분노에 사로잡혀 앙리를 죽이려 들까 봐 보호하고 싶었던 까닭이다. 내가 저지른 죄는 아니었으나, 죄만큼이나 치명적인 저주가 내게 내려진 것만 같았다.

멍한 눈과 마음으로 에든버러에 도착했다. 그러나 세상에서 가장 비참한 존재라도 그 도시에서만큼은 흥미를 되찾을 만했다. 다만 클레르발은 옥스퍼드만큼 에든버러를 좋아하진 않았다. 옥스퍼드의 고풍스러운 분위기를 더 좋아했던 것이다. 그러나 신도시 에든버러의 아름다움과 규칙성, 고즈넉한 성과 세계에서 가장 보기 좋다는 투명한 오아시스 아서 시트와 성 버나드의 우물, 펜

틀랜드 힐스를 둘러보며 아쉬움을 덜어내고 금세 명랑함을 되찾더니 찬사를 늘어놓았다. 그러나 나는 어서 이 여행이 끝나기만을 초조하게 기다릴 뿐이었다.

일주일 후, 에든버러를 떠나 쿠퍼, 세인트앤드루스를 지나고 테이 강둑을 따라서 퍼스에 도착했다. 친구는 우리를 기다리고 있었다. 하지만 나는 낯선 이들과 웃으며 이야기를 나눌 만한 상황이 아니었고, 응당 손님이라면 갖춰야 할 호탕한 태도로 남의 기분과 계획을 맞춰줄 수도 없었다. 클레르발에게 혼자서 여행을 하고 싶다고 털어놓았다.

"자네는 여기서 즐겁게 지내. 여기서 다시 만나는 걸로 하고. 한두 달 정도 혼자 지내고 싶으니 부탁인데 내 뜻을 헤아려주게. 혼자만의 평화와 고독이 좀 필요해. 훨씬 가벼운 마음으로 자네에게 어울리는 사람이 되어 돌아온다고 약속하겠네."

앙리는 설득하려 했지만 결국 마음이 기운 것을 확인하고는 단념했다. 다만 자주 편지를 써달라고 부탁했다.

"나도 차라리 자네와 함께 가고 싶어."

그가 말했다.

"잘 알지 못하는 스코틀랜드 사람들보다는 자네와 함께하는 고독한 산책이 더 좋아. 그러니 서둘러 돌아오게. 그래야 조금이나마 집에 있는 것 같은 편안함을 느낄 수 있지. 자네가 없으면 내가 어찌 편히 쉬어."

친구와 헤어진 후 스코틀랜드의 외딴 지역에 숨어 맡은 일을 끝내기로 마음먹었다. 괴물은 분명 나를 따라와서 임무를 끝내면 내 앞에 나타나 반려자를 데려가리라 믿었다.

이런 결심과 함께 북부 고원으로 향했고 오크니 제도에서 가장 외딴 곳에 실험실을 차렸다. 이런 일에 적합한 곳이었다. 거대한 바위덩어리나 다름없는 곳으로, 높은 곳으로는 계속해서 파도가 쳤다. 토양은 황폐했고 변변찮은 소 몇 마리를 키우며 오직 오트밀 정도만 길러 먹을 수 있는 곳이었다. 주민은 총 다섯 명으로 수척하고 비쩍 마른 몸을 보니 그곳에 사는 게 얼마나 참담할지 예상할 수 있었다. 채소와 빵이라는 호사를 누리거나 심지어 신선한 물이라도 마시려면 몇 킬로미터나 떨어진 본토로 가야 했다.

섬 전체에 건물이라고는 초라한 오두막 세 채뿐이었다. 그중에 한 곳이 비어 있어서 거처로 정했다. 방은 두 개밖에 없었고 그마저도 세상에서 가장 처참하고 빈곤한 꼴이었다. 지붕에 얹은 짚은 모두 내려앉았고, 벽에 바른 회칠도 다 벗겨졌으며 문에 경첩도 없었다. 수리할 사람들을 고용하고 가구 몇 개를 구매해 그 집을 빌려 정착했다. 이 집을 소유한 자들이 궁핍함으로 이성이 마비

되어 그렇지, 아니었다면 아마 다들 깜짝 놀랐을 것이다. 누구의 시선이나 간섭도 받지 않고 살 수 있었고 음식이나 옷을 주고도 변변한 감사의 인사도 들을 수 없었다. 이들이 겪는 궁핍함이 너무 커서 인간이라면 지녀야 할 최소한의 사회성도 무뎌진 게 분명했다.

이렇게 외진 곳에서 오전 내내 실험에 매달렸다. 하지만 밤이 오고 날씨가 허락하면 나는 돌투성이 해변으로 나가 울부짖고 발치에 밀려드는 파도소리에 귀를 기울였다. 단조롭지만 변화무쌍한 광경이었다. 스위스를 떠올렸다. 이 황량하고 무시무시한 풍경과는 전혀 다른 나의 고향. 언덕엔 포도나무가 가득하고, 평원에는 오두막집이 빽빽하게 들어선 곳. 아름다운 호수 수면엔 푸르고 온화한 하늘이 비치고, 바람이 불어들어도 이 거대한 바다의 포효에 비하면 그저 개구진 아이의 장난에 불과한 나의 고향을.

처음 도착했을 땐 이런 식으로 일을 했지만 시간이 지나고 작업이 진척되면서 기분은 훨씬 짜증나고 끔찍해졌다. 가끔은 마음을 다잡을 수가 없어서 며칠이나 실험실에 발을 들이지 못할 때도 있었다. 또 어떤 때는 일을 마치기 위해 며칠 밤낮을 새기도 했다. 참으로 더럽고 끔찍한 과정이었다. 예전에 처음 실험을 할 때는 광기에 사로잡혀 끔찍한 실체를 제대로 보지 못했었다. 실험의 결과물에 온통 마음이 가서 내가 저지른 일에 대한 공포는 보지도 못 했다. 그러나 이제 차갑게 식은 마음으로 실험을 거듭하고 있었고, 구역질이 치밀어 오를 때도 많았다.

이런 상황에서, 세상에서 가장 혐오스러운 일에 매달려, 몰두해야 하는 연구 외에는 한순간도 한눈을 팔 수 없는 고독에 빠져 있자니 감정이 균형을 잃었다. 매사 불안하고 초조했다. 매 순간 괴물을 만날까 봐 두려웠다. 시선을 들면 그토록 두려워하는 존재를 마주칠까 봐 두려워 가끔은 땅바닥을 노려보며 멍하니 앉아 있기도 했다. 혼자 있으면 제 반려자를 내놓으라고 괴물이 윽박을 지를까 봐 두려워 사람들이 없는 곳에 가는 것도 무서웠다.

그 사이 계속해서 실험을 이어나갔고, 일은 이제 상당히 진척됐다. 떨리는 마음으로 어서 작업이 완성되기만을 바랐다. 감히 언젠가는 이 모든 게 끝나리라는 희망을 의심하지 않았으나 어쩐지 막연하게 불길한 예감으로 뒤엉켰고, 심장은 늘 시큰하게 아렸다.

어느 날 저녁 실험실에 앉아 해가 지고 달이 바다 위로 떠오르는 모습을 보았다. 빛이 어두워져서 실험을 지속할 수가 없던 나는 멍하니 앉아 그날 밤 작업을 그만둘지, 조금이라도 빨리 움직여 실험을 끝낼지 고민하고 있었다. 생각에 잠겨 있다 보니 이런저런 생각이 꼬리를 물었고 이내 지금 하고 있는 일의 결과를 생각하지 않을 수 없었다. 삼 년 전의 나는 지금처럼 연구에 몰두해 악마를 만들어냈고, 그 악마는 전혀 예상할 수 없는 행동을 벌이며 깊은 슬픔에 빠뜨리고 헤아릴 수 없는 후회를 주었다. 이제 또 다른 존재를 만들려고 하는데, 이번에도 마찬가지로 그의 성품에 대해선 전혀 알 길이 없다. 반려자보다 더한 악의로 살해와 불행 자체를 즐길 수도 있었다. 나의 악마는 인간의 서식지에서 벗어나 사막에 몸을 숨긴다고 공언했다. 그러나 이제 만들려는 여성은 약속을 하지 않은 상태다. 어떻게 봐도 이 여성 역시 생각을 할 수 있는 이성적인 동물이 될 건 분명한데, 자신이 만들어지기도 전에 맺은 약속을 거부할 수도 있고, 두 존재가 심지어 서로를 싫어할 수도 있다. 먼저 만들어낸 피조물은 자신의 추악한 형상을 증오하는데, 만일 눈앞에 똑같은 형상이 다른 성별로 나타나면 더 큰 혐오를 품진 않을까?

그녀 또한 그를 혐오하고 저버린 채 인간의 우월한 아름다움을 갈망할지도 모른다. 그녀가 떠나면 그는 혼자 남게 될 테고, 자기와 같은 종족에게마저 버림받는다면 새로운 촉발이 되어 분노가 폭발할지도 모를 일이다.

만일 그들이 유럽을 떠나서 신대륙의 사막에 산다고 해도, 악마가 갈망하던 다른 이의 연민으로 처음 얻을 결과는 그들의 자식들일 테고, 악마의 종족이 이 땅에 번식을 하게 될지도 모른다. 그럼 이 땅은 인간에게 위험하고 공포로 가득한 세상이 될 수도 있다. 과연 내가, 내 자신을 위해, 영원히 이어질 후세에 이런 저주를 내릴 자격이 있는 것일까? 전에는 내가 창조한 존재의 궤변에 흔들릴 때도 있었다. 그 악마의 협박에 분별력을 잃었다. 이제 내가 한 약속의 사악한 결과가 밀어닥치고 있다. 후대가 나를 역병과 같은 존재로 저주할지도 모른다는 생각에 손발이 떨렸다. 혼자만의 평안을 얻는 대가로 전 인류의 존폐를 주저 않고 팔아버린 이기적인 인간이 되어버린 것이다.

나는 몹시 떨었다. 심장이 땅으로 떨어졌다. 그때 문득 고개를 들어보니, 악마가 달빛 아래 창틀에 서 있었다. 그가 애원한 작업을 행하고 있는 나를 가만히 바라보며 그의 입술이 소름 끼치게 웃었다. 그렇다. 나를 따라온 것이다. 숲속을 배회하고 동굴 속에 몸을 숨기고, 광활하고 황량한 사막의 황야 속에 몸을 숨긴 것이다. 이제 그는 진척 상황을 확인하고 약속을 종용하려 나를 압박했다.

그를 바라보니 얼굴에 악의와 배신이 두드러졌다. 광기에 사로잡힌 채 그와 같은 존재를 하나 더 만들어주겠다던 나의 약속을 떠올리고 격한 감정에 부들거리며 지금껏 만들었던 육신을 갈가리 찢어버렸다. 괴물은 행복을 기대하던 피조물이 내 손에서 파괴되는 모습을 바라보며 절망과 복수의 포효를 내지르고 자리를 떠났다.

실험실을 나와 문을 잠갔다. 다시는 이런 짓을 하지 않겠다고 다짐했다. 그리고 떨리는 발걸음을 움직여 집으로 돌아왔다. 혼자였다. 우울함을 쫓아주고 참혹한 몽상과 역겨운 압박감을 덜어줄 이가 내 곁엔 없었다.

몇 시간 후에도 바다가 보이는 창가에 서 있었다. 해수면은 너무도 잔잔해 움직임이라곤 하나도 없어 보였다. 바람은 숨을 죽였고, 고요한 달빛 아래 온 세상이 휴식을 취하고 있었다. 고기잡이 배 몇 척만이 점점이 바다 위에 떠 있었고, 가끔은 부드러운 바람이 불어와 배 위의 어부들이 서로를 부르는 목소리를 실어 날랐다. 정적이 얼마나 깊은 줄도 모른 채 멍하니 있는데, 갑자기 바닷가에서 노 젓는 소리가 들려와 소스라치게 놀랐다. 이윽고 어떤 이가 집 가까운 곳에 배를 정박했다.

몇 분 후, 누군가 문을 열려는 듯 끽끽거리는 소리를 들었다. 머리부터 발끝까지 하염없이 떨렸다. 누구인지 알 것 같은 예감이 들어, 멀지 않은 곳에 사는 농부를 깨우고 싶었다. 그러나 악몽을 꾸고 일어났을 때처럼 온몸은 옴짝달싹할 수 없이 무겁기만 했다. 당장 문 앞에 도사린 위험에서 도망치고 싶었지만 발이 얼어붙어 좀처럼 움직일 수 없었다.

이윽고 복도를 따라 걸어오는 발자국 소리가 들렸다. 문이 열리고 몹시도 두려워하던 괴물이 모습을 드러냈다. 문을 닫은 그는 다가와 낮게 가라앉은 목소리로 물었다.

"그대가 시작한 일을 파괴하다니, 그게 무슨 뜻인가? 감히 약속을 깨뜨리려 하는가? 나는 그대의 뒤를 쫓으며 온갖 고생과 불행을 감내했다. 그대와 함께 스위스를 떠났고 라인 강변을 따라 버드나무가 무성한 섬으로 따라왔고, 언덕 정상을 수도 없이 올랐다. 영국의 평원과 스코틀랜드의 사막에서 몇 달을 보냈다. 감히 상상조차 못할 피로와 추위와 굶주림도 참았다. 그런데 감히 그대가 내 희망을 파괴해?"

"꺼져! 약속은 파기한다. 절대 네놈만큼 흉측하고 사악한 괴물은 만들지 않을 것이다."

"노예여, 그대를 이성적으로 설득하였으나 이제 보니

그런 사정을 봐줄 만한 가치가 없는 인간이구나. 내 힘을 기억하라. 그대는 지금 불행하다고 생각하겠지만, 나는 네놈이 지금보다 더 불행해져 한 자락 햇살마저 증오할 수 있게도 만들 수 있다. 그대가 나를 창조하였으나 난 그대의 주인이다. 그러니 내게 무릎을 꿇어라!"

"나약하던 시절은 끝났어. 네가 힘을 쓸 시간이다. 아무리 협박한들 결코 악행을 저지르지 않을 것이다. 아니 도리어 네놈과 함께 악행을 저지를 반려자를 만들지 않겠다는 나의 결정이 옳았다는 확신만 더할 뿐이야. 제정신이 박혔다면 죽음과 불행을 즐거워하는 악마를 이 세상에 풀어놓을 순 없지. 그러니 당장 꺼져라! 내 의지는 확고하고 네놈의 말은 분노만 더욱 키울 뿐이다!"

괴물은 내 결연한 의지를 보며 아무것도 할 수 없다는 분노에 이를 갈았다.

"모든 인간이 평생을 사랑할 반려자를 맞이하고, 모든 짐승이 평생을 함께할 짝을 찾는데, 어째서 나만 혼자여야 한단 말인가? 내게도 애정의 감정이 있었으나 돌아온 건 혐오와 경멸뿐이었다. 인간아! 나를 혐오하고 싶다면 그리하라. 그러나 잊지 말거라! 네 시간은 공포와 불행 속에 흐를 것이며 머지않아 번개가 떨어지고 네놈의 행복을 영영 앗아갈 것이다. 나는 비할 수 없는 불행 속을 뒹구는데, 네놈은 행복할 수 있을 성싶으냐? 다른 감정은 다 짓밟혀도 복수심은 남는 법이다. 복수, 앞으로는 내게 복수가 빛이나 양식보다도 훨씬 더 중요한 것이 될 것이다! 죽어도 상관없다. 그러나 먼저 그대, 나의 독재자이자 고문관인 그대가 불행하고 태양마저 저주하게 만들어줄 것이다. 그러니 조심하라. 나는 두려울 게 없고 그러기에 더욱 강하다. 뱀의 교활함으로 그대를 지켜볼 것이며 뱀의 맹독으로 그대를 물어뜯을 것이다. 인간아, 내게 입힌 이 상처를 끝내 후회하고야 말 것이다."

"이 악마야, 그만둬라. 악마의 속삭임으로 공기를 물들이지 마라. 이미 내 결심은 확고하고, 그런 위협에 꺾일 만큼 나약하지 않다! 썩 꺼져라, 내 마음은 변하지 않는다."

"그래, 이만 가지. 하지만 절대 잊지 마라. 그대의 결혼식 날 밤, 그날도 나는 그대 곁에 머무를 것이다."

나는 한발 앞으로 나서며 소리쳤다.

"이 악마! 내 사형을 집행하기 전에 네놈의 안위부터 걱정해야 할 것이다."

놈을 붙잡으려 했지만 그는 황급히 집을 나섰다. 몇 분 후, 그가 탄 배가 쏜살같이 바다를 가로질렀고 곧 파도 너머로 모습을 감추었다.

그리고 모든 것이 다시 정적이었다. 그의 말이 귓전을 때렸다. 분노로 이글거리던 나는 평화를 앗아간 놈을 따라가 바다 속에 던져버리고 싶었다. 어지러운 생각으로 초조하게 방 안을 서성이다 보니, 수천 가지의 상상이 뇌리를 스치며 괴롭혔다. 어째서 그를 따라가 목숨을 건 싸움으로 결판을 내지 않았을까? 오히려 놈을 방치했고, 그는 본토를 향해 배를 몰았다. 그 탐욕스러운 복수심으로 인한 다음 희생자가 누구일까 생각만 해도 사지가 뒤틀렸다. 그때 놈의 말이 다시 떠올랐다.

"그대의 결혼식 날 밤, 그날도 나는 그대 곁에 머무를 것이다."

그렇다면 그때가 내 운명을 결정할 마지막 순간일 것이다. 그때가 오면 나는 죽을 것이고, 놈의 악의를 충족시키는 동시에 나도 놈의 숨통을 끊을 것이다. 두렵지 않았다. 그러나 사랑하는 엘리자베스, 사랑하는 이를 그토록 야만적으로 잃고 그녀가 흘릴 눈물과 끝없는 슬픔을 상상하자 몇 달 만에 처음으로 눈물이 흘렀다. 그리고 절대 목숨을 걸고 싸워보지도 못 한 채, 놈의 앞에 쓰러질 수는 없다고 다짐했다.

밤이 흐르고 다시 태양이 바다 위로 떠올랐다. 조금 차분해졌다. 물론 극심했던 분노가 깊은 절망으로 가라앉은 것을 차분이라고 할 수 있다면 말이다. 집을 나섰다. 지난밤 괴물과 설전을 벌인 공포의 집을 떠나 바다로 걸어갔다. 바다는 마치 나와 다른 이들을 갈라놓는 거대한 장벽 같았다. 아니, 차라리 그게 낫겠다는 바람이 들었다. 저 메마른 바위 위에서 생을 보내고 싶었다. 삶의 활력은 없겠지만 갑작스러운 불행이 닥치는 것을 막을 수는 있을 테니. 집으로 돌아가면 내가 희생당하거나, 사랑하는 사람들이 내가 만든 악마의 손아귀에 죽어나가는 모습을 볼 수밖에 없다.

사랑하는 모든 이들과 헤어져 비참한 외톨이가 된 유령처럼 섬 주위를 배회했다. 정오가 되고 해가 더 높이 떠올랐을 때, 풀숲에 누워 깊은 잠에 빠져들었다. 전날 밤 한숨도 못 자 신경은 예민했고 불행에 허우적거리며 밤을 지샌 터라 두 눈엔 붉은 핏발이 섰다. 그래도 깊은 잠을 자고 일어나니 기운을 좀 차릴 수 있었다. 잠에서 깨어나니 예전처럼 인간 사회의 한 일원이라는 기분도 들었으며 지난밤을 더욱 더 냉정하게 돌아볼 수도 있었다. 그러나 악마의 목소리가 마치 장례식의 종소리처럼 귓전에 울렸다. 아주 생생하고 현실 같은 악몽을 꾼 느낌처럼 온몸이 무거웠다.

해는 다시 기울었지만 나는 여전히 해변에 앉아 오트밀 비스킷을 게걸스럽게 먹어치우며 식욕을 채웠다. 바로 그때 낚싯배 한 척이 근처에 서더니 꾸러미 하나를 가져다주었다. 꾸러미에는 제네바에서 보내온 편지들과 어서 돌아오라고 재촉하는 클레르발의 편지가 한 통 들어 있었다. 그는 우리가 스위스를 떠난 지도 어느 덧 일 년이 다 되어 가는데 아직도 프랑스에 가보지 못했다고 적었다. 어서 고독한 섬을 떠나 일주일 후 퍼스에서 자신과 만나는 계획을 세우자고 나를 재촉했다. 그의 편지를 읽으니 어느 정도 원래의 나로 돌아오는 기분이 들었고, 이틀 후 이 섬을 떠나기로 마음먹었다.

그러나 떠나기 전 해야 할 일이 있었다. 생각만 해도 몸서리가 쳐졌다. 화학도구를 챙기는 일이었다. 끔찍한 연구실로 돌아간다는 생각만 해도, 실험도구를 만진다는 생각만 해도 토악질이 치밀었다. 다음 날 아침, 동이 트자마자 마지막 남은 용기를 끌어내 실험실 자물쇠를 열었다. 절반쯤 완성되었다가 내 손으로 파괴해버린 잔해가 마룻바닥에 여기저기 널려 있었다. 마치 살아 있는 인간의 육신을 난도질한 것만 같은 기분이었다. 잠시 몸을 돌려 마음을 다잡고 연구실로 들어갔다. 떨리는 손으로 실험도구를 옮기며 농부들에게 공포와 의심을 심어놓을지도 모르는 작업의 흔적을 남겨선 안 된다는 생각이 들었다. 잔해를 바구니에 넣고 엄청난 양의 돌멩이를 함께 담아 그날 밤 바다에 던져버려야겠다고 생각했다. 그전까지는 바닷가에서 화학기구를 닦고 정리하는 일에만 전념했다.

악마가 왔다가 간 밤 이후 내 감정은 철저하고 완벽하

게 통제되었다. 예전에는 우울과 절망에 빠져 내가 한 약속을 결과가 어떻게 되든 무조건 지켜야 한다고만 생각했다. 하지만 눈을 가렸던 흐릿한 천막이 한 꺼풀 걷힌 것처럼 맑은 느낌이었다. 마치 처음으로 맑은 눈을 통해 세상을 보는 듯한 기분마저 들었다. 단 한순간도 실험을 재개해야겠다는 생각은 들지 않았다. 귀에 꽂힌 협박이 묵직하게 가슴을 짓눌렀지만 어차피 내 의지로 무슨 일을 한다 해도, 화를 면할 수는 없었다. 차라리 단호해졌다. 처음 창조했던 것과 같은 괴물을 하나 더 만든다면, 그것이야말로 더없이 비겁하고 섬뜩한 이기심의 결과일 뿐이다. 나는 다른 결론으로 이어질 만한 생각은 아예 머릿속에서 영원히 밀어내버렸다.

새벽 두 시에서 세 시, 달이 떴다. 바구니를 일인용 배에 싣고 해변에서 6킬로미터 떨어진 바다로 노를 저어 나아갔다. 완벽하게 쓸쓸한 광경이었을 것이다. 배 몇 척이 육지로 돌아오고 있었지만 나는 사람들을 피해 멀리 나아갔다. 용서받지 못할 범죄를 저지르는 기분이 들었고, 그래서 다른 사람과의 접촉은 어떻게든 피하고 싶었다. 밝은 달이 잠깐 구름에 가려지던 그때, 그 찰나의 어둠을 빌려 바구니를 바다에 던져버렸다. 바구니가 가라앉는 물거품 소리에 귀를 기울인 나는 다시 배를 저어 현장에서 벗어났다. 하늘엔 구름이 잔뜩 끼어 있었지만 공기는 맑았다. 느닷없이 불어온 북동풍에 쌀쌀했지만, 그 바람에 오히려 정신이 상쾌해지고 몸에 기운도 돌았다. 해상에 조금 더 머무르기로 마음을 먹고 노를 고정해놓은 채 배에 몸을 편히 뉘었다. 구름이 달을 가리고 주변이 어두워지자, 물살을 가르는 배의 소리 외에는 아무것도 들리지 않았다. 그 소리에 마음이 차분해진 나는 곧 깊은 잠에 빠져들었다.

얼마나 오래 누워 있었을까. 깨어나 보니 해가 뜬 지 꽤 오래였다. 바람도 높았고 물살이 거칠어 작은 배가 끊임없이 흔들렸다. 바람이 북동풍인 것으로 미루어볼 때, 떠난 해안에서 아주 멀리 떠내려온 게 분명했다. 항로를 바꾸려 했지만 한 번 더 시도를 했다간 배가 뒤집힐 것 같아 바람을 탈 수밖에 없었다. 솔직히 말해 숨이 막히게 무서웠다. 방향을 잡을 나침반도 없었고 지리적으로도 낯선 탓에 해의 위치도 별 도움이 되질 않았다. 광활한 대서양을 표류하며 허기로 고생을 할 수도 있었고 사방에서 몰아치는 바닷물에 빨려 들어갈 수도 있었다. 바다에 나온 지 벌써 몇 시간째라 그런지 타들어가는 갈증에 더없이 괴로웠지만 그건 고난의 시작에 불과했다. 하늘을 바라보니 바람이 불며 구름이 흐르고 그 자리를 또 다른 구름이 채웠다. 이제 곧 내 무덤이 될 바다를 바라보았다.

"악마야, 네 임무는 이미 완성이구나!"

나는 소리쳤다. 엘리자베스, 아버지, 그리고 클레르발을 떠올렸다. 그리고 소름 끼치게 절망적이고 무서운 상상에 빠져들었다. 영원히 눈을 감을 뻔했던 그날의 광경만 떠올리면 아직도 소름이 돋는다.

몇 시간이 흐르고 해가 수평선을 향해 서서히 지면서 바람도 잦아들고 바다를 세차게 흔들던 파도도 잠잠해졌다. 그러나 멀미는 여전했다. 속이 울렁거려 키도 제대로 잡을 수 없을 지경이 되었을 때, 느닷없이 남쪽 방향으로 고원이 펼쳐졌다.

몇 시간 동안 견뎌야 했던 극도의 피로와 긴장감이 맥없이 풀리면서 갑자기 찾아온 삶에 대한 확신이 심장을 뜨겁게 지폈고, 눈물이 하염없이 흘러내렸다.

인간의 감정이란 어찌나 변덕스러우며 이토록 극한의 상황에서도 끝내 놓을 수 없는 목숨에 대한 집착이란 어찌나 기이한가! 옷을 찢어 돛을 하나 더 만들어 올리고, 육지를 향해 열심히 노를 저었다. 육지는 험준하고 바위가 많았지만 가까이 다가가니 문명의 흔적을 쉽게 찾아볼 수 있었다. 해변에 정박한 배들을 보니 갑자기 문명화된 인간에게 돌아왔다는 실감이 났다. 열심히 육지의 구석구석을 살피다가 작은 곶 뒤로 솟아오른 첨탑이 눈에 띄었다. 몸이 많이 지쳐 있던 상태라 우선 먹을 것을 구하러 마을로 향해야겠다고 생각했다. 다행히 수중에 돈은 좀 있었다. 곶을 돌자, 작고 고즈넉한 마을과 꽤 근사한 부두를 발견할 수 있었다. 예상치 못한 탈출의 기회에 심장이 두근거렸다.

배를 손보고 돛을 정리하는데 마을 주민 몇 명이 모여들었다. 내 행색에 적잖이 놀란 눈치라, 선뜻 도와주겠다고 손을 내밀지도 못 하고 저들끼리 귓속말을 속삭이며 손짓만 했다. 다른 때라면 나도 역시 놀라고 걱정이 먼저였겠지만 그때는 그들이 영어를 쓸 거라 예상하고 영어로 말을 걸었다.

"안녕하십니까? 죄송하지만 이 마을의 이름을 좀 알 수 있을까요? 여기가 어딘지 말씀해주시겠습니까?"

"그건 곧 알게 되겠지요."

그중 한 남자가 퉁명스럽게 대꾸했다.

"당신에게 썩 맞지 않는 곳을 찾은 것 같소만. 내 장담컨대 숙소는 당신 취향에 맞지 않겠군."

낯선 사람에게 이렇게 불쾌한 대답을 얻게 되리라곤 예상치 못 해 깜짝 놀랐다. 게다가 모두가 이렇게 잔뜩 인상을 구기며 화를 내는 모습을 보니 조금 불안해져서 물었다.

"무슨 이유로 이렇게 화를 내십니까?"

내가 덧붙였다.

"설마하니 이방인을 이렇게 불친절하게 대하시는 것이 영국의 관습은 아닐 텐데요."

"영국의 관습은 어떨지 모르겠지만, 아일랜드는 악한 자들을 미워하는 거지요."

이렇게 이상한 대화가 오고 가는 사이, 더 많은 사람들이 모여들었다. 그들의 얼굴에는 호기심과 분노가 묘하게 뒤섞여 있어서 화가 나면서도 다소 불편했다. 여관으로 가는 길을 물었지만 그 누구도 대답을 해주지 않았고, 마을로 걸어나가자 나를 따라오며 에워싸고 자기들끼리 대화를 속삭였다. 바로 그때 험상궂게 생긴 남자가 다가와 내 어깨를 툭 치며 말했다.

"이리 오시오. 나를 따라 커윈 씨 댁에서 신원을 밝혀야겠소."

"커윈 씨가 누굽니까? 그리고 왜 내가 신원을 밝혀야 합니까? 여기는 자유 국가가 아닙니까?"

"아, 정직한 이들에겐 자유가 충분하지요. 커윈 씨는 치안판사요. 그리고 선생은 어젯밤 여기서 죽은 신사의 죽음과 관련해 진술을 해야겠소."

그의 대답에 소스라치게 놀랐지만 이내 정신을 바로 차렸다. 나는 죄가 없었다. 그건 쉽게 증명할 수 있었다. 말없이 남자를 따라 나섰고, 곧 마을에서 가장 훌륭한 저택에 도착했다. 피곤과 허기로 쓰러지기 일보직전이었다. 하지만 사람들이 둘러싸고 있어 억지로라도 정신을 차리지 않을 수가 없었다. 나약하게 보이면 괜한 두려움이나 죄책감으로 오해를 받을 수도 있다. 그때 나는 불과 몇 분 후, 공포와 절망에 빠져 수치심이나 죽음에 대한 두려움 따위는 모조리 잊어버릴 엄청난 대재앙이 닥치리라고는 감히 예상도 못 했다.

여기서 잠깐 쉬어가야 할 것 같다. 이제부터 이야기할 끔찍한 사건을 다시 하나하나 떠올리려면 남은 힘을 다 끌어모아야 하기 때문이다.

04

치안판사는 금방 만날 수 있었다. 나이가 지긋하고 차분하고 온화한 신사였다. 그러나 나를 바라보는 눈빛만큼은 상당히 근엄했다. 나를 데려온 마을 사람에게 돌아서더니 이 일에 증인이 되어줄 사람이 있느냐고 물었다.

남자 여섯이 앞으로 나왔다. 치안판사는 그중 한 명을 골라 물었다. 그의 증언에 따르면 전날 밤 아들과 처남 대니얼 뉴전트와 함께 고기잡이를 나갔는데, 밤 열 시경 강한 북풍이 불어 부두로 다시 배를 돌렸다. 달이 뜨지 않은 깜깜한 밤이었다. 그는 부두에 배를 대지 않고 습관대로 약간 떨어진 작은 만에 정박했다. 그가 먼저 낚시도구를 들고 맨 앞에서 걸었고, 아들과 처남이 몇 발자국 떨어져 따라왔다. 모래사장을 따라 걸어가던 그는 발에 무언가가 채여 넘어졌다. 그가 뒤로 자빠지자 아들과 처남이 뛰어왔고, 등불을 비춰 보니 사람이 누워 있었다고 했다. 아무리 살펴봐도 이미 죽은 사람이었다. 처음엔 익사한 시체가 파도에 밀려왔다고 생각했지만 자세히 보니 옷이 젖어 있지 않았고 심지어 사망한 지도 얼마 되지 않아 보였다고 했다. 세 사람은 곧장 시신을 근처에 있는 한 노파의 오두막으로 옮겨서 소생시키려 했지만 살릴 수는 없었다. 죽은 사람은 스물다섯 살 정도 되어 보이는 젊은 청년이었다. 목덜미에 난 손자국 외에 폭력의 흔적이 없어 보이는 것으로 미루어보아 목이 졸려 죽은 게 분명했다.

증언을 시작하고 초반까지는 별로 흥미로울 게 없었다. 하지만 목에 남았다는 흔적 이야기를 들으니 동생의 사고가 생각나 극도로 불안해졌다. 온몸이 떨리면서 눈앞이 흐려졌고, 의자에 몸을 기대며 무너지지 않으려 노력했다. 치안판사가 나를 빤한 눈길로 바라보았다. 당연히 수상해 보일 수밖에 없었다.

아들의 증언도 아버지와 같았다. 하지만 대니얼 뉴전트는 남자가 넘어지기 직전 바닷가에서 멀리 떨어지지 않은 곳에서 한 남자가 배에 탄 모습을 똑똑히 보았다고 증언했다. 그리고 별빛에 비친 모습으로 봤을 때 내가 방금 타고 내린 그 배가 틀림없다고 했다.

해변에 사는 한 여자도 증언을 했다. 그녀는 시신이 발견되었다는 소식을 듣기 한 시간 전, 어부들이 돌아오길 기다리며 오두막 현관에 서 있다가 한 남자가 탄 배가 바닷가를 떠나는 모습을 보았다고 증언했다. 바로 시신이 발견된 그 해변이었다.

또 다른 증인은 시신을 옮긴 오두막집의 주인이었다. 그녀 역시 세 사람의 증언을 뒷받침해 주었다. 그때까지만 해도 시신이 온기를 잃지 않았다고 했다. 그래서 시신을 침대에 눕히고 온몸을 주물렀다. 대니얼이 약사를 부르러 마을로 달려갔지만, 남자의 숨은 이미 끊어진 후였다고 했다.

내가 해변에 당도한 상황에 대해 몇 사람이 더 증언을 했다. 그들은 어제 밤새도록 불어온 강풍으로 내가 몇 시간을 바다 위에서 표류하다가 어쩔 수 없이 출발한 지점으로 돌아왔을 가능성이 높다고 증언했다. 게다가 다른 곳에서 시신을 운반해온 것으로 추정하며, 이 해변을 잘 모른다는 점까지 계산해보면 시신을 유기한 곳에서 마을까지의 거리를 모른 채 배를 정박했을 수도 있다고 주장했다.

치안판사인 커윈 씨는 이 모든 정황을 들어보고 시신이 안치된 방으로 나를 데려가겠다고 했다. 시신을 보고 내가 어떤 반응을 일으키는지 관찰하고 싶은 눈치였다. 아마 살해 방식을 듣고 크게 동요했기 때문인 것 같았다. 치안판사와 다른 몇 사람의 인도를 받아 여관으로 갔다. 우여곡절이 많았던 밤을 보낸 후에 벌어진 기묘한 사건에 나는 충격을 받지 않을 수 없었다. 하지만 시신이 발견된 시각에 내가 머물던 섬의 주민들과 이야기를 나누었다는 게 생각나서 나쁜 결과가 생기지 않으리란 확신으로 평정심을 잃지 않았다.

방으로 들어가 시신이 담긴 관을 바라보았다. 그때의

기분을 어떻게 설명할 수 있을까? 지금도 공포로 온몸이 타들어가는 기분이 든다. 그 끔찍한 순간을 돌이키는 것만으로도 전율과 고뇌가 엄습하며 그의 얼굴을 알아보던 당시의 충격이 희미하게 덮쳐온다. 생명을 잃은 앙리 클레르발의 시신이 내 앞에 놓여 있는 걸 보는 순간, 재판도, 같이 있던 치안판사와 증인들의 존재도 새하얗게 잊고 말았다. 나는 숨도 제대로 쉬지 못하고 헐떡거렸다. 시신 앞에 몸을 던져 외쳤다.

"내가 만든 살인자가 결국 너마저, 사랑하는 앙리, 자네마저 데려가버렸단 말인가! 이미 두 사람을 파멸시켜 놓고 또 다른 희생자를 앗아가려 하는구나. 하지만 내 친구, 클레르발, 자네가, 내 생명의 은인인 자네가……."

차마 인간의 몸으로는 감당할 수 없는 고통이었다. 나는 격렬한 발작을 일으키며 방에서 실려 나왔다.

곧바로 열병에 시달리기 시작했다. 두 달간 사경을 헤맸다. 나중에 들은 이야기에 의하면 열에 시달리던 나는 무시무시한 소리를 주절거렸다고 했다. 내가 윌리엄, 유스틴 그리고 클레르발의 살인자라고 했다는 것이다. 가끔은 간병하는 사람들을 붙잡고 나를 괴롭히는 악마를 없애달라고 애원하기도 했고, 괴물이 내 모가지를 움켜쥐었다며 고통과 공포로 몸서리치고 울부짖었다고 했다. 다행히 모국어로 말을 했던 까닭에 커윈 씨 외에는 그 누구도 알아듣지 못했다. 하지만 내 몸짓과 울부짖음만으로도 사람들은 겁에 질렸다.

왜 나는 그때 죽지 않았을까? 이 세상의 그 누구보다도 불행했던 내가 어째서 망각과 안식을 취할 수 없었을까. 죽음은 자식만을 바라보던 부모의 유일한 희망인 꽃 같은 청춘을 잘만 데려가지 않던가. 얼마나 많은 신부와 젊은 연인들이 건강하게 희망을 품고 피어났다가 다음날 구더기와 함께 무덤 속에서 썩어나가지 않았던가! 대체 나는 어떤 존재이기에 그 많은 충격을 견디고도, 수레바퀴가 돌아가듯 매번 고문을 당하는 것만 같은 고통을 견디고도 이렇게 살아남았단 말인가.

나는 기어코 살아남을 운명이었나 보다. 몸져누운 지 두 달 후, 꿈에서 깨어보니 감옥 안의 초라한 침대 위에 누워 있었다. 주변으로 간수, 자물쇠, 그리고 지하 감옥의 온갖 잡동사니가 널브러져 있었다. 아침이었던 기억이 난다. 잠에서 깨어나 의식을 차렸다. 무슨 일이 일어났는지 구체적인 기억은 나지 않았고, 어떤 큰 불행이 갑자기 나를 덮쳤던 막연한 기억만 났다. 주변을 둘러보며 창문의 창살과 감방의 허름한 꼴을 보니 지난 기억이 섬광처럼 스치고 지나갔다. 쓰디쓴 신음을 터트렸다.

신음 소리에 곁의 의자에 앉아 선잠을 자고 있던 노파가 부스스 깨어났다. 한 간수의 아내이자 간병인으로 고용된 여자였다. 그녀의 얼굴에는 그 계층 사람이라면 흔히 갖고 있는 온갖 나쁜 성품이 다 깃들어 있었다. 타인의 불행이 너무 익숙해 연민 따위는 절대 느끼지 않는 표정으로, 거칠고 짙은 주름이 얼굴에 깊게 패여 있었다. 말투에는 철저한 무관심이 고스란히 드러났다. 그녀가 영어로 말을 걸었다. 오래도록 앓았던 것처럼 목소리가 한없이 걸걸했다.

"좀 괜찮수?"

그녀가 물었다.

나는 힘이 하나도 실리지 않은 목소리로, 영어로 대답했다.

"그런 것 같소. 하지만 내가 기억하는 게 꿈이 아니라 전부 사실이라면 이런 불행과 고통을 겪느니 차라리 그대로 영원히 깨어나지 말 걸 그랬소."

"뭐, 선생이 죽인 그 양반 이야기라면 차라리 죽는 게 낫지요. 처벌을 제대로 받을 테니. 다음 재판 후에 교수형을 받을게요. 뭐, 그건 내 알 바는 아니지. 나야 여기서 선생 간병이나 하면 그만이니까. 양심껏 최선은 다할게요. 남들도 나만치만 하면 참 좋겠구먼."

방금 전까지 죽음의 문턱을 헤매다 살아난 사람에게 그토록 매정한 말을 하는 여자가 혐오스러워 몸을 틀었다. 너무 힘들고 기운이 없어서 그저 방금 들은 말을 곱씹는 것 말고는 할 수 있는 게 없었다. 내 생이 주마등처럼 눈앞을 스쳐 지나갔다. 가끔은 이 모든 게 정말 다 사실일까 의심스럽기도 했다. 도무지 생생한 현실처럼 느껴지질 않았다.

눈앞에 스쳐 가던 이미지가 조금씩 또렷해지면서 다시 고열에 시달렸다. 어둠만이 곁에 머물렀다. 애정이 담긴 목소리로 달래주는 사람은 아무도 없었다. 나를 부축해주는 다정한 손길도 없었다. 의사가 와서 약을 처방해주었고 노파가 약을 가져다주었지만, 의사는 너무도 기계적으로 부주의하게 진찰했고 노파의 얼굴엔 잔인하고 무자비한 표정이 깃들어 있었다. 살인자의 목숨에 누가 관심이나 갖겠는가, 그 덕에 돈을 버는 집행인이라면 모를까.

처음엔 이런 생각만 들었다. 하지만 얼마 지나지 않아 커윈 씨는 내게 극도의 친절을 베풀었다는 것을 알게 되었다. 비록 최고라 해도 형편없긴 마찬가지였지만, 그는 감옥에서 최고로 좋은 방을 내어주었고, 의사와 간병인을 보내준 장본인이기도 했다. 물론 직접 나를 보러 내려온 적은 손에 꼽았다. 모든 이들의 괴로움을 덜어주고 싶다는 직업적 열정이 충만한 자였지만, 살인자의 고뇌와 비참함이 담긴 헛소리는 굳이 듣고 싶지 않았던 까닭이다. 그저 내가 소홀한 대접을 받는 건 아닐지 확인 차

찾아왔는데 방문 시간은 짧았고 횟수도 몇 번 되지 않았다.

병이 서서히 회복되던 어느 날, 텅 빈 눈을 멍하니 뜬 채 죽은 사람처럼 시커멓게 뜬 안색으로 의자에 앉아 있었다. 너무도 우울해서 이렇게 참혹하게 쇠한 몸으로 비참한 세상에 나가느니 차라리 여기서 죽는 편이 낫겠다고 생각했다. 심지어 불쌍하게 가버린 유스틴보다도 죄가 많은 몸이니, 차라리 유죄를 인정하고 주어진 형을 사는 게 나은 건 아닐까 싶기도 했다. 한참 이런 생각에 잠겨 있는데, 감방 문이 열리고 커윈 씨가 들어왔다. 그의 얼굴엔 동정과 연민이 가득했다. 의자를 내 앞에 바싹 당겨 앉으며 프랑스어로 이렇게 물었다.

"이런 곳에 계셔서 충격이 크실 것 같습니다. 혹시 제가 도와드릴 건 없겠습니까?"

"감사합니다만 세상 무엇을 가져다주셔도 제게 도움이 되진 않을 것 같습니다."

"물론 일련의 불운한 사건들로 이토록 비참한 처지에 처한 분에게 낯선 이방인의 연민이 큰 위로가 될 수 없다는 건 알고 있습니다만. 그래도 선생이 곧 이 우울한 감옥에서 자유롭게 나가실 수 있는 날이 오길 빌겠습니다. 혐의를 벗을 만한 확실한 증거를 곧 찾을 수 있겠지요."

"그런 건 관심이 없습니다. 일련의 기이한 사건이 계

속해서 일어나면서 저는 세상에서 가장 불행한 자가 되었습니다. 지금도 그렇고 과거에도 그렇고, 박해와 고난에 시달린 사람에게 죽음이 찾아온들 그게 그리 나쁠 일은 아니겠지요."

"물론 이런 사고만큼 불행하고 고통스러울 일은 또 없겠지만, 어떤 놀라운 우연으로 인해 선생은 본디 손님을 환영하는 이 해변 마을에 도착하자마자 살인자의 혐의를 받게 되었습니다. 그리고 처음 본 광경이 어떤 악마의 손에 이유도 모르고 살해당한 친구의 시신이었지요."

커윈 씨의 말에 새삼 지난 고통의 순간이 다시 떠올랐다. 한편으로는 그가 이렇게 나의 처지를 잘 알고 있다는 게 놀라웠다. 얼굴에 놀란 기색이 너무도 선명했던 모양인지 커윈 씨가 다급하게 덧붙였다.

"선생이 쓰러지고 이틀 후에야 옷을 살펴보았습니다. 선생이 겪는 불행과 병을 가족들에게 알릴 요량으로요. 그리고 편지 몇 통을 발견했습니다. 그중 한 통이 부친에게서 온 것이라 즉시 제네바에 편지를 보냈습니다. 제가 편지를 보낸 지 거의 두 달이 되어가는군요. 그간 선생의 건강이 몹시 안 좋았어요. 지금도 몸을 떨고 계시지 않습니까. 그러니 어떤 형태로든 심리적인 충격을 견디기 쉽지 않았을 겁니다."

"이런 식의 불안감은 최악의 사태를 듣는 것보다 훨씬

더 끔찍합니다. 제발 그 사이에 또 누군가 죽었는지 말씀해주십시오. 제가 또 누구의 죽음을 슬퍼해야 합니까?"

"가족들은 다 잘 지내십니다."

커윈 씨가 다정하게 말했다.

"그리고 당신을 아끼는 분이 면회를 오셨어요."

그 순간 생각의 흐름이 어떻게 흘렀는지는 모르겠지만, 그 괴물이 내 불행을 비웃고 클레르발의 죽음을 조롱한다고 믿었다. 놈의 지옥 같은 욕망에 나를 끌어들이고자 그가 다시 찾아왔다고 생각했다. 손으로 두 눈을 가린 채 목청껏 외쳤다.

"아니요! 내 눈으로 볼 수 없습니다! 제발, 여기로 들어오지 않게 막아주십시오!"

커윈 씨는 심란한 얼굴로 바라보았다. 나의 절규가 죄책감 때문이라고 믿었던 것 같다. 그래서인지 차가운 말투로 이렇게 말했다.

"이보시오, 젊은이. 부친이 오셨다는 소식을 들으면 그런 반감 섞인 반응이 아니라 반가워할 줄 알았소."

"아버지가 오셨다고요!"

온몸의 긴장과 굳었던 표정이 탁 풀리며 괴로움을 벗어던지고 기뻐 외쳤다.

"정말 아버지께서 오셨습니까? 이렇게, 이렇게 친절하실 수가. 어디 계십니까? 왜 서둘러 저를 찾아오지 않으시는 겁니까?"

급변한 나의 태도에 치안판사는 놀라면서도 크게 기뻐했다. 아마 좀 전의 외침은 일시적인 착란에서 비롯된 것이라고 믿은 모양인지, 다시 온화한 태도를 갖추고 대답했다. 그가 자리에서 일어나 간병인과 함께 방을 나섰고, 얼마 후 아버지가 들어왔다.

그 순간, 그 무엇보다도 아버지의 방문보다 기쁘고 반가운 것은 없었다. 두 팔을 아버지에게 뻗으며 울부짖었다.

"아버지, 무사하신 거죠? 엘리자베스는요? 에르네스트는요?"

아버지는 가족들이 무사하다는 것을 차분한 태도로 재차 확인해주시며, 애써 내가 듣고 싶어 할 만한 주제로만 대화를 했고 나를 안정시키려고 애를 쓰셨다. 그러나 아버지도 이런 감옥에서는 가벼운 마음을 유지할 수 없다는 것을 곧 깨달으신 모양이다.

"아니, 네가 어째서 이런 곳에 갇혀 있단 말이냐!"

아버지는 창문에 달린 쇠창살과 감옥의 참혹한 실태를 두 눈으로 확인하시더니 서글픈 목소리로 되뇌었다.

"행복을 구하겠다며 떠난 여행이었는데, 마치 어떤 숙명이 너의 뒤를 따르는 것만 같구나. 게다가 클레르발까지……."

불행하게 세상을 등진 친구의 이름을 다시 듣는 것만으로 쇠약한 몸은 큰 충격을 받았다. 나는 눈물을 쏟아냈다.

"세상에! 아버지. 가혹한 운명이 저를 따라다닙니다. 살아서는 끝까지 그 운명과 맞서야 합니다. 그게 아니면 저는 앙리의 관 위에 쓰러져 죽었어야 마땅하니까요."

주어진 시간이 그리 길지는 않았다. 나의 상태가 워낙 위태로워 마음의 평온을 유지하려면 가능한 모든 노력을 다 쏟아부어야 했기 때문이다. 커윈 씨는 다시 들어와 안정을 취하지 않으면 안 된다고 말했다. 하지만 아버지를 직접 보니 마치 천사가 강림한 것과 같아서 나도 서서히 건강을 회복할 수 있었다.

병이 다 낫자, 무슨 수를 써도 이겨낼 수 없는 깊고 어두운 우울증에 빠졌다. 살해당한 클레르발의 모습이 유령처럼 찾아와 한순간도 지울 수가 없었다. 상념에 젖어 몇 번이나 심한 발작을 일으켰고, 사람들은 병이 다시 도질까 봐 두려워했다. 아! 나는 어째서 이렇게 불행하고 혐오스러운 목숨을 부지하고 있단 말인가? 틀림없이 내게 주어진 운명을 끝까지 소진해야 한다는 뜻일 것이다. 그리고 이제 막바지에 다다르고 있었다. 그렇다. 머지않아, 아주 가까운 시일 내에 죽음이 내 목숨을 끊고, 나는 흙먼지가 되어 이 끔찍한 고뇌의 짐을 내려놓을 수 있을 테다. 정의를 저버린 대가를 치르면 나 역시 쓰러져 곧 안식을 취할 수 있을 것이다. 당시엔 죽음이 멀게만 느껴졌다. 죽고 싶다는 생각이 한순간도 머릿속에서 떠나질 않았다. 몇 시간이고 꼼짝 않고 앉아서 아무 말도 하지 않고, 갑작스러운 일격으로 나와 괴물이 그저 폐허 속에 파묻히기만을 바랐다.

곧 순회 재판이 열리는 시기가 다가왔다. 이미 석 달을 감옥에 갇혀 있었다. 몸은 여전히 쇠약했고, 재발의 위험도 있었지만, 재판이 열리는 도시까지 거의 160킬로미터를 여행해야 했다. 커윈 씨는 목격자를 모으고 내 변론을 세우는 일에 몰두했다. 덕분에 범죄자의 누명을 쓰고 대중 앞에 얼굴을 드러내는 굴욕은 면할 수 있었다. 사건이 사형 여부를 결정짓는 재판까지는 가지 않았기 때문이다. 친구의 시신이 발견된 시각, 내가 오크니 제도에 있었다는 게 증명되자, 배심원들은 기소를 기각했고 사면 후 보름쯤 지나서 마침내 감옥에서 석방되었다.

아버지는 범죄 혐의를 벗고 다시 상쾌한 공기를 마시며 고향으로 돌아갈 수 있게 되자 정말 좋아하셨다. 그러나 나는 아버지에게 맞출 수가 없었다. 내겐 지하 감옥의 좁은 벽이나 호화로운 궁전이나 끔찍하기는 매한가지였다. 내 목숨은 영구히 오염되었다. 행복하고 경쾌한 이들과 마찬가지로 내 머리 위에도 따스한 햇살이 비쳤지만, 주변을 둘러보면 오로지 짙고 무서운 어둠이 자욱했다. 어떤 빛도 꿰뚫을 수 없는 암흑 속에서 나를 노려보는 한 쌍의 눈동자만 번들거렸다. 그 눈동자는 길고 짙은 속눈썹이 달린 눈꺼풀을 채 감지도 못 하고 죽은 앙리의 눈이었다가, 잉골슈타트의 연구실에서 처음 보았을 때처럼 흐릿하고 축축했던 괴물의 눈이 되기도 했다.

아버지는 내 마음 속에 사랑의 감정을 일으키려 노력하셨다. 우리가 돌아가게 될 제네바와 엘리자베스, 그리고 에르네스트의 이야기를 자주 하셨다. 하지만 그런 이야기를 들어도 깊은 신음만 터트렸다. 가끔은 나도 행복하고 싶다는 마음이 들 때가 있었다. 우수에 젖은 눈으로 나를 보며 기뻐하는 엘리자베스를 떠올릴 때도 있었다. 가끔은 지독한 향수병에 시달리며 어린 시절 그토록 사랑해 마지않던 청명한 호수와 거센 론 강을 한 번만 더 보고 싶다고 읊기도 했다. 그러나 내 감정은 대부분 아무것도 느낄 수 없는 마비 상태처럼 거룩한 자연 경관도, 감방도 다를 바가 없었다. 이런 무감각한 상태를 뒤흔들 수 있는 건 가끔씩 찾아오는 경련과 발작처럼 찾아오는 고뇌, 그리고 절망뿐이었다. 이럴 때면 이 지긋지긋한 목숨을 끝내버리고 싶었다. 끔찍한 짓을 저지르지 않으려면 계속해서 정신을 차리고 경계심을 풀지 않아야 했다.

감옥을 나설 때, 한 남자가 이런 말을 했던 기억이

난다.

"저놈은 살인은 저지르지 않았을지 몰라도, 양심은 더럽혀졌어."

그의 말이 나를 마구 때렸다. 더러운 양심! 그렇다, 내 양심은 더럽혀졌다. 윌리엄, 유스틴, 그리고 클레르발은 내가 만들어낸 악마의 손에 죽었다.

"과연 누가 죽어야 이 비극이 끝난단 말인가? 아! 아버지! 이 끔찍한 곳에서 떠나요. 저를 데리고 저와 제 존재, 그리고 이 세상을 다 잊을 수 있는 곳으로 가주세요."

나는 울부짖었다.

아버지는 순순히 요청을 들어주셨다. 커윈 씨에게 작별인사를 하자마자 서둘러 더블린으로 향했다. 정기여객선이 순풍을 타고 차마 입에도 담지 못할 불행의 땅이었던 아일랜드를 떠나자, 무거운 짐을 내려놓은 듯 한결 마음도 가벼워졌다.

자정이 되었을 무렵, 아버지는 객실에서 주무시고 계셨고 나는 갑판에 누워 하늘의 별을 바라보고 철썩거리는 파도 소리를 들었다. 어둠이 몰려와 아일랜드가 보이지 않게 되어 기뻤고, 곧 제네바에 도착한다는 생각을 하니 심장이 두근거리고 기쁨으로 달아올랐다. 과거는 끔찍한 악몽처럼 선명했다. 불어오는 바람은 배를 아일랜드의 해안으로부터 점점 밀어내고, 에워싼 바다는 나를 단단히 붙잡으며 계속해서 망각에 빠지지 않게 도와주었다. 내 친구이자 사랑하는 동반자였던 클레르발이 나와 내가 만든 괴물의 손에 목숨을 잃었다. 그 기억을 품고 지난날을 곱씹었다. 가족들과 함께 고요하고 평화로운 삶을 살던 제네바의 기억, 어머니의 죽음, 그리고 잉골슈타트로 떠나던 날, 추악한 괴물을 만들던 나의 광기를 떠올렸고, 치를 떨었다. 괴물이 처음 탄생하던 밤도 떠올렸다. 그 후로는 기억이 선명하지 않았다. 수천 가지의 감정이 나를 짓눌렀고 쓰디쓴 눈물을 흘렸다.

열병에서 회복된 후로도 매일 밤 소량의 아편을 복용하는 습관이 생겼다. 약의 힘을 빌려야 그나마 목숨을 연명하는 데 필요한 휴식을 취할 수 있었다. 불행한 기억들이 몰려드는 바람에 아편의 양을 두 배로 늘렸고, 곧 깊은 잠에 빠졌다. 하지만 잠에 들어도 괴롭히는 기억과 고뇌에서 벗어날 수 없었다. 상상하던 수천 가지의 불행을 꿈으로 곱씹었다. 아침 무렵이면 악몽에 사로잡혔다. 악마의 손아귀가 목을 틀어쥐는 느낌이 들어 옴짝달싹할 수 없었다. 신음과 비명이 귀에서 메아리쳤다. 간호하던 아버지는 몸서리치는 나를 억지로 깨워, 배가 입항하고 있던 홀리헤드 섬의 항구를 가리켰다.

런던으로 가지 않고 영국을 횡단해 포츠머스로 가서 프랑스 르아브르로 가는 배를 타기로 했다. 사랑하는 클레르발과의 짧지만 평화로웠던 추억이 남은 장소를 차마 다시 갈 수 없었기에 이런 계획을 택했다. 함께 만났던 사람들을 다시 만나고 그들이 사건에 대해 이것저것 물어보는 순간을 견뎌내야 한다는 생각만으로도 끔찍했다. 그 사건을 다시 떠올리기만 해도 여관에서 그의 시신을 처음 보았던 순간이 떠올라 가슴이 찢어졌으니.

아버지는 온 마음과 정성으로 회복과 마음의 평온을 되찾아주려 노력하셨다. 아버지의 다정함과 정성스러운 관심은 끝이 없었다. 내 슬픔과 우울 역시 끈질기기는 마찬가지였지만 아버지는 결코 실망하지 않았다. 간혹 내가 살인 누명을 써서 수치심을 느꼈다고 생각하시고, 자존심이라는 게 얼마나 허망한 것이냐며 달래려 하실 때도 있었다.

"아, 아버지. 정녕 저를 모르십니다. 저 같은 망가진 존재가 자존심을 부린다면 그건 모든 인간과 인간의 감정과 열정을 무시하는 처사일 겁니다. 불쌍하고 불행하던 유스틴은 저와 마찬가지로 죄가 없었지만 똑같은 혐의로 목숨을 잃었지요. 그런데 그 죽음도 저 때문이란 말입니다. 제가 그 애를 죽였어요. 윌리엄, 유스틴, 앙리. 다들 제 손에 죽은 거란 말입니다."

감옥에 갇혀 있을 때도 종종 이런 소리를 했지만 아버지는 내 자책에 내심 설명을 바라는 기색을 보일 때도 있었고, 가끔은 정신착란에 의한 헛소리라고 생각하실 때도 있었다. 병에 걸려 시달리던 환각이 회복을 해서도 가끔 지속된다고 믿고 싶으셨던 것 같다. 하지만 설명을 꺼렸고, 내가 창조한 괴물에 대해서는 특히 입을 다물었다. 미친놈 취급을 받을 거란 생각 때문에 더욱 세 치 혀를 조심했다. 이런 치명적인 비밀은 세상에 드러냈어야 마땅했는데도 말이다.

내가 이런 소리를 할 때마다 아버지는 아연실색한 표정으로 물었다.

"빅터, 대체 그게 무슨 말이냐? 아들아, 그런 소리는 다신 입 밖으로 내지 마라."

"전 미친 게 아닙니다. 태양과 하늘이 제 실험이 진짜라는 걸 모두 보았습니다. 아무 죄 없는 희생자들이 내 손에 죽었습니다. 내가 만들어낸 독계로 죄 없는 피를 보았어요. 그 목숨들을 살릴 수만 있다면 수천 번이고 제가 대신 피를 흘리겠습니다. 아버지, 저는 절대 인류 전체를 다 죽일 수는 없었습니다."

마지막 말 때문에 아버지는 내가 제정신이 아니라고

확신했고, 생각의 방향을 바꾸려고 하셨다. 아일랜드 사건에 대한 기억을 최대한 지우고자 아예 언급도 하지 않으셨고, 불행을 한탄하는 내 하소연도 듣고 싶어 하지 않으셨다.

시간이 흐르면서 나는 조금 더 차분해졌다. 불행이 심장에 똬리를 틀었지만 더 이상 저지른 죄를 늘어놓는 실수는 하지 않았다. 죄를 양심에 새기고 늘 잊지 않는 것으로도 충분했다. 스스로를 해치기 위한 가장 최악의 방법으로 이따금 저지른 짓을 온 세상에 털어놓자 속삭이는 불행의 목소리도 억누를 수 있었다. 얼음이 언 바다 위에서 여정을 시작한 후로 그 어느 때보다 차분하고 냉정한 언행을 유지했다.

우리는 오월 팔일, 르아브르 항에 도착해 곧장 파리로 갔다. 파리에서는 아버지의 업무로 몇 주를 머물렀다. 이곳에서 엘리자베스의 편지를 한 통 받았다.

빅터 프랑켄슈타인에게

나의 사랑하는 벗.

파리에서 보낸 숙부님의 편지를 받고 얼마나 기뻤는지 몰라. 이젠 네가 아득하게 멀리 있지도 않고 보름만 기다리면 만날 수 있다는 희망도 생겼어. 불쌍한 빅터, 얼마나 힘들고 괴로웠어! 네 안색은 제네바를 떠날 때보다도 더 안 좋겠지. 올해 겨울은 불안과 긴장감에 시달리는 바람에 그 어느 때보다도 비참하게 흘렀어. 하지만 이제 네 얼굴에서 평화를 볼 수 있겠지. 마음에 더 이상 위안과 평온이 남아 있지 않은 건 아닐 거라 빌고 있어.

일 년 전 너를 괴롭히던 그 감정이 아직도 남아 있을까 봐, 시간이 흐르면서 오히려 더욱 고통이 깊어졌을까 봐 너무 두려워. 수없이 많은 불운이 너를 짓누르는 지금, 나까지 괴롭히고 싶진 않아. 숙부님이 떠나시기 전 대화를 나누었고, 그 이야기를 만나기 전에 털어놓아야 할 것 같아.

털어놓다니! 아마 이렇게 생각할 수도 있을 것 같아. 엘리자베스가 대체 나에게 털어놓을 이야기가 무엇이지, 하고 말이야. 만약 네가 정말 이런 생각을 했다면 내 질문은 이미 답을 얻은 셈이니, 나는 그저 네 사촌으로만 남아야 하겠지. 하지만 우리는 서로 멀리 떨어져 있고, 어쩌면 이렇게 직접 이야기를 하는 게 두려우면서도 반가울 수도 있잖아. 솔직히 네가 반가워

할지도 모른다는 생각에 피했지만 더 이상 미룰 수는 없을 것 같아. 네가 없는 사이에 속마음을 털어놓고 싶은 적이 한두 번이 아니었지만, 용기가 없어서 차마 편지를 보낼 수가 없었어.

빅터, 잘 알겠지만 우리의 정혼은 아기였을 때부터 부모님이 흐뭇해시며 정해놓으셨지. 어릴 때부터 늘 이야기를 듣고 자라서 언젠가 틀림없이 일어날 일이라고 기대하며 결혼할 날만을 기다렸어. 난 우리가 어린 시절 가장 친한 소꿉친구였고, 나이가 들면서 서로에게 소중한 친구가 되었다고 믿어. 하지만 남매 사이에도 더 친밀한 사이를 바라는 게 아니라 그저 서로를 향한 깊은 가족애만 바라는 경우도 있잖아. 혹시 우리가 그런 사이라고 생각해? 말해줘, 나의 소중한 빅터. 이제 그만 대답을 해주었으면 좋겠어. 우리 두 사람의 행복을 걸고 확언을 해줘. 혹시 나 말고 다른 사람을 사랑하고 있어?

너는 오래도록 여행을 했잖아. 이미 몇 년간 잉골슈타트에서 보내기도 했고. 하지만 솔직히 말해서, 지난가을을 그렇게 불행해하며 누구와도 어울리지 않고 고독에 빠져 사는 모습을 보니, 네가 우리의 관계를 후회하고 있는 건 아닐까 하는 생각이 들어. 원치 않으면서도 부모님의 기대를 들어드려야 해서, 명예를 지켜야 하니 도망칠 수 없어서 괴로워한다는 생각도 했어. 하지만 그건 잘못된 생각이야, 빅터. 편지로나마 말하지만 난 너를 사랑해. 불투명한 미래를 그리면서도 너는 언제나 내게 변함없는 친구이자 동반자였어. 하지만 나뿐만 아니라 너의 행복도 바라니까, 원해서 선택하는 게 아니라면 우리 둘의 결혼은 한없이 비참하기만 할 거란 걸 나는 확신할 수 있어. 비참한 불행에 시달리면서 '명예'를 지키기 위해 숨이 멎을 것만 같다면, 그래서 너의 원래 모습을 되돌려줄 수 있는 유일한 사랑과 행복의 희망을 놓아버렸다고 생각하면 너무도 슬퍼. 지금도 눈물이 흐르는걸. 너를 향한 애정이 이렇게 깊지만, 나로 인해 네가 품은 희망이 망가지고, 그래서 불행이 몇 배나 커진다면 그게 더욱 힘들 거야. 아, 빅터. 하지만 안심해. 네 사촌이자 소꿉친구인 내 사랑은 너의 거절에도 절대 비참해지지 않아. 그러니까 행복해졌으면 해, 나의 벗. 솔직히 대답만 해준다면, 이 세상의 그 무엇도 내 마음의 평온을 해치지 않을 거야. 난 그저 만족할 거야.

이 편지 때문에 너무 심란해하진 않았으면 좋겠어. 정 힘들다면 내일이나, 이튿날, 아니면 돌아올 때까지 답장은 하지 않아도 돼. 숙부님께서 네 건강 상태는 알려주실 테니까. 그리고 이 편지로, 혹은 너를 향한 내 용기로 우리가 만날 때 네가 희미하게나마 웃고 있다면 그것만으로도 나는 행복할 거야.

17○○년 5월 18일, 제네바에서
엘리자베스 라벤차

이 편지 한 통으로 기억 속에 잊고 있던 악마의 협박 하나가 떠올랐다.

"그대의 결혼식 날 밤, 그날도 나는 그대 곁에 머무를 것이다."

이것이 내가 받은 재판 결과였다. 그날 밤 악마는 갖은 수단을 다 사용해 나를 파멸시키고, 내가 겪는 고통에 위로가 될 일말의 행복마저 앗아갈 것이다. 그날 밤, 내 죽음으로 자신의 범죄를 완성시킬 작정이었다. 그렇다면 그리하여라. 틀림없이 목숨을 건 결투가 벌어질 것이고 놈이 이긴다면 마침내 안식을 취하여 나를 거머쥔 놈의 악행도 끝나게 될 것이다. 내가 이긴다면 드디어 자유의 몸이 되는 것이다. 아니! 이게 무슨 자유란 말인가? 가족들이 눈앞에서 살해당했고, 오두막집은 불타고 황무지가 되어버린 땅에서 집도 돈도 없는 떠돌이 신세가 되었으나 그럼에도 오갈 곳 없이 자유로워진 농부의 신세와 무엇이 다를 바냐. 그게 자유라면 나의 자유일 것이다. 하지만 엘리자베스라는 보물이 내게 있다는 것이 다를 뿐. 아! 죽을 때까지 나를 쫓을 무시무시한 회한과 자책감을 조금이나마 상쇄시켜줄 보물이겠지만.

사랑하고 또 사랑하는 나의 엘리자베스! 그녀의 편지를 읽고 또 읽으며 조금은 가벼워진 마음이 어느덧 가슴 한편에 싹을 틔우고 희망을 속삭이는 듯한 느낌을 받았다. 그러나 내가 꿈꾸는 낙원의 사과는 이미 따먹고 난 후이다. 천사는 나를 따라다니며 희망을 포기하도록 종용했다. 그러나 그녀를 행복하게 해줄 수만 있다면, 목숨은 잃어도 좋았다. 괴물의 협박이 실제로 이루어진다면 죽음은 불가피한 문제였다. 이런 상황에서 결혼식을 올리는 게 어쩌면 운명을 재촉하는 건 아닐까 재고해보았다. 분명 나의 종말이 몇 달 일찍 다가올 것이다. 그러나 결혼식을 미룬다면 괴물은 더 끔찍하게 복수할 방법을 찾아 나설지도 모를 일이다. 그는 결혼식이 있는 날 밤에도 나를 찾아온다고 했다. 결혼식 전까지 움직이지 않는다는 뜻은 결코 아니다. 그 협박을 건네고 나서도 지금껏 흘린 피가 부족하다며 보란 듯이 클레르발을 죽이지 않았던가. 결국 당장 엘리자베스와 결혼을 하고, 그녀와 아버지에게 행복을 주기로 했다. 내 목숨을 노리는 괴물 따위로 그들의 행복을 한시라도 지체할 수는 없다는 생각이었다.

이런 마음으로 엘리자베스에게 답장을 썼다. 편지는 차분하고 사랑이 가득했다.

'사랑하는 그대, 나는 사뭇 두려워. 우리에게 남은 행복이 얼마 남지 않은 것만 같아. 하지만 언제라도 우리가 누릴 수 있는 행복이 있다면, 그건 모두 그대의 마음속에 자리 잡고 있을 거야. 헛된 두려움은 품지 마. 내 삶과 행복을 위해 바칠 수 있는 모든 노력은 오직 엘리자베스, 너를 위해서만 바칠 거니까. 내겐 한 가지 비밀이 있어, 엘리자베스. 끔찍한 비밀이야. 네게 토로한다면 너마저도 몸서리칠 만큼 무서운 비밀이지. 이야기를 들으면 내 처참한 신세에 놀라기보다 어떻게 그런 일을 겪고도 아직까지 살아 있을 수 있었을까, 하고 궁금해할 거야. 결혼식을 올린 다음 날, 불행과 공포로 얼룩진 나의 모든 이야기를 털어놓을게. 사랑하는 엘리자베스, 우리 둘은 완벽하게 모든 걸 털어놓는 사이가 되어야 하니까. 그러니 그때까지만, 부탁인데 그 이야기는 꺼내지 말아줘. 진심으로 애원하는 부탁이니, 꼭 들어줄 거라 믿어.'

엘리자베스의 편지가 도착하고 일주일쯤 지나, 우리는 제네바로 돌아갔다. 그녀는 따스한 애정을 담아 우리를 맞아주었지만 한껏 야윈 내 몸과 열꽃이 핀 안색을 보고는 곧바로 눈물이 고였다. 비슷하게 말라버린 그녀의 몸은 예전에 나를 매혹시켰던 천사와 같은 생기발랄한 매력을 많이 잃은 후였다. 하지만 온화한 몸짓과 연민 어린 표정 덕분에 오히려 나처럼 파폐하고 불행한 남자에게 더욱 잘 어울리는 신부의 모습이었다.

하지만 그때의 평화도 오래가진 못 했다. 기억은 광기를 불러왔다. 과거를 떠올릴 때마다 가끔은 미친 듯이 화를 내며 분노를 터트렸고, 가끔은 멍하니 앉아 한없이 깊은 우울 속으로 빠져들기도 했다. 말도 없이 가만히 앉아 나를 덮치는 수많은 불행을 곱씹으며 미동도 하지 않았다.

오직 엘리자베스만이 이런 심연의 구렁텅이에서 나를 건져낼 수 있었다. 그녀의 부드러운 목소리만이 아무것도 느낄 수 없어 마비 상태에 빠진 나를 달래주고 인간의 감정을 불어넣어 주었다. 그녀는 나와 함께, 나를 위해 울어주었다. 내가 이성을 되찾으면 난폭했던 행동을 타이르며 체념을 일깨워주려 노력했다. 아! 불행한 자라면 체념도 괜찮은 치료법이나, 나 같은 죄인에겐 평화란 있을 수 없는 일이다. 후회라는 번민에 빠져 넘치는 슬픔에 허우적거리다 보면 가끔 찾아오는 감정은 사치일 뿐이었다. 내겐 독이었다.

집에 도착한 후 얼마 지나지 않아 아버지는 이제 그만 결혼을 하라고 하셨다. 나는 대답 없이 잠자코 앉아 있었다.

"혹시 다른 사람이 있는 게냐?"

"아니요, 그런 사람은 없습니다. 전 엘리자베스를 사랑해요. 우리 두 사람이 하나가 될 날을 고대하고 있습니다. 그럼 날짜를 정해주세요, 아버지. 그날 제가 죽든 살든, 그녀의 행복을 위해 저를 온전히 바치겠습니다."

"빅터. 그런 말은 하지 말거라. 깊은 불행이 우리를 덮쳤지만 남아 있는 자들과 함께 단단히 엮여 잃어버린 이들에 대한 우리의 사랑을 아직 살아 있는 자들에게 펼치자꾸나. 남은 가족이 몇 되진 않으나 서로 하나가 되어 단단히 맺어진다면, 우린 사랑과 불행을 함께 겪은 사이가 되지 않겠느냐. 시간이 흐르면 절망도 옅어지고, 그토록 잔인하게 떠난 자들의 자리를 대신해 아끼고 사랑해야 할 새로운 사람들이 생길 게야."

아버지는 가르침을 주셨다. 하지만 협박이 다시 떠올랐다. 괴물은 피로 물든 죄를 저지르며 나의 모든 것을 속속들이 알게 되었다. 그가 결코 퇴치할 수 없는 불패의 존재처럼 여겨졌다. 그리고 괴물이 "그대의 결혼식 날 밤, 그날도 나는 그대 곁에 머무를 것이다."라고 말했을 때, 난 이미 피할 수 없는 운명을 얻은 셈이다. 그러나 내게 죽음은 불행이 아니었다. 오히려 내가 죽어 엘리자베스를 잃지 않을 수만 있다면 그것만으로 충분했다. 나는 만족스러운 얼굴로, 아니 오히려 즐거운 얼굴로 아버지의 말씀에 동의하며 그녀가 좋다고만 하면 열흘 후, 식을 올리겠다고 했다. 이로써 나의 운명을 봉인하고 마주한다고 믿었다.

아, 신이시여! 단 한 순간이라도 이 잔인한 괴물의 소름 끼치는 의도를 파악했더라면, 이 쓰디쓴 결혼에 동의하는 대신, 그 길로 영원히 고향을 떠나 친구 하나 없는 방랑자로 온 세상을 떠돌았을 것이다. 그러나 마법의 힘을 가진 것처럼, 괴물은 내 눈을 멀게 하고 그의 진짜 의도를 끝끝내 보지 못하게 만들었다. 나의 죽음만 생각하게 만들면서 오히려 훨씬 더 소중한 이의 희생을 재촉했던 것이다.

정해진 결혼식 날짜가 다가올수록, 비겁함과 불길한 예감으로 마음은 점점 더 무겁게 내려앉았다. 하지만 일부러 즐거운 표정을 짓고 다니며 감정을 숨겼다. 내 태도로 아버지에겐 미소와 기쁨이 떠올랐지만, 항상 나를 관찰하는 엘리자베스의 빼어난 통찰력을 속일 수는 없었다. 그녀는 우리의 결혼을 평온하고 만족스러운 마음으로 기다리면서도, 과거의 불행이 새기고 지나간 근심을 모두 벗어버릴 수는 없었다. 그녀는 눈앞의 확실하고 구체적인 행복이 곧 한낱 꿈처럼 사라질까 봐, 그리하여 영원히 지울 수 없는 깊고 짙은 후회만 남기고 모두 거품이 되어 사라질까 봐 두려웠다.

결혼식은 차질 없이 준비되었다. 결혼을 축하하는 하객들도 모두 맞이했다. 다들 웃는 얼굴이었다. 마음을 무겁게 끌어당기는 불안감을 깊이 감춘 채 겉으로는 성심성의껏, 모든 게 내 비극을 돋보이게 하는 장식품에 불과하다 할지라도 아버지의 뜻을 따랐다. 콜로니 근처에 둘이 살 집도 마련했다. 전원의 기쁨을 즐길 수 있으면서 매일 아버지를 볼 수 있을 만큼 제네바에서 가까운 마을이다. 아버지는 에르네스트가 학업에 정진할 수 있도록 여전히 성 안쪽에 살길 바라셨다.

그 사이 괴물의 공격에 대비하여 모든 보호 조치를 꼼꼼하게 매만졌다. 항상 권총과 단검을 몸에 지녔고, 어떤 계략이 있을지 몰라 경계를 늦추지 않았다. 덕분에 마음도 훨씬 안정되었다. 사실 결혼식 날짜가 가까워질수록 어쩌면 그의 협박이 망상은 아니었을까 하는 마음도 들고, 평화를 깨뜨릴 만한 가치가 없다는 생각도 들었다. 동시에 결혼을 통해 꿈꾸는 행복은 점점 더 공고해졌다. 신성한 혼례 날짜가 가까워질수록, 결혼식이 별 탈 없이 끝나리라는 사람들의 이야기에 더욱 마음이 갔다. 결혼

후의 행복이 가시적인 희망이 되어버린 것이다.

엘리자베스는 행복해 보였다. 내가 차분해지자 그녀의 마음도 안정된 까닭이리라. 하지만 나의 소망과 운명이 결정될 바로 그날, 오히려 엘리자베스는 불행을 직감하고 체념한 듯 우수에 찬 눈빛이었다. 어쩌면 결혼식 다음 날 털어놓겠다던 비밀을 생각하고 있었는지도 모르겠다. 그 사이 아버지는 기쁨을 감추려는 기색도 없이 분주하게 결혼식을 준비하느라 엘리자베스의 우울한 안색이 수줍은 신부의 조바심이라고밖에 읽어내질 못 하셨다.

식이 끝나고 아버지의 집에서 성대한 연회가 열렸다. 엘리자베스와 나는 그날 오후와 밤을 에비앙에서 보내고 이튿날 아침 콜로니로 돌아가는 계획을 세우고 있었다. 날씨는 맑았고 바람도 선선해서 배를 타고 떠나기로 했다.

그게 내 인생에서 마지막으로 느낀 행복이다. 우리가 탄 배는 빠르게 순항했다. 햇살이 뜨거웠지만, 캐노피 비슷한 천막을 덮어 그늘을 삼고 자연을 감상했다. 호수 저편으로 몽살레브, 몽탈레그르의 수려한 강둑이 보이기도 했고, 아득히 저 멀리 만물을 덮는 아름다운 몽블랑도 보였다. 눈 덮인 산들이 어쭙잖게 몽블랑을 흉내 내기도 했다. 장엄한 쥐라 산맥은 반대편 강둑을 따라 어두운 산면을 드러내며 고국을 떠나려는 이들을 막아서고, 이 땅을 정복하려는 자들에겐 넘을 수 없는 성벽을 드리워 고고히 그 위상을 떨쳤다.

엘리자베스의 손을 잡고 말했다.

"왜 이렇게 슬퍼 보여, 내 사랑. 아! 내가 겪은 일, 앞으로 겪어야 할 일을 그대가 안다면, 적어도 오늘 하루는 내게 허락된 이 고즈넉함과 자유로움을 만끽할 수 있게 도와줄 텐데."

"마음껏 즐겨, 빅터."

엘리자베스가 대답했다.

"그 어떤 것도 당신의 마음을 괴롭히지 않았으면 좋겠어. 내 얼굴에 밝은 기쁨이 없어도 마음으로는 깊이 즐기고 있으니 안심해. 우리 앞에 열려 있는 미래에 너무 기대는 하지 말자는 생각이 들기도 하지만, 그런 불길한 말에는 귀를 기울이지 않을 거야. 우리가 탄 배가 얼마나 빨리 나아가는지 봐봐. 흐릿하게 보이지 않던 구름이 이따금 몽블랑 정상 위로 솟아오르는 이 아름다운 풍경이 우리의 여행길을 흥미롭게 만들어주는 것 같아. 맑은 물속에서 헤엄치는 이 많은 물고기도 좀 봐. 물이 너무 맑아서 바닥의 조약돌 하나까지 전부 보이잖아. 정말 얼마나 신성한 하루인지 모르겠어! 온 자연이 어쩜 이렇게 행복하고 평온한지!"

엘리자베스는 서로의 우울함을 경쾌하게 바꿔보려 애썼다. 그러나 그녀 역시 감정의 기복이 심했다. 몇 초간 기뻐하다가도 갑자기 멍하니 딴생각에 잠기곤 했다.

해는 어느덧 저편으로 넘어갔다. 드랑스 강을 지나며 높은 언덕 사이의 가파른 낭떠러지 절벽과 낮은 언덕 사이의 골짜기를 보았다. 알프스 산맥이 호수와 가까워졌고, 우리는 동쪽의 경계를 이루는 산맥이 원형 분지로 펼쳐진 곳을 향해 나아갔다. 에비앙의 첨탑이 주변의 숲 아래에서 빛났고, 탑이 있는 산 너머로 산맥이 우뚝 서 있는 광경이었다.

그때까지 우리를 놀랄 만큼 빠르게 밀어대던 순풍은 저녁노을과 함께 가벼운 산들바람으로 바뀌었다. 부드러운 공기가 호수면에 잔물결을 일으켰고, 호숫가로 다가가자 나무들이 바람에 기분 좋게 흔들렸다. 꽃과 건초의 건조한 향이 미풍에 실려 넘실거렸다. 배에서 내릴 무렵이 되자 해는 지평선 너머로 완전히 넘어갔다. 그러나 호숫가에 발을 딛자마자, 나를 사로잡고 영원히 달라붙어 떨어지지 않을 것만 같은 근심과 두려움이 다시금 내 안에서 활활 타올랐다.

06

배를 댔을 때가 이미 저녁 여덟 시였다. 석양을 바라보며 잠깐 호수 주변을 걷다가 여관으로 들어갔다. 어둠에 잠겨도 여전히 호수, 숲, 그리고 산의 아름다운 정경은 윤곽이 뚜렷했다.

남풍이던 바람은 이제 서풍이 되어 격렬하게 불어닥쳤다. 달이 하늘 높이 떴다가 조금씩 내려오는 중이었다. 구름은 도망가는 독수리보다도 빠르게 달을 가리고 지나갔다. 그 바람에 달빛도 오늘은 흐릿했다. 호수면으로 시시각각 변화하는 하늘이 비쳤고, 물결이 빠르게 일기 시작했다. 그러더니 돌연 폭풍우가 쏟아지기 시작했다.

낮에만 해도 평온하던 마음은 해가 지고 사물을 분간하기 힘들어지면서 수천 가지의 두려움이 피었다. 초조하고 예민해진 나는 오른손으로 가슴팍에 숨겨둔 권총을 움켜쥐었다. 작은 소리만 들려도 심장이 내려앉았다. 그러나 목숨을 그렇게 쉽게 내어주진 않겠다고, 곧 벌어질 싸움에 내 목숨이 되었든 그놈의 목숨이 되었든 한쪽이 끝날 때까지는 결연히 임하겠다고 각오를 다졌다.

엘리자베스가 이런 나의 동요를 무서운 듯 훔쳐보며 가만히 있다가, 한참만에 말을 걸었다.

"사랑하는 빅터, 대체 무엇 때문에 그래? 왜 그렇게 겁에 질려 있는 거야?"

"아! 쉿."

나는 대답했다.

"오늘밤만 지나면 모든 게 다 괜찮아질 거야. 하지만 오늘밤은 정말 끔찍하게, 무서운 밤이 될 거야."

한 시간가량을 이렇게 보내다가 갑자기 괴물과의 싸움이 아내에게는 얼마나 끔찍하고 무서운 일이 될까 하는 생각이 들었다. 그래서 엘리자베스에게 먼저 잠자리에 들라고 했다. 놈의 동태를 파악하기 전까진 절대 먼저 잠에 들지 않을 작정이었다.

엘리자베스가 먼저 자러 들어가고 나서도 한동안 집안 복도를 서성이며 놈이 숨어 있을 만한 곳을 모조리 뒤졌다. 그러나 아무런 흔적도 찾을 수가 없었다. 어쩌면 행운이 찾아와 놈이 자신의 협박을 행동으로 옮기지 못하게 된 건 아닐까 하는 의심도 들었다. 그런데 바로 그 순간, 갑자기 날카롭고 소름 끼치는 비명소리가 터졌다. 엘리자베스가 들어간 침실에서 나는 소리였다. 비명을 듣자마자 괴물이 했던 말의 의도가 뇌리를 스쳤고, 두 팔에 힘이 빠지면서 모든 근육이 차갑게 굳어버렸다. 혈관을 타고 흐르는 피가 모조리 느껴졌다. 사지 끝이 전율했다. 물론 찰나의 순간이었다. 엘리자베스의 비명이 다시 터져 나오는 순간, 침실로 뛰어들어갔다.

아, 신이시여! 대체 어째서 나를 그 자리에서 데려가지 않으셨을까. 대체 나는 왜 여기 살아남아 이 세상의 희망과 순수의 피조물이 파괴되는 모습을 목도해야 한단 말인가? 엘리자베스가 누워 있었다. 숨이 멎은 채, 미동도 않는 모습으로. 침대를 가로질러 던져진 모습 그대로. 머리는 축 늘어진 채 창백하고 뒤틀린 얼굴은 머리카락으로 반쯤 가려진 모습으로. 지금도 어디로 시선을 돌리든 그 모습이 선명하다. 살인자에 의해 내동댕이쳐진 핏기 없는 사지와 힘없이 늘어진 몸이 신혼부부의 침대에, 아니 관 위에 널브러져 있었다. 이런 광경을 보고도 사람이 숨을 쉴 수 있다니! 아, 그보다 인간의 목숨이 이토록 질기고 혐오스럽고 지긋지긋하게, 집착처럼 달라붙어 있다니. 그 순간 이후로 기억이 없다. 정신을 놓은 것이다.

정신이 들었을 땐 여관에 묵고 있던 사람들이 온통 나를 에워싸고 있었다. 사람들의 얼굴에 숨 막히는 공포가 가득했다. 사람들이 느끼는 공포는 숨통을 조여오는 감정에 비하면 그저 조롱에 가까웠다. 사람들에게서 벗어나 엘리자베스가 누워 있는 방으로 달려갔다. 내 사랑, 내 아내, 방금 전까지만 해도 살아 숨 쉬던 나의 소중하고 한없이 귀한 그녀가 누워 있었다. 처음 발견한 것과 달리 엘리자베스는 팔에 머리를 받친 채, 얼굴과 목엔 손수건을 덮고 누워 있었다. 누워 있는 모습만 보면 마치 깊은 잠에 빠져 있는 것만 같았다. 황망히 달려가 누워 있는 그녀를 꽉 껴안았지만, 힘없이 늘어지는 싸늘한 팔다리가, 더 이상 내가 사랑하고 아끼던 엘리자베스가 아니라는 것을 말해주고 있었다. 소름 끼치는 악마의 손자국이 그녀의 목덜미에 선명했고, 입술 사이로 내쉬던 숨도 멎은 지 오래였다.

고통스러운 절망에 빠져 한없이 그녀를 안고 있던 나는 돌연 자리를 박차고 일어섰다. 아까는 어둡기만 하던 창문가에 창백한 노란 달빛이 드리우자, 격한 공포가 밀려들었다. 창문의 덧문이 활짝 열려 있었다. 말할 수 없는 공포에 사로잡힌 채 열린 창문 너머로 더할 나위 없이 추악하고 혐오스러운 놈을 발견했다. 괴물의 얼굴엔 비웃음이 가득했다. 놈은 악마 같은 손가락으로 엘리자베스의 시신을 가리키며 조롱했다. 황급히 창가로 달려간 나는 가슴에 감춰두었던 권총을 꺼내 바로 쏘았다. 하지만 괴물은 총알을 피해 뛰어내리더니 번개처럼 빠르게 호수로 뛰어들었다.

총성 때문에 사람들이 방으로 몰려들었다. 괴물이 사라진 자리를 손으로 가리켰다. 우리는 곧 배를 타고 놈을 추적하기 시작했다. 그물도 던졌지만 허사였다. 몇 시간을 그렇게 보내고 별다른 소득 없이 여관으로 돌아왔다.

대부분의 사람들이 내가 헛것을 봤다고 믿는 눈치였다. 배를 댄 사람들이 곧장 여관 밖을 수색하기 시작했다. 숲과 포도밭을 뒤지며 사방으로 사람들이 수색을 펼쳤다.

나는 그들과 함께하지 않았다. 너무도 피곤했고 두 눈은 흐리멍덩했으며 열이 올라 피부가 쩍쩍 타들어갔다. 이런 상태로 침대에 누워 무슨 일이 일어났는지 제대로 파악할 수도 없었다. 눈은 잃어버린 무언가라도 찾는 것처럼 이리저리 방 안을 헤맸다.

그렇게 한참을 누워 있다가 문득, 엘리자베스와 내가 함께 돌아오기만을 간절히 바라는 아버지 생각이 났다. 하지만 돌아가는 길은 철저히 혼자였다. 이런 생각이 들자 눈물이 차오르기 시작했다. 하지만 한번 물꼬를 튼 생각은 하염없이 꼬리에 꼬리를 물었고, 나의 불행과 그 원인을 떠올렸다. 흐릿한 구름처럼 나를 에워싼 공포와 전율 속을 하염없이 헤매며 어찌할 바를 모르고 멍하니 울었다. 윌리엄의 죽음과 유스틴의 사형, 클레르발의 살해, 그리고 마지막으로 내 아내까지 목숨을 잃었다. 심지어 그 순간에도 남아 있는 가족들이 놈의 손아귀에서 안전한지조차 알 수 없었다. 그 순간 아버지가 놈의 손에 몸을 뒤틀며 고통스러워할 수도 있었다. 에르네스트는 이미 놈의 발치에 숨이 멎은 채 누워 있을 수도 있다. 그런 생각이 들자 정신을 차리려고 안간힘을 쓰며 자리에서 일어났다. 최대한 빨리 제네바로 돌아가야겠다는 생각이 들었다.

하지만 말을 구할 수가 없었다. 다시 호수를 통해 돌아가는 길밖엔 달리 방법이 없었다. 바람이 반대로 불었고 비가 내리면서 급류도 심했지만 아직 동이 트질 않았으니 한밤중에라도 도착할 가능성이 있었다. 사공을 부리면서도 나는 직접 노를 저었다. 몸을 쓰면 복잡한 생각을 덜 수 있다는 것을 몸소 경험했던 적이 있기 때문이다. 그러나 당시 나는 깊은 슬픔에 잠겨 과도한 심리적 불안을 견뎌야 했고, 몸은 맘처럼 움직이질 않았다. 결국 노를 던져버렸다. 고개를 손에 묻은 채, 음침하게 피어오르는 생각에 빠져들었다. 고개를 들면 행복했던 시절에 익숙하던 풍경이, 이제는 닿을 수 없는 곳으로 가버려 추억으로 남을 엘리자베스와 함께 불과 하루 전날 봤던 풍경이 펼쳐졌다. 눈물이 하염없이 흘러내렸다. 잠깐 비가 그치면서 호수에 물고기가 노닐었다. 엘리자베스가 바라보던 물고기였다. 인간의 정신에 이토록 갑작스러운 변화만큼 고통스러운 것도 없다. 해는 늘 비추고, 구름은 높았다가 낮기를 반복하겠지만, 그 무엇도 하루 전으로 돌릴 수는 없었다. 악마는 미래의 행복이라는 마지막 희망마저 앗아갔다. 그 어떤 존재도 나만큼 비참할 리는 없었다. 지금껏 그 누구도 겪지 못한, 소름 끼치고 무서운 일을 겪고 있었다.

그런데 왜 나는 최후의 일격이 있었던 이야기를 앞두고 이렇게 길고 장황한 설명을 하고 있을까. 내 사연은 온통 공포로 점철되어 있을 뿐인데, 이야기가 정점에 달했으니 앞으로 할 이야기는 조금 지루할 수도 있겠다. 그저 내가 사랑하던 가족들이 한 명씩, 한 명씩 모두 목숨을 잃었다는 것만 염두에 두고 들었으면 한다. 나는 결국 혼자 남았다. 이제 이야기를 할 힘도 얼마 남지 않은 것 같으니 남은 이야기는 몇 마디로 간략히 정리하고자 한다.

나는 그렇게 제네바에 도착했다. 아버지와 에르네스트는 아직 살아 있었지만, 내가 전한 소식에 아버지는 그대로 정신을 잃으셨다. 지금 생각해도 참 선하고, 훌륭하고, 신사적인 노인이셨다! 아버지의 두 눈은 딸보다 더 소중한, 성품을 두루 갖춰 기쁨만 주던 딸을 잃고 공허하게 비어버렸다. 인생의 말년, 사랑하는 자들이 얼마 남지 않으면 남은 이들을 향한 애착이 더욱 커지는 법이니, 아버지는 그렇게 온 마음을 바쳐 엘리자베스를 아끼셨다. 백발에 불행을 안기고 아버지를 슬픔 속에서 시들게 만든 악마에게 저주, 저주를 내린다! 결국 아버지는 계속 쌓여만 가는 불행의 무게를 견딜 수 없으셨다. 충격으로 뇌졸중이 찾아왔고, 며칠 후 내 품에서 돌아가셨다.

그러고 나서 나는 어떻게 되었던가? 잘 모르겠다. 나는 감각을 잃었고, 오직 어둠의 사슬만이 사로잡았다. 가끔은 어린 시절 친구들과 꽃이 흐드러진 초원과 쾌적한 계곡에서 뛰어노는 꿈을 꾸기도 했다. 하지만 꿈에서 깨어나면 지하 감옥에 갇혀 있었다. 우울증이 심해졌다. 가끔은 처한 현실과 상황을 맑은 정신으로 파악할 때도 있었다. 얼마 후 감옥에서 석방되었다. 알고 보니 정신병 판정을 받아 몇 달이나 감옥의 독방에서 지냈던 것이다.

이성을 되찾는 동시에 복수에 눈뜨지 않았더라면 내가 얻은 자유도 결국은 쓸모가 없는 것이었다. 과거의 불행한 추억이 마음을 짓누를 때마다 그 원인을 찾아 나섰다. 내가 창조한 괴물, 내 손으로 세상에 내놓아 파멸을 자초한 그 비참한 괴물. 그를 떠올릴 때마다 미친 듯한 분노가 치솟았고, 그놈을 내 손으로 움켜쥐고 저주받은 머리에 소름 끼치는 지독한 복수를 퍼부을 날이 오기만을 손꼽아 기다렸다.

나의 증오가 헛된 소망으로 그치진 않았다. 곧 괴물을 잡을 수 있는 최선의 방법을 계획하기 시작했고, 이런 목적으로 석방 후 한 달이 지났을 무렵, 시내의 형법 전문 판사를 찾아가 우리 가문을 몰살한 살인자를 알고 있으며 그를 고발하겠다고 말했다. 그리고 가능한 모든 힘을 발휘해 체포해달라고 요구했다.

판사는 관심과 호의를 가지고 내 말을 들어주었다.

"안심하십시오, 선생."

그가 말했다.

"그 어떤 수고와 노력도 아끼지 않고 범인을 잡겠습니다."

"감사합니다."

내가 대답했다.

"그럼 이제부터 제가 하는 진술을 잘 들어주십시오. 참으로 무서운 이야기라 아무리 설명해도 증거가 없다면 제 말을 믿어주시지 않을까 봐 걱정도 됩니다. 하지만 망상으로 치부하기엔 앞뒤가 완벽히 들어맞는 이야기입니다. 그리고 절대 거짓 진술을 할 이유도 없습니다."

판사에게 이야기를 하며 일부러 확고하고 차분한 태도를 유지했다. 나를 파멸로 몰아간 괴물을 죽을 때까지 쫓겠다는 각오는 이미 충분했다. 목적이 생기니 괴로운 마음도 가라앉고 잠깐이나마 삶을 살아갈 의지도 생겼다. 짤막하게 사연을 전달하면서도 확실하게, 모든 날짜를 정확히 진술했고 괴물을 향한 그 어떤 감정이나 감탄사도 포함시키지 않았다.

판사는 처음엔 이야기를 믿지 못했다. 그러나 이야기를 계속하면 할수록 조금씩 흥미로워하며 관심을 갖는 눈치였다. 불신의 기색이라곤 없이 가끔은 무서움에 몸을 떨고, 또 가끔은 경악하는 마음이 적나라하게 안색에 드러나기도 했다.

설명을 마치고 이렇게 덧붙였다.

"이것이 제가 지금 고발하려는 존재입니다. 판사님께서 이 괴물의 체포와 처벌에 모든 권한을 다 해주시길 바랄 뿐입니다. 치안판사인 판사님의 의무이며, 인간으로서 이런 일을 집행하는 데 한 치의 반대도 없으시리라 믿습니다."

내 말에 상대의 표정이 묘하게 바뀌었다. 애초엔 유령이나 초자연적 현상에 대한 이야기를 듣는 것처럼 반신반의하던 얼굴이 공식적으로 수사 요청을 받자 다시 의심스러운 부분이 고개를 드는 모양이었다. 하지만 그는 온화한 목소리로 대답했다.

"선생의 추적에 우리도 가능한 모든 지원을 보내드리겠습니다. 하지만 선생 말에 따르면 그 괴물은 우리가 아무리 노력해도 무찌를 수 없는 능력을 가진 것 같습니다. 얼음 바다를 건너고, 감히 어떤 인간도 오를 수 없는 동굴과 암벽을 타고, 그곳에서 삶을 이어나갈 수 있는 존재를 그 누가 추적할 수 있겠습니까? 게다가 범행을 저지른 지 벌써 몇 달이 흘렀는데, 놈이 어디에 있는지, 혹은 어느 지역에 사는지조차 추측이 어렵지 않습니까."

"틀림없이 제가 사는 곳 주변을 헤매고 있을 겁니다.

만약 그놈이 알프스 산으로 몸을 숨겼다고 해도, 알프스의 영양을 사냥하듯 몰아서 잡을 수 있습니다. 하지만 판사님 생각도 이해했습니다. 제 이야기를 믿지 않으시니 놈을 추적해 마땅히 받아야 할 벌을 내릴 뜻이 없으신 거군요."

이렇게 말하는 내 눈에 분노가 이글거리자, 치안판사가 약간 겁을 먹은 모양이다.

"아니, 그런 말이 아닙니다."

그가 말했다.

"저도 최선을 다할 겁니다. 제 힘으로 괴물을 잡아 응당 받아야 할 벌을 내려야지요. 그러나 괴물이 지금 말씀하신 것 같은 능력을 갖추고 있다면, 현실적으로 놈을 잡는 게 힘들 뿐만 아니라 적절한 조치를 취한다고 해도 선생에게 실망스러운 결과를 안겨드릴 수도 있다는 점을 말씀드리는 겁니다."

"그럴 리가 없습니다. 하지만 제가 무슨 말을 덧붙여도 소용은 없을 것 같군요. 제 복수가 판사님께는 중요하지 않은 문제니까요. 물론 복수는 죄악이나, 지금은 그것만이 제 영혼을 집어삼킨 유일한 열망이 되었습니다. 제가 이 사회에 풀어놓은 살인자가 아직도 두 눈을 뜨고 살아서 돌아다닌다고 생각하면, 감히 말로 표현할 수도 없는 분노가 치받습니다. 판사님은 정당한 요청을 거절하신 겁니다. 제게는 이제 단 한 가지 방법밖에 남지 않았습니다. 제 목숨을 바쳐 살아서든 죽어서든 놈을 파멸시킬 겁니다."

이렇게 말하며 너무도 흥분한 나머지 몸을 떨었다. 내 몸짓은 격앙되었고, 과거의 순교자들에게서나 볼 법한 거만한 사나움이 깃들어 있었다. 헌신이라든가, 영웅심 같은 것엔 전혀 관심이 없던 치안판사의 눈에 나는 그저 광기 어린 미친놈이었다. 어린아이를 달래는 유모처럼 나를 진정시키려 애썼고, 내가 한 이야기를 정신착란의 증세라고만 여겼다.

"이것 보시오!"

내가 외쳤다.

"그대가 지혜롭다는 오만에 빠져서 이토록 거만하다니! 그만두시오. 당신이 무슨 소리를 하는지도 모르고 있지 않습니까."

그렇게 화를 내버린 나는 울분이 차오르는 심란한 마음으로 재판소를 뛰쳐나와, 뭔가 다른 방법을 생각해내기로 다짐했다.

07

당시 나는 자발적인 사고력을 완전히 잃은 상태였다. 분노에 쫓기며 복수만이 살아갈 힘과 평정심을 주었다. 복수가 내 감정의 틀을 잡고 차분하게 상황을 계산할 수 있게 해주었다. 복수심이 아니었다면 정신착란으로 죽음이 찾아와도 속절없이 쓰러졌을 것이다.

첫 결심은 영원히 제네바를 떠나는 것이었다. 행복하고 사랑받던 시절, 내가 소중하게 여기던 조국이 이제는 고통을 주는 증오의 대상일 뿐이었다. 약간의 돈을 마련하고 어머니의 소유였던 보석 몇 개를 챙겨 길을 나섰다.

그렇게 방랑길이 시작되었다. 숨이 끊어져야 끝날 방랑이다. 광활한 대지를 건너고 사막과 야만적인 나라에서 여행자들이 조우하는 온갖 역경을 견뎠다. 어떻게 살아남았는지는 나조차도 의문이다. 빳빳하게 굳어오는 사지로 모래 평원에 드러누워 차라리 죽었으면 좋겠다고 수도 없이 빌었다. 그러나 복수로 삶을 연명했다. 놈을 살려놓고 나 혼자 죽을 용기도 나지 않았다.

제네바를 떠나자마자 처음 한 일은 놈의 뒤를 쫓을 단서를 찾는 것이었다. 그러나 계획은 처음부터 틀어졌다. 어느 방향으로 갈피를 잡아야 좋을지도 알 수 없었고, 몇 시간이나 시의 경계 안쪽을 헤맸다. 밤이 오면 자신도 모르게 윌리엄과 엘리자베스, 아버지가 묻혀 있는 묘지 입구를 서성이는 나를 발견하기도 했다. 묘지로 들어서서 세 사람의 무덤을 찾았다. 바람에 부드럽게 흔들리는 나뭇잎 소리 외엔 모든 게 정적이었다. 밤은 완연한 어둠이었고, 그저 지나가는 구경꾼마저도 비통한 기운을 느낄 만큼 스산했다. 떠난 이들의 혼령이 애도하는 나의 머리 위를 돌며, 느낄 순 있지만 눈으로는 볼 수 없는 그림자를 드리우는 기분이었다.

처음엔 너무나 비통했지만, 이내 분노와 절망이 가슴을 채웠다. 그들은 죽고 나는 살았다. 그들을 살해한 놈 역시 살아 있었고 나는 그를 파멸시키기 위해 지친 육신을 억지로 잡아 이끌었다. 잔디 위에 무릎을 꿇고 땅에 입을 맞추며, 떨리는 입술로 외쳤다.

"이렇게 무릎을 꿇은 대지와 내 곁을 해매는 영혼과, 지금 느끼는 깊고 끝나지 않을 절망에 대고 맹세한다. 오, 밤이여. 그리고 그대를 지배하는 영혼들이여, 나는 기필코 이런 불행을 불러온 악마를 쫓을 것이다. 놈이 죽거나 내가 죽을 때까지 결투를 벌일 것이다. 오직 복수를 위해 삶을 연명할 것이다. 이 값비싼 복수를 위해, 영영 저버리려던 태양을 다시 한번 바라보고, 대지의 푸른 초원을 다시 밟을 것이다. 죽은 자들이여, 그리고 방랑하는 복수의 집행자들이여, 나를 도와 이 복수를 끝낼 수 있게 도와주시오. 저주받은 지옥의 악마에게 깊은 고통을 줄 수 있게 해주시오. 지금 내가 느끼는 이 뼈저린 절망을 그놈도 느끼게 해주시오."

처음 기도를 시작할 땐 엄숙하고 경건한 마음이 가득했다. 살해당한 가족들이 내 간절한 청을 듣고 소원을 들어주리란 믿음마저 생기는 것 같았다. 그러나 기도를 끝맺을 땐 분노가 온몸을 사로잡고 분노에 목이 메어 목소리조차 낼 수 없었다.

그때 고요한 밤의 정적을 헤치고 악마 같은 웃음소리가 돌아왔다. 웃음소리는 오래도록 무겁게 내 귀를 때렸다. 둘러싸인 산맥 사이사이로 그의 웃음소리가 메아리치며 마치 지옥 전체가 나를 조롱하고 비웃는 느낌이 들었다. 차라리 그 자리에서 미쳐 죽어버렸더라면. 하지만 이미 소리 내어 맹세를 했고, 복수를 위해 살아남아야 했다. 웃음소리가 천천히 잦아들면서 내가 잘 아는 그의 혐오스러운 목소리가 귓가에 속삭였다.

"만족스럽구나. 한심한 인간아! 살겠다고 맹세를 하느냐, 아주 만족스러워."

소리가 들리는 쪽으로 달렸다. 하지만 악마는 금세 손아귀에서 벗어났다. 그때 동그랗고 커다란 달이 떠오르며 소름 끼치게 뒤틀린 놈을 환히 비추었다. 과연 그는 인간의 속도라고는 할 수 없을 만큼 빠르게 도망치고 있었다.

놈을 쫓았다. 그리고 몇 달을 추적에만 매달렸다. 희미한 단서를 찾아 굽이치는 론 강을 따라갔지만 끝내 그를 놓쳤다. 눈앞엔 푸른 지중해가 나타났다. 그리고 운 좋게도 놈이 밤에 몸을 숨기고 흑해를 향해 떠나는 배에 올라타는 모습을 볼 수 있었다. 같은 항로로 배를 몰았지만 또 놓쳤다. 대체 어떻게 도망쳤는지는 지금도 알 수 없다.

타타르와 러시아 사막 한가운데에서도, 어떻게든 도망치는 놈을 쫓았다. 가끔은 소름 끼치는 괴물을 목격하고 경악한 농부들이 그가 도망친 방향을 일러줄 때도 있었다. 가끔은 완전히 갈 길을 잃은 내가 절망해 죽어버릴까 봐, 놈이 친절히 발자취를 남겨 놓을 때도 있었다. 머리 위로 눈이 내리면 하얀 평원 위에 놈의 발자국이 선명히 찍혀 있었다. 아직 인생의 청춘인 그대가, 근심도 새롭고 고뇌도 모르는 그대가 내가 느꼈던, 또 지금 느끼는 이 감정을 과연 어떻게 이해할 수 있을까? 추위, 가난, 피로 따위는 내가 견뎌야 할 운명의 고통에 비하면 아무것도 아니었다. 나는 악마의 저주를 받은 사람처럼 영원한 지옥을 끌고 다녔다. 그래도 선한 영혼들이 여전히 곁에 머물며 발걸음이 닿는 곳마다 따라와 길을 안내했고, 도저히 이겨낼 수 없을 곤경에 처하면 나를 구해줄 때도 있었다. 가끔은 굶주림을 이기지 못하고 지쳐 쓰러지면 사막에서도 식사를 준비해 나를 살려 기력을 회복시켜주고 북돋아주었다. 시골 농부의 끼니만큼 초라하고 보잘것없었지만, 도움을 요청했던 영혼들이 나를 위해 준비해주었다는 것만큼은 분명 의심할 여지가 없었다. 만물이 건조하고 하늘엔 구름 한 점 없이 모든 게 말라 갈증으로 목이 갈라지면, 작은 구름이 지나가며 하늘을 흐릿하게 하고 몇 방울 비를 떨어뜨려 목숨을 살려주고 홀연히 사라질 때도 있었다.

나는 가능한 강을 따라 걸었다. 시골 사람들이 주로 강가에 몰려 살아서, 대체로 악마는 강을 따르지 않았다. 다른 데서는 인간의 흔적을 찾기 힘들었다. 그래서 가끔은 우연히 나타나는 야생동물을 잡아먹고 살았다. 적지만 챙겨온 돈이나 내가 잡은 야생동물을 나눠주어 사람들의 환심을 사기도 했다. 짐승을 잡으면 언제나 배만 채울 정도로 먹고 나머지는 불과 요리도구를 빌려준 사람들에게 넘겨주었다.

내 삶이 이렇게 흘렀다. 너무도 혐오스러운 삶이었다. 잠을 잘 때만 유일하게 즐거웠다. 아, 축복받은 잠이었다! 누구보다 비참할 때면 그저 잠에 빠졌다. 꿈이 나를 달래주고 황홀을 맛보게 해주었다. 잠깐이라기엔 몇 시간이고 계속되는 꿈을 꾸는 사이, 영혼들이 나를 보호해주었고, 그리하여 기력을 잃지 않고 순례의 길을 계속 이어나갈 수 있었다. 이런 휴식마저 없었더라면 얼마 지나지 않아 패배를 인정하고 역경 앞에 무릎을 꿇었으리라. 낮에는 밤이 올 거란 희망 하나로 견뎠다. 잠들면 꿈에서 친구들과 내 아내, 사랑하는 나의 조국을 볼 수 있었다. 다시 한번 아버지의 다정한 얼굴을 마주하고, 엘리자베스의 달콤한 목소리를 듣고, 건강하고 젊었던 클레르발을 만날 수 있었다. 힘겨운 여행길에 지치면 밤이 올 때까지 그저 꿈을 꾸고 있는 거라고, 밤이 되면 소중한 사람들의 품 안에서 현실을 살 수 있다고 되뇌었다. 그들을 향한 사랑이 얼마나 괴롭고 또 괴로웠던가! 심지어 눈을 뜨고 있을 때도 온 마음을 다해 사랑했던 그들의 모습이 보고 싶어 필사적으로 집착했고, 그들이 여전히 살아 있다고 믿으려 부단히 애썼다. 그런 순간, 불타던 복수심은 사그라졌고, 악마를 파괴하기 위해 떠났던 나는 영혼의 갈망이라기보다는 하늘이 내린 사명, 나조차도 알지 못하는 어떤 무의식적인 충동에 지나지 않았다.

쫓기던 놈이 어떤 기분이었는지는 알 수 없다. 그러나 가끔은 나무껍질이나 돌에 글귀를 새겨 나를 안내했고, 분노를 일으켰다. 새겨진 글귀 중에 알아볼 수 있던 문장은 이런 것들이다. '나의 힘은 아직 끝나지 않았다.' '살아남아라, 그럴수록 나의 힘은 더욱 완벽해질 것이다. 나를 따르라. 나는 북극의 녹지 않는 얼음을 따를 것이다. 나는 거뜬히 이겨낼 추위와 서리를 그대는 몸서리치며 견디지 못할 것이다. 지체하며 따라오지 않으면 북극 근처에서 죽은 토끼를 볼 수 있을 것이다. 그걸 먹고 다시 힘을 얻어라. 어서 오거라, 나의 원수. 우리에겐 목숨을 걸어야 할 싸움이 남아 있나니. 힘들고 비참한 시간을 견뎌내야 그때가 비로소 올 것이다.'

나를 비웃는 악마! 이런 글을 보면서 다시 한번 복수심을 불태웠다, 비참한 놈을 고문하고 죽음으로 몰아넣을 것이다. 우리 둘 중에 한 사람만 살아남을 때까지 결코 멈추지 않을 것이다. 그리고 마침내 사랑하는 엘리자베스와 지금 이 순간에도 내 노고와 순례에 대한 보상을 내려줄 모든 이들의 품에 황홀히 안길 것이다.

북쪽으로 여행을 계속하는 사이, 눈발은 점점 굵어졌고 추위는 도저히 참을 수 없을 정도로 극심해졌다. 농부들은 오두막에 틀어박힌 채 밖으로 나오지 않았다. 추위를 견디는 몇 명만이 겨우 나와 굶주림을 채우려 은신처에서 나온 동물들을 사냥했다. 강은 꽁꽁 얼어붙어 물고기도 잡을 수 없었다. 주된 식량이 끊긴 것이다.

힘에 부칠수록 괴물의 승리는 더욱 커져갔다. 그는 이런 말을 남겼다.

"준비하라! 그대의 노고는 이제 겨우 시작일 뿐이다.

모피로 몸을 감싸고 식량을 준비하라. 곧 다가올 여정의 시작에서 그대가 고통스러우면 나의 분노가 충족된다."

그의 조롱이 용기와 힘이 되었다. 실패하지 않고 목적을 이루리라 다짐했다. 그리고 도와달라고 하늘에 빌며, 꺾이지 않는 열정으로 광활한 사막을 건넜다. 마침내 아득하게 멀리 바다가 나타나 수평선이라는 궁극의 한계를 맛보았다. 오! 북극해는 남방의 푸른 바다와는 판연히 달랐다! 빙하로 덮인 바다는 훨씬 더 황량하고 거칠어 보였을 뿐 아니라 땅과 바다의 구분조차 힘겨웠다. 옛날 그리스인들은 아시아의 언덕에서 지중해를 발견하고 기쁨의 눈물을 흘리며 환희에 젖어 고생이 끝났음을 반겼다고 하지 않았던가. 하지만 나는 울지 않았다. 그저 무릎을 털썩 떨어뜨리고 벅찬 심정으로 나의 영혼들에게 감사 인사를 보냈다. 괴물의 책략에도 그와 맞서 싸울 수 있는 기회를 얻지 않았던가.

지금으로부터 불과 몇 주 전, 나는 썰매와 개를 몇 마리 구해 엄청나게 빠른 속도로 설원을 지났다. 악마도 나와 같은 방법을 택했는지는 알 수 없었다. 그러나 예전엔 멀리 꽁무니를 좇았다면 이제는 정말 그의 뒤를 따라붙었다는 생각이 들었다. 처음 바다를 보았을 땐 괴물이 나보다 겨우 하루 정도 앞서 나갈 뿐이었다. 놈이 해변에 다다르기 전에 먼저 그의 앞을 막아서고 싶었다. 그래서 용기를 장전해 힘껏 전진했고, 이틀 후 바닷가 근처의 어느 초라한 마을에 도착했다. 마을 주민들에게 놈에 대한 정보를 묻고 얻어냈다. 그들의 말에 따르면 괴물은 장총 한 자루와 권총 여러 자루로 무장하여 전날 밤 마을에 내려왔다. 무시무시한 외모 때문에 외떨어진 오두막에 사는 사람들이 모두 겁을 먹고 도망쳤다고 했다. 괴물은 그들의 겨울 식량을 전부 썰매에 싣고, 썰매 개들을 여러 마리 훔쳐 자기 썰매에 맨 다음 그날 밤 바로 바다를 가르며 길을 떠났다고 했다. 그가 가는 길에 육지는 없었다. 공포에 질린 주민들은 기뻐했다. 얼음이 깨져서 놈이 급사하거나, 녹지 않는 서리 때문에 얼어 죽을 게 분명하다고 생각했던 까닭이다.

이야기를 들은 나는 잠깐 절망했다. 그가 도망쳤다. 이제 거대한 바다의 빙산을 가로질러 나를 소모하며 영원한 여행을 떠나야 했다. 마을 사람들 중에서도 이런 추위를 견딜 수 있는 사람이 거의 없는데, 하물며 온화하고 맑은 기후에서 나고 자란 내가 버틸 수 있으리란 기대는 힘들었다. 그러나 놈이 살아남아 여전히 자유롭게 돌아다닌다는 생각만 하면 분노와 복수심이 힘찬 파도처럼 차올라 다른 생각은 할 수 없었다. 잠시 휴식을 취하는 사이, 수호 영혼들이 나를 에워싸고 머리 위를 떠돌며 온 힘을 다해 복수를 마무리하라고 용기를 북돋았다. 여행에 필요한 준비를 시작했다.

우선 육지용 썰매를 울퉁불퉁하게 얼어붙은 바다에 적합한 썰매로 교환했다. 그리고 필요한 물자를 넉넉히 준비해 육지를 떠났다.

그 후로 며칠이 지났는지 모르겠다. 비참한 환경을 견뎠다. 심장에서 영원히 타오르는 복수심이 아니었다면 결코 버티지 못했을 길이다. 거대하고 험준한 얼음산이 앞길을 가로막았고, 우레와 같은 굉음을 내며 녹아내리는 바닷물에 목숨도 여러 번 위험했다. 그러나 다시 서리가 내리면서 바닷길은 안전하게 얼어붙었다.

남은 식량의 양으로 미루어볼 때 여행은 한 삼 주 정도 지속되었던 것 같다. 목적을 이루리란 희망이 조금씩 뒤로 늦추어지면서 마음이 한없이 가라앉으면 쓰디쓴 실망으로 비참한 눈물을 흘렸다. 하마터면 절망의 여신이 먹잇감을 손에 넣고, 나는 이 비참한 고통을 끝으로 무너질 뻔했다. 어느 날, 썰매를 끌던 불쌍한 개들이 지독한 노동 끝에 간신히 경사진 얼음산 정상으로 나를 실어 올렸다. 그중 한 마리는 너무도 지친 나머지 숨이 거의 끊어질 지경이었다. 눈앞에 펼쳐진 광경을 쓰디쓴 눈으로 바라보았다. 바로 그때, 어둠이 깔린 평원 저 너머로 검은 얼룩이 보였다. 대체 무엇인지 보려고 두 눈을 부릅뜬 나는, 썰매와 함께 뒤틀리고 흉측한 형체를 알아보고 기뻐의 비명을 내질렀다. 아! 어찌나 감정이 요동치며 희망을 품었는지! 뜨거운 눈물이 차올랐지만 놈을 다시 놓칠까 봐 얼른 눈물을 훔쳤다. 하지만 여전히 차오르는 눈물로 시야가 흐릿해졌고, 결국 북받치는 감정을 이기지 못하고 큰 소리로 울음을 터트렸다.

지체할 수는 없었다. 개들의 짐을 덜기 위해 죽은 개를 썰매에서 풀고, 먹이를 넉넉히 주었다. 한 시간 정도 꼭 필요한 휴식을 주면서도 마음이 조급했다. 그리고 바로 길을 나섰다. 놈이 탄 썰매는 아직도 시야에서 벗어나지 못했고, 가끔씩 얼음바위가 우리 사이를 가로막을 때를 제외하면 놈을 놓치지 않았다. 심지어 간격도 눈에 띄게 가까워지고 있었다. 거의 만 이틀을 달린 결과, 우리 사이는 고작 1킬로미터 남짓이었다. 심장이 터질 것처럼 두근거렸다.

그런데 바로 그때, 나의 숙적이 손아귀에 잡힐 듯 말 듯 가까웠던 그때, 희망은 산산조각 났다. 지금껏 놈을 쫓으면서도 이렇게 놈의 흔적을 완벽히 잃어버린 적이 없었다. 해빙이 움직이는 소리가 들리더니, 천둥이 치는 것 같은 소리가 점점 더 불길하게 다가오고, 발밑에서는 물이 요동치면서 불어났다. 힘겹게 앞으로 나아가보았지만 소용이 없었다. 바람이 거세지면서 바다는 울부짖었다. 지진처럼 엄청난 충격과 함께 빙하가 쩍 하고 굉음을 내며 갈라진 것이다. 빙하의 갈라짐은 금방 끝났지만, 몇 분 후 나와 괴물 사이의 바다가 세차게 휘몰아치면서 산산조각 나서 흩어진 유빙 위를 표류하는 신세가 되었다. 유빙은 조금씩 녹아내렸다. 나는 끝내 끔찍한 죽음을 예감했다.

이렇게 무서운 공포의 시간이 무수히 흘렀다. 개들도 몇 마리는 죽었으며 나 역시 엄청난 불안과 압박감에 쓰러지기 일보 직전이었다. 그때 그대의 선박이 모습을 드러내 구원의 손길을 내밀었다. 이렇게 최북단을 항해하는 배가 있으리라고는 상상도 못 했으니, 그대의 배를 보는 순간 얼마나 놀랐겠는가. 곧 썰매의 일부를 부숴 노를 만들었다. 엄청난 피로와 싸우며 얼음 뗏목을 저었다. 그대가 남쪽을 향한다고 했으면 나는 목적을 버리느니 차라리 바다에 수장될 각오를 하고 있었다. 그러나 그대의 배는 북쪽으로 향한다고 했다. 당신이 나를 배에 태웠을 땐 이미 기력을 모두 잃은 후였고, 계속되는 고난에 지쳐 숨이 끊어질 것 같았다. 사명을 완수하지 못했으니 죽음은 여전히 두려울 뿐이었다.

아! 나를 이끄는 영혼들은 대체 언제쯤이나 나를 악마에게 데려가 염원해 마지않는 안식을 내려줄 것인가. 아니면 나는 죽고 놈은 계속 살아야 옳단 말인가? 만약 내가 죽는다면, 월턴, 그대가 나를 위해 놈을 찾아내고 죽여 내 복수를 완수해주겠다고 맹세를 해주지 않겠나. 하지만 어찌 감히 그대에게 나의 임무를 물려받아 지금까지 내가 겪은 고통과 역경을 대신 이어나가달라 부탁을 할 수 있을까. 아니, 나는 그렇게 이기적인 사람은 아니다. 그러나 내가 죽은 뒤에 놈이 나타난다면, 복수의 집행자들이 놈을 그대에게 데리고 온다면, 제발 그냥 살려 보내지는 않겠다고 맹세를 해주기를. 성벽처럼 쌓아올린 나의 슬픔을 짓밟고 기세등등하여 나 같은 비참한 인간을 다시는 만들어내지 못하도록 해주길. 놈은 유창한 달변가로 언제나 사람을 설득하는 귀재이며, 한때는 나 역시도 놈에게 설득을 당했으니 절대 놈의 말을 믿지 말라. 괴물의 영혼은 배신과 악의로 가득해 그 형체만큼이나 끔찍하다. 괴물의 말을 듣지 말라. 윌리엄, 유스틴, 클레르발, 엘리자베스, 아버지 그리고 불쌍한 빅터 프랑켄슈타인의 영혼을 불러내어 놈의 심장에 단검을 꽂아 주시게. 내가 멀지 않은 곳에서 정확히 놈의 심장을 겨눌 것이니.

편지를 이어 쓰며, 월턴

17○○년 8월 26일

마거릿 누이, 누이도 이 기이하고 끔찍한 이야기를 전부 읽으셨지요. 지금 나처럼 누님도 공포로 피가 얼어붙는 느낌이 듭니까? 가끔 그는 갑자기 찾아온 고통으로 몸부림치기도 하고 이야기를 끝맺지 못할 때도 있었습니다. 어떨 땐 목이 메다가도 또 날카로운 쇳소리를 내며 힘겹게 남은 이야기를 음절, 음절, 끊어 이어나갈 때도 있었어요. 섬세하고 아름다운 눈이 분노에 이글거리는가 하면, 무거운 슬픔에 잠기기도 하고 또 끝이 없는 불행에 잠길 때도 있었습니다. 가끔은 마음의 평정을 되찾고 얼굴과 말투에 감정을 드러내지 않으면서 세상에 존재하지 않았을 법한 끔찍한 이야기를 털어놓기도 했고 말입니다. 그러다가 화산의 폭발처럼 돌연 미친 듯한 분노를 터트릴 때도 있어요. 자신을 괴롭힌 괴물에게 저주를 퍼붓곤 했습니다.

이 자가 한 이야기는 연관성도 있고, 단순한 진실을 보여주는 것 같습니다. 그러나 솔직히 말해서, 그가 보여준 펠릭스와 사피의 편지나 우리가 목격한 괴물의 모습이, 그가 말한 이야기보다 이 사연의 진실성을 더욱 불어넣어 줍니다. 아무리 진지하고 일관성이 있어도 말입니다. 그런 괴물이 실제로 존재한다고 믿게 돼요. 한 치의 의심이 필요 없는 사실입니다. 놀랍고 감탄하여 할 말을 잃었어요. 가끔은 프랑켄슈타인에게 괴물을 어떻게 만들었는지 구체적으로 물어보고 싶었던 적도 있습니다. 하지만 비슷한 질문만 하려고 하면 그는 돌연 입을 다물었습니다.

“이보시오, 친구. 제정신이오?”

그는 이렇게 말하더군요.

“그런 무분별한 호기심의 결과가 어떨지 모르겠소? 당신과 세계를 위해 악마 같은 괴물을 만들려는 거요? 그렇지 않다면 대체 그런 걸 묻는 저의가 무엇이오? 부디 평정을 되찾으시오! 나의 불행에서 교훈을 얻고 다시는 당신의 불행을 자초하지 마시오.”

프랑켄슈타인은 그의 과거를 조금씩 기록했다는 것도 알아냈습니다. 보고 싶다고 해서 솔직히 보여주니, 몇 군데는 스스로 고치기도 하더이다. 주로 그가 괴물과 나누었던 대화에 현실감과 생명력을 불어넣기 위해서였습니다.

"내 이야기를 글로 기록해주었으니, 기왕이면 잘못된 내용을 후대에 전하고 싶진 않소."

그렇게 일주일이 흘렀고 그 사이 저는 인간의 상상력이 만들어낸 그 어떤 이야기보다 더욱 심각한 사연을 알게 되었던 겁니다. 평소의 생각과 마음이 온통 그 손님에 대한 관심으로 흘러갑니다. 이 이야기와 그의 고상하고 신사다운 태도 때문이었습니다. 누이, 나는 그를 위로해주고 싶습니다. 그러나 끝이 나지 않는 불행에 빠져 있고, 절대 위로 따윈 얻을 수 없는 자에게 감히 제가 앞으로 나아가 살아보라고 충고를 할 수 있을까요? 아니, 그럴 수는 없는 일입니다! 지금 그가 누릴 수 있는 유일한 기쁨은 완전히 조각나버린 마음을 평온한 죽음으로 정리할 수 있다는 것밖에 없으니까요. 그러나 그에게도 한 가지 위안은 있습니다. 고독과 망상에서 온 것입니다. 꿈을 꿀 때면 그는 친구들과 대화를 나눈다고 믿습니다. 이렇게나마 만나는 친구들로 불행을 달래거나 복수심을 다시 태우는 것입니다. 그는 이들이 자신의 망상에서 오는 허상이 아니라 먼 세상의 아득한 곳에서 찾아오는 존재라고 믿어요. 이런 믿음이 그의 환각에 거룩한 무언가를 부여하는 것 같습니다. 그래서 나도 마치 그 모든 게 사실인 양 흥미롭습니다.

우리 대화가 항상 과거와 불행에만 국한되었던 건 아닙니다. 문학에 대해서라면 그는 무한한 지식을 갖고 있었고 날카로운 통찰력도 보입니다. 그의 언변은 거침이 없고 감동적입니다. 물론 그가 겪은 비참한 사건에 대한 이야기를 하거나, 연민이나 애정의 감정을 돌이키려 애를 쓸 때면 도저히 눈물을 흘리지 않고는 들을 수가 없지요. 폐인이 되어버린 지금도 그는 우아하고 고고한 신과 같은데, 대체 한창 꽃을 피우던 시기엔 얼마나 눈부시고 아름다웠을까요. 본인도 자신의 가치를 잘 알고 얼마나 나락으로 떨어졌는지도 뼈에 사무치게 느끼고 있는 것 같았습니다.

그는 이렇게 말했습니다.

"젊었을 때는 나도 뭔가 위대한 업적을 이룰 수 있을 것만 같았습니다. 심오하고 풍부한 감정을 느끼면서 동시에 냉철하고 직관적인 판단력도 소유했었소. 위대한 업적을 이뤄낼 사람이었습니다. 내가 생각하는 나의 가치가 높다는 자부심으로 다른 이들이라면 압박감을 느꼈을 상황도 잘 이겨낼 수 있었어요. 허망한 상황에서도 인류에게 쓸모 있는 재주를 낭비하는 건 죄라고 느낄 정도였으니까요. 내가 만들어낸 괴물을 생각해보면 꽤 지각 있고 이성적인 존재를 만들어낸 것이니, 평범한 발명가 따위와는 위상이 다르다고 봐야지요. 하지만 처음 연구를 시작했을 때나 느꼈던 이런 자부심도 이제는 나를 더 비천한 바닥으로 끌어내릴 뿐입니다. 꿈과 희망은 이제 아무런 의미가 없소. 감히 전능을 탐했던 대천사처럼 나 역시 지옥에 영원히 묶여버린 신세입니다. 한때 나의 상상력은 현실로 실현이 가능할 정도였고, 분석과 응용력도 탁월했습니다. 이런 자질을 하나로 합쳐 새로운 생각을 발견해내고, 인간 창조를 실행에 옮겼습니다. 미완의 작업에 매달리던 시절 꿈꾸던 것들을 회상하면 지금도 감정이 복받칩니다. 나 자신의 힘을 만끽했고, 그 영향력을 떠올리며 의지에 불타오르기도 했습니다. 매일이 천국을 걷는 기분이었어요. 어린 아이였을 때부터 늘 드높은 희망과 고고한 야망을 가졌습니다. 그러나 보십시오, 내가 얼마나 처참히 무너졌습니까! 아, 친구여! 예전의 내 모습을 그대가 본다면 지금의 치욕적인 내 모습을 알아보지도 못 할 겁니다. 그때의 나는 낙담이란 감정을 몰랐습니다. 고고한 운명이 나를 이끈다고 믿었습니다. 하지만, 추락했습니다. 그리고 다시는, 다시는 날아오르지 못할 겁니다."

이토록 아름다운 존재를 영영 잃어버려야 하는 걸까요? 누이, 나는 오래도록 친구를 갈망했습니다. 나와 공감하고 나를 사랑해줄 사람을 찾아왔습니다. 그런데 우연히도 이 광활한 바다 한가운데서, 이렇게 친구가 될 만한 존재를 찾아내지 않았습니까. 하지만 그를 얻고 그 가치를 알게 되자마자 그를 잃을까 봐 두렵습니다. 삶을 다시 끌어안았으면 좋겠지만, 그럴 생각이 전혀 없어 보였습니다.

그는 이렇게 말했소.

"월턴, 나처럼 비참한 자에게 이렇게 친절을 베풀어주어 고맙소. 하지만 새로운 인연과 새로운 사랑을 이야기한다 해도 이미 세상을 떠난 자들을 대신할 수 있을 거라 생각하오? 세상의 어떤 이가 내게 클레르발 같은 존재가 될 수 있고 세상의 어떤 여자가 엘리자베스를 대신할 수 있단 말이오? 꼭 특별한 자질로 피어난 사랑이 아니더라도, 어린 시절의 벗들은 늘 우리 마음을 끌어당기는 힘이 있는데, 나이를 먹고 사귄 친구들에게서는 찾을 수 없는 묘한 힘이지요. 어린 시절의 친구들은 내가 어린아이였을 때의 성격과 자질을 알고 있소. 그건 훗날 아무리 변하더라도 애초에 지울 수 없는 본성입니다. 그리고 우리가 갖는 어떤 동기의 진실성도 훨씬 정확히 가려내어 행동을 엄정하게 판단할 수 있소. 어렸을 때부터 그런 자질을 보이는 자가 아니라면, 형제나 자매들은 자기 형제가 사기나 속임수를 저지를 거라고 의심을 하지 않아요. 반면 아무리 가까운 사이라 해도 나이를 먹고 사귄 친구는 자기도 모르게 의심을 할 수도 있지요. 그러나 내가 누렸던 우정은 서로에게 익숙하고, 친밀했으며, 참 성품이 바른 친구들이었어요. 어디를 가도 나를 달래주는 엘리자베스의 목소리가 들리고, 클레르발과 나누었던 대화가 귓가를 맴돌아요. 그런데 두 사람은 이미 세상을 떴소. 나의 고독 속에서는 단 한 가지의 감정만이 나를 설득해 목숨을 부지하게 만들고 있소. 인류를 널리 이롭게 할 거룩한 업적이나 목표에만 매달렸다면 그 임무를 위해 살아남겠지. 하지만 내 운명은 그렇지 않소. 내가 만들어낸 괴물을 끝까지 쫓아 파괴해야 합니다. 그게 이 세상에서 마무리해야 할 마지막 임무요. 그 일이 마무리되면 죽어도 괜찮소."

9월 2일

사랑하는 누이.

사방에서 위협이 몰려와 소중한 나의 영국과 소중한 그 땅의 친구들을 다시 볼 수 있을지 없을지 모르는 상태에서 편지를 씁니다. 주위를 에워싼 얼음 산맥에서 도저히 탈출로를 찾을 수가 없어요. 당장이라도 배는 얼음과 충돌을 할 것만 같습니다. 내가 설득하여 데리고 온 용감한 선원들도 지금은 나만 바라보며 방도를 기다리고 있습니다. 하지만 아무것도 할 수가 없어요. 상황은 끔찍하게 흐르고 있지만 그래도 아직 용기와 희망을 잃고 싶진 않습니다. 어쩌면 살아남을지도 몰라요. 물론 살아남지 못한다면 로마의 시인이자 철학자였던 세네카의 교훈처럼 나도 용맹하게 죽음을 맞이하겠습니다.

하지만 누이. 그렇게 된다면 누이의 마음은 어떻겠습니까? 어쩌면 동생이 죽었다는 소식도 듣지 못한 채, 내가 돌아오기만을 손꼽아 기다리겠지요. 몇 년이 흐르고 절망이 찾아와도 한 가닥 희망의 끈도 놓지 못한 채 고통스럽겠지요. 아, 사랑하는 누이. 누님의 간절한 희망이 끔찍한 고통으로 꺾인다고 생각하니, 죽는 것보다 누이가 느낄 배신감이 훨씬 두렵습니다. 그러나 누이에겐 남편도 있고 사랑하는 조카들도 있으니 행복할 겁니다. 신이 누이를 언제나 돌보고, 행복하게 해주시길!

나의 불행한 손님은 늘 나를 따스한 눈길로 바라봅니다. 희망을 주려고 애를 쓸 뿐만 아니라 자기의 목숨도 귀하다는 듯 말을 겁니다. 이런 바다에서 비슷한 사고가 얼마나 자주 일어나는지 설명해주고, 그의 말을 듣다 보면 나도 모르게 좋은 예감이 듭니다. 선원들도 그의 달변에 귀를 기울여요. 그가 말을 하면 그 누구도 더 이상 절망하지 않습니다. 선원들의 기운을 북돋아주고, 선원들도 그의 목소리를 들으면

이 광활한 얼음산도 언덕에 불과해 우리의 결심 앞에선 허망하게 사라질 거라고 믿습니다. 물론 허탈하게 사라질 찰나의 감정입니다. 날마다 다들 한껏 기대했다가 좌절을 맛보면서 선원들의 마음에 두려움이 차오르니, 이러다가 선상에서 반란이라도 일어나진 않을까 걱정됩니다.

9월 5일

방금 너무도 예상 밖의 일이 일어났습니다. 누이가 이 편지를 받지 못할 가능성도 있지만 도저히 편지를 쓰지 않고는 배길 수가 없소.

우리는 아직도 얼음 산맥에 포위되어 이리저리 움직이는 유빙 사이에서 압사당할 위험에 노출되어 있습니다. 지독한 추위 속에서, 불행한 동료 선원 몇몇은 이미 이 절망 속에 안식을 취하였습니다. 프랑켄슈타인의 건강도 하루가 다르게 악화되어 갑니다. 두 눈엔 복수에 불타는 불길이 이글거리지만, 기력이 너무 없어 조금이라도 몸을 움직이면 정신을 잃고 쓰러져 금방 숨을 거둬도 이상하지 않습니다.

마지막 편지에서 반란이 일어날까 두렵다고 했었지요. 오늘 아침, 눈을 반쯤 감고 몸이 축 늘어진 친구의 야윈 얼굴을 바라보는데, 대여섯 명의 선원들이 선실로 들어오겠다며 큰 소리를 내는 바람에 번뜩 정신이 들었지 뭡니까. 그들은 선실까지 밀고 들어왔고, 그중 대장처럼 보이는 이가 말했습니다. 나와 담판을 하기 위해 자신이 뽑혔다면서, 나로서는 거절할 수 없는 정당한 요구를 하겠다고 말입니다. 얼음 속에 포위된 우리가 영영 탈출로를 찾지 못하고 있고, 행여나 얼음이 깨지면서 탈출로를 찾아 운 좋게 이 난관을 극복한다 해도, 내가 무모한 여정을 계속해 선원들을 새로운 위험에 빠뜨릴 것 같다면서요. 요구라는 게 결국은 배가 무사히 얼음을 헤치고 나오면, 항로를 남쪽으로 돌린다는 맹세를 하라는 것이었습니다.

그의 말에 심란했습니다. 절망은 하지 않았지요. 이 위기에서 벗어나도 배를 남쪽으로 돌릴 생각은 전혀 해본 적이 없었소. 그러나 내가 이들의 요구를 정당하게 거절할 수 있겠습니까? 아니 행여, 거절할 수 있다고 해도 말입니다. 대답을 망설이는데, 조용히 누워 팔 한쪽을 들어 올리는 것도 힘들어 보이던 프랑켄슈타인이 몸을 일으키는 게 아니겠습니까. 두 눈은 반짝이고 안색은 잠깐이나마 환했습니다. 선원들에게 몸을 틀어 이렇게 말했습니다.

"그게 무슨 말입니까? 왜 선장에게 그런 것을 요구하고 그러시오? 어떻게 그렇게 쉽게 목표를 저버리려고 합니까? 영광을 위한 모험이라고 하지 않았소? 대체 무슨 뜻으로 영광이라고 하였습니까? 남반구의 바다처럼 길이 순조롭고 잔잔하지 않고, 위험과 공포가 가득한 모험이라 그런 것 아니오? 새로운 사건이 일어날 때마다 여러분은 위험을 극복하고 스스로가 강하고 용감하다는 것을 증명해야 하는 길이라, 이 모험이 영광스러운 것이라고 칭한 것이 아니냐 이 말입니다. 앞으로 여러분은 인류의 큰 공헌을 한 모험가로 칭송받을 것이오. 그대들의 이름이 명예와 인류의 공익을 위해 죽음을 맞은 용감한 자들로 칭송받으며 영웅의 반열에 오를 겁니다. 그런데 지금, 이제 겨우 처음 맞닥뜨린 위험 앞에서, 처음으로 그대들의 용기가 크고 무서운 시험대에 오르니 갑자기 뒷걸음질을 친단 말입니까. 그저 추위와 위험을 견뎌내지 못한 한심한 이로 후세에 이름을 전하는 데 그친단 말이오. 하, 딱하기 그지없습니다. 사람들이 뭐라 하겠습니까. 날이 조금 춥다고 따뜻한 난롯가로 돌아갔다더라, 그러겠지요. 굳이 뭣하러 이런 준비를 다 했습니까? 스스로가 비겁하다는 걸 입증하고 싶었다면 이렇게 먼 곳까지 따라와 선장까지 실패의 굴욕을 맛보게 하지 말았어야지. 제발, 남자답게 행동하시오! 아니 남자 그 이상의 존재가 되란 말이오. 확고하게 목표를 다지고, 바위처럼 단단하게 버티시오. 얼음은 그대들의 마음과는 재질이 다릅니다. 언제든 변화가 무쌍한 것이니, 그대들이 의지만 굳게 먹는다면 절대 지는 일은 없을 거요. 이마에 굴욕의 낙인을 찍고 가족에게 돌아가려 하지 마시오. 싸워서 이기고 영웅이 되어 돌아가란 말이오. 적을 향해 등을 보이지 않은 영웅이 되어 돌아가십시오."

그는 강약과 고저를 완벽히 조절하여 감정을 표현했고, 숭고한 의연함과 영웅적 기상으로 두 눈을 불태웠습니다. 선원들도 당연히 감동할 수밖에 없었지요. 서로만 바라보며 꿀 먹은 벙어리마냥 아무 말도 못 하더이다. 나는 그들에게 일단 물러나 지금 들은 말을 곱씹어 생각해보라고 제안했습니다. 선원들이 계속 반대한다면 굳이 북극을 고집하진 않겠지만, 깊이 고민해보고 용기를 되찾길 바란다고도 덧붙였소.

그들이 물러나고 친구를 바라보았습니다. 하지만 너무 많은 말을 해서 이미 기력을 잃을 대로 잃은 후였소.

과연 어떻게 끝이 날지 모르겠습니다. 위업을 달성하지 못하고 수치심만 가진 채 돌아가느니 차라리 여기서 목숨을 잃고 싶습니다. 하지만 결국은 굴욕스럽게 돌아가는 것이 제 운명이 아닐까 생각하기도 합니다. 영광과 명예를 떠올리며 용기를 얻지 못하는 선원들이 자의적으로 이 고난을 이겨낼 가능성은 없어 보이니 말입니다.

9월 7일

주사위는 던져졌습니다. 우리 모두 살아남는다면, 돌아가기로 결정했습니다. 비겁함과 우유부단함으로 내 희망이 꺾이는군요. 이런 부당함을 인내만으로 견디려면 더 많은 철학적 가르침을 얻어야겠습니다.

9월 12일

모든 게 끝났습니다. 누이, 지금 영국으로 돌아가고 있소. 인류의 이익과 영광을 위한다던 희망도 다 꺾였습니다. 제 친구도 잃었어요. 너무 슬픈 상황이나, 누이에게 조금이라도 설명을 하고자 이렇게 편지를 씁니다. 영국으로, 누이가 있는 곳으로 표류하듯 떠내려가고 있지만 절망하진 않겠습니다.

지난 구월 구일, 얼음이 드디어 움직이기 시작했습니다. 번개와 같은 소리가 아득하게 울리면서 사방의 섬이 쪼개지고 갈라졌지요. 처한 상황이 꽤나 위급했습니다. 그러나 가만히 있을 수밖에, 달리 어쩔 도리가 없었어요. 저는 주로 아픈 환자를 돌보는 데에만 집중했습니다. 병세가 너무 위독해서 그는 무조건 침대에만 누워 있어야 했으니까요. 그때 우리 배 뒤로 얼음이 깨지더니 세찬 물살에 북쪽으로 밀려났습니다. 서쪽에서 산들바람이 불어와, 십일일 경엔 남쪽으로 향하는 항로가 완전히 트였습니다. 이 광경을 본 선원들은 고국으로 귀환할 수 있겠다는 희망으로 소리를 지르고 환호성을 터트렸지요. 시끄럽게 오래도록 질러대는 소리로, 선잠에 들었던 프랑켄슈타인이 깨어나 무슨 일인지를 묻더이다. 나는 "곧 영국으로 돌아갈 수 있게 되어 그럽니다."라고 대답했습니다.

"그럼 정말 돌아가는 겁니까?"

"하! 안타깝지만 그렇게 됐습니다. 선원들의 요구를 무시할 수가 없어요. 원치도 않는 그들을 위험한 사지로 내몰 수가 없으니 돌아가야겠지요."

"정 그렇다면 돌아가야지요. 하지만 난 가지 않습니다. 그대는 목표를 포기할 수 있을지 몰라도 내 목표는 하늘이 내린 것입니다. 감히 포기할 수가 없지요. 몸은 약하지만 나를 도와주는 영혼들이 복수를 위해 필요한 힘을 줄 것입니다."

그는 이렇게 말하며 침대에서 벌떡 일어나려 했지만, 너무도 쇠한 탓에 그것마저 무리였고, 그대로 주저앉아 정신을 놓아버렸습니다.

그는 한참 후에야 정신을 차렸소. 그 사이에 몇 번이나 그가 살아 있는 게 맞는지 확인을 할 정도였습니다. 마침내 눈을 뜨긴 했지만 호흡이 달려 대화가 힘들 정도였지요. 의사는 진정제를 처방하며 환자가 절대 안정을 취해야 한다고 신신당부했습니다. 친구에게 불과 몇 시간밖에 남지 않은 것 같다고 말입니다.

그에게 마침내 선고가 내려진 것이지요. 슬퍼하며 기다리는 것 말고는 할 수 있는 게 없었습니다. 그가 누운 침대 말에 앉아 지켜봤어요. 눈을 꼭 감고 있었지만, 그가 잠을 자고 있다고 믿었습니다. 그런데 그때 희미한 목소리가 나를 부르며 이리 가까이 오라고 하는 게 아니겠습니까.

"아! 내가 의지하던 힘이 사라졌소. 곧 죽을 거란 예감이 드는군요. 내 원수이자 박해자인 괴물은 계속 살아가겠지요. 월턴, 예전에 내가 보이던 그 불타는 증오와 열띤 복수심이 마지막 순간인 아직도 내게 남아 있다고 생각지 마시오. 다만 괴물의 죽음을 바라는 내 마음은 정당하다고 생각하오. 지난 며칠 동안, 인생의 마지막 순간을 맞이하며 지난날을 곰곰이 되짚어 보았습니다. 내가 틀렸다고는 생각지 않소. 미친 광기로 이성을 잃은 상태에서 이성이 있는 존재를 만들어냈으니, 능력껏 그에게도 행복과 안녕을 주었어야 마땅했소. 그게 나의 의무였기 때문이오. 그러나 내겐 이보다 더 중요한 게 있었습니다. 인류에 대한 의무가 더욱 큰 관심사였어요. 훨씬 많은 사람들의 행복과 불행이 내 손에 달려 있었으니 말입니다. 이런 관점으로 생각해보면 애초에 괴물이 내게 동반자를 만들어달라고 요구했을 때 거절했던 것이 옳았다는 느낌이 듭니다. 괴물은 그 무엇보다도 악독하고 이기적인 모습을 보였으니 말이오. 그는 내 친구를 죽였고, 비범한 감각과 행복, 그리고 슬기로운 자들의 목숨을 앗아가기에 급급했습니다. 이 복수심이 과연 언제 해갈될지 나도 모르겠소. 놈 또한 불행한 자이니, 또 다른 이를 불행하게 만들 수 없다면 죽음 말곤 달리 할 게 없겠지요. 그를 없애는 것이 나의 소명이었으나 실패했소. 이기적이고 사악한 뜻으로, 지난번 그대에게 미처 완수하지 못한 일을 대신 부탁했었소. 이제 다시 한번 같은 청을 드리려 하오. 다만 이번엔 이성과 미덕의 뜻으로 하는 부탁이오.

그러나 그대의 고국과 친구들을 버리면서 이

소명을 다해달라 부탁할 수는 없지요. 영국으로 돌아가면 놈을 다시 만날 기회도 없을 겁니다. 그렇지만 여러 관점을 잘 계산하고 그대의 의무와 균형을 맞추어주길 부탁하고 싶소. 나의 판단력과 사고가 이미 죽음을 앞두고 있으니 그대에게 모든 걸 맡기겠소. 나는 격렬한 감정으로 오판을 할 수 있으니 부디 그대가 잘 생각하여 옳은 바를 행해주길 바랄 뿐이오.

놈이 살아 있는 한 악행의 도구가 될 뿐이라는 사실이 나를 괴롭힙니다. 어떻게 보면 이 시간, 곧 맞이할 자유를 기대하기에도 바쁠 이 순간이 지난 몇 년을 모두 합쳐 내가 누린 가장 행복한 순간이 아닐까 싶습니다. 사랑하는 나의 영혼들이 마중을 나와 눈앞을 스쳐갑니다. 어서 그들의 품에 안겨야겠소. 잘 있으시오, 월턴! 평온함에서 행복을 찾으시오. 순수한 욕망으로 과학과 발명에서 그대의 이름을 널리 퍼트리고 싶더라도, 그런 야망을 피하시오. 아, 감히 내가 이런 소리를 한단 말이오? 나도 같은 희망을 품었다가 실패를 한 처지에, 그대는 성공을 할 수도 있는 것인데."

그의 목소리는 조금씩 희미해졌습니다. 얼

마 후, 아주 힘겹게 마지막 숨을 토해내고는 침묵에 잠겼지요. 삼십분 쯤 흐른 후, 그는 다시 한 번 무언가 말을 해보려 했지만, 입만 벙긋댈 뿐 소리는 내지 못했습니다. 내 손을 힘겹게 움켜쥐었고 그대로 영원히 눈을 뜨지 못했습니다. 온화한 미소도 입술 위에서 희미하게 사그라졌지요.

마거릿 누이. 이 영광스러운 영혼의 때 이른 죽음에 달리 무슨 말을 덧붙일 수 있겠습니까? 무슨 말로 누님에게 내 슬픔을 다 전할 수 있을까요? 내가 할 수 있는 말은 모두 적당치 않거나 미약한 표현일 뿐입니다. 눈물이 흐르고 구름 같은 실망감에 마음이 무겁습니다. 하지만 영국으로 향하는 여행은 계속 이어지고 있으니, 집으로 돌아가 위안을 찾아야겠지요.

갑자기 소란스럽습니다. 밖에서 무슨 소리가 나는 것 같은데 무슨 일일까요? 지금은 자정인데 말이오. 순풍이 불고 갑판 위의 보초도 별다른 움직임은 없습니다. 아, 다시 한번 무슨 목소리가 들리는 것 같은데, 사람이라기엔 너무 거친 음성입니다. 프랑켄슈타인의 시신이 누워 있는 객실에서 들리는 것 같습니다. 잠깐 가서 살펴보고 오겠습니다. 안녕히 주무세요, 누이.

세상에! 방금 엄청난 일이 일어났소! 아직도 생각만 하면 눈앞이 아득합니다. 과연 이 일을 제대로 설명할 힘이 남아 있는지도 모르겠어요. 하지만 마지막에 이토록 놀라운 일이 벌어지지 않았더라면 내 기록은 미완성으로 남았을 겁니다.

이상한 소리에 나는 불운했지만 참 본받을 게 많았던 친구가 누워 있는 선실로 들어갔습니다. 그런데 그 시신 위에 몸을 수그린 형체가 있었어요. 감히 그 형상을 어떻게 설명해야 좋을지 모르겠습니다. 몸집은 거대했지만 조잡하고, 균형이 형편없었습니다. 관 위로 몸을 숙인 형태라 길고 헝클어진 머리카락은 얼굴을 가리고 있었소. 하지만 거대한 손 하나를 뻗고 있었는데, 마치 피부의 색깔이나 질감이 미라를 보는 것 같더군요. 내가 들어오는 소리에 놈은 비탄과 공포의 절규를 내뱉다가 창문으로 펄쩍 뛰어올랐습니다. 그의 얼굴만큼이나 무시무시하고, 그렇게 혐오스럽고 소름 돋는 흉측함은 평생 본 적이 없었습니다. 나도 모르게 두 눈을 질끈 감고, 이 괴물의 끝을 부탁받은 의무를 기억해내려 애썼고, 그를 불러 세웠습니다.

놈은 잠깐 멈칫하더니 놀랍다는 듯 바라보았고, 마치 내 존재는 잊은 듯 이미 숨이 끊어진 자신의 창조자를 향해 돌아섰습니다. 온몸과 몸짓 하나하나가 통제할 수 없는 감정으로 활활 타오르는 것만 같더이다.

"이 자 또한 나의 희생양이다!"

그가 외쳤습니다.

"그를 죽였으니 나의 범죄는 절정에 달한 것이다. 내 불행한 존재도 이제 막바지에 다다르고 있단 말이다! 아, 프랑켄슈타인! 관대하고 이타적인 인간아! 이제 와서 그대에게 용서를 구한들 무슨 소용이 있단 말이냐? 그대가 사랑하는 모든 걸 파멸시키며 그대를 돌이킬 수 없이 비참하게 무너뜨렸다. 아! 그는 이미 차갑게 식었구나. 그는 더 이상 내게 답을 줄 수 없구나."

그는 목이 멘 듯 헐떡였소. 친구의 유언을 따라 놈을 없애려 했던 것과는 달리 약간의 호기심과 동정이 일어 선뜻 움직일 수가 없더군요. 그 거대한 존재에게 조금씩 다가갔소. 감히 눈을 들어 그의 얼굴을 바라볼 용기는 나지 않았습니다. 흉측한 외모에는 뭔가 끔찍하고 이 세상 것이 아닌 것 같은 기묘함이 뒤섞여 있었습니다. 무슨 말이라도 해보려 입술을 달싹였지만 말이 나오질 않았습니다. 괴물은 광기에 서려, 앞뒤가 맞지 않는 자책을 늘어놓고 있었지요. 폭풍처럼 휘몰아치던 격정이 조금씩 가라앉은 후에야 나는 용기를 내어 그에게 말을 걸었습니다.

"그대의 회개는 이제 아무런 쓸모가 없다. 이렇게 극단적인 복수를 하기 전에, 양심의 소리에 귀를 기울이고, 가슴에 남을 회한을 떠올렸다면 프랑켄슈타인은 아직 살아 있었겠지."

"그대는 헛꿈을 꾸는가?"

괴물이 말했다.

"과연 내가 아무런 고통도 죄책감도 느끼지 못했을 거라 생각하는가?"

괴물이 시신을 가리키며 말했다.

"내가 범죄를 저지를 때마다 이 사람이 겪은 고통이 나만큼 심했을까? 아! 아니. 잊을 수 없는 범행 하나하나를 해치우는 사이에도 그는 내가 겪은 고통의 만분의 일도 느끼지 못했다. 끔찍한 이기심으로 범행을 멈출 수는 없었으나, 내 심장엔 자책의 독이 가득 퍼져 있었단 말이다. 클레르발의 신음이 내 귀에 무슨 음악이라도 되는 양 감미로웠을 것 같으냐? 내 심장은 사랑과 연민을 느낄 수 있다. 불행이 심장을 쥐어짜고 악함과 증오가 생겼다. 그대는 상상도 못 할 고문의 시간이었단 말이다.

클레르발을 죽인 후, 슬픔으로 가누지도 못하는 몸과 피폐해진 심장을 끌어안고 스위스로 돌아갔다. 나도 프랑켄슈타인이 불쌍했다. 공포에 가까운 동정심을 느꼈어. 스스로가 혐오스러웠지. 그러나 나의 존재와 내가 겪는 상상치 못 할 고통을 초래한 자가 감히 행복을 꿈꾸고 있다는 걸 알게 되었다. 감히 내게는 비참함과 절망을 켜켜이 쌓아 안겨준 주제에 금지된 감정과 열정을 누리려 하다니. 그때 무기력한 질투와 분노가 복수심이 되어 내게 채워지지 않을 갈증을 안겼지. 내가 했던 협박을 떠올렸고 그대로 행해야겠다고 결심했다. 나 스스로에게도 치명적일 거라는 걸 알면서도 어쩔 수 없었어. 충동적인 본능의 주인이 아니라 노예가 되어버렸다는 걸 깨달았지만, 스스로가 끔찍해도 어쩔 수가 없었단 말이다. 하지만 막상 그 여자가 죽고 나니……! 아니. 난 비참하지 않았다. 감정이라는 게 모두 휘발되어 날아가고 고뇌는 억누르고 흘러넘치는 절망을 만끽했다. 그 후로 내게 악은 선이 되었지. 그때부턴 자발적인 선택에 본능을 섞었다. 악마 같은 계획이 모두 이루어지니 이제는 절대 해갈할 수 없는 갈증이 되어버렸어. 그리고 여기 내 마지막 희생양이 있구나!"

처음엔 그가 내뿜는 불행에 마음이 흔들렸습니다. 하지만 괴물이 달변이고 설득력이 뛰어나다던 프랑켄슈타인의 당부가 생각났지요. 다시 한번 목숨을 잃은 친구를 향해 고개를 돌리니 내 안의 분노가 다시 치밀어 올랐습니다.

"형편없는 놈!"

나는 괴물을 향해 외쳤소.

"여기 와서 네놈이 초래한 상황을 아무리 한탄해도, 그건 결국 모여 있는 건물에 횃불을 던지고 폐허가 되어버린 도시를 보며 슬퍼하는 꼴과 다르지 않다는 걸 왜 모르느냐. 이 위선적인 악마야! 네놈이 애도하는 그가 살아 있었다면, 여전히 네놈은 그에게 저주를 퍼붓고 결국은 희생양으로 삼았을 것이 아니냐! 네놈이 느끼는 건 연민이 아니다. 그저 희생양이 네놈의 손아귀에서 벗어났기 때문에 안타까워하는 것뿐이다."

"아, 그게 아니다. 그런 것이 아니다."

괴물이 내 말을 끊었다.

"물론 지금까지 내가 저지른 짓의 목적과 행위를 본다면 그리 오해를 할 수도 있지. 그러나 내 불행에 공감을 바란 것이 아니다. 그 누구도 나에게 공감을 할 수 없어. 처음 인간의 공감을 구했을 때만 해도 미덕에 대한 사랑으로, 온몸과 마음에서 넘치던 행복과 사랑의 감정으로 인간과 함께하고 싶어 그랬지. 하지만 이제 그때 느끼던 미덕은 헛된 그림자에 불과하고, 행복과 애정은 쓰라리고 증오스러운 절망에 지나지 않으니, 이제 내가 무엇에게 공감을 구할 수 있단 말인가? 고통이 지속된다 하더라도, 혼자서 견딜 것이다. 혐오와 오명을 뒤집어쓴 채 죽어도 괜찮아. 한때는 미덕과 명성과 기쁨을 꿈꾸었지. 한때는 이 외모를 용서받고 내가 가진 훌륭한 자질을 사랑해줄 존재와 함께하고 싶다는 헛된 희망도 품었다. 명예와 헌신이라는 고귀한 생각을 품으며 자랐어. 그러나 이제 나는 가장 미천한 존재보다도 더욱 미천한 괴물일 뿐이다. 어떤 범죄도, 그 어떤 악행과 악의도, 그리고 그 어떤 불행도 내가 겪은 것에 비하면 아무것도 아니다. 저지른 짓을 하나씩 돌이켜보면 한때는 나도 숭고하고 탁월한 아름다움과 커다란 선을 추구했다는 게 믿어지지 않을 뿐이다. 그러나 그것 역시 사실이다. 타락한 천사는 사악한 악마가 되는 법. 그러나 신과 인간을 저버린 사탄에게도 외로움을 함께할 친구와 동료가 있었는데. 나는 철저히 혼자다.

프랑켄슈타인을 친구라 부르는 그대는 나의 죄와 그의 불행을 모두 알고 있는 눈치구나. 하지만 그가 아무리 자세하게 이야기를 해주었다고 한들 무력한 희망에 지쳐 참담한 불행을 견디던 모든 세월을 다 알 순 없을 것이야. 그의 희망을 짓밟았으나 영원히 뜨겁게 타오르던 나의 욕망은 채울 수 없었어. 사랑과 우정을 계속해서 갈구했지만 결국은 외면당했지. 이것을 부당하지 않다 말할 수 있는가? 온 인간이 나에게 죄를 지었는데, 나만 범죄자라는 오명을 써야 한단 말인가? 어째서 그대는 친구를 경멸하고 문전박대한 펠릭스는 미워하지 않는가? 어째서 자기 아이를 구해준 은인을 죽이려 했던 시골 주민을 비난하지 않는가? 그대에게 이 사람들은 덕이 많고 흠이 없는 존재겠지! 불쌍하고 버려진 나는 흉측한 존재이니 당연히 외면받고 치이고 짓밟혀야 마땅하겠지. 심지어 지금도 그때의 불의를 생각하면 피가 끓는다.

그러나 내가 비천한 존재라는 것도 맞아. 사랑스럽고 연약한 이들을 무참히 죽였다. 잠자는 사이에 죄 없는 이들의 목을 졸랐고, 나를 포함해 한 번도 다른 존재를 해치지 않은 자들의 목덜미를 졸라 죽음으로 밀어넣었지. 다른 이들에게 사랑과 존경을 받아 마땅했던 나의 창조자를 불행으로 몰아넣었어. 아니 그것보다 결코 치유할 수 없을 만큼의 불행을 그에게 안겼다. 저기 그가 창백하고 싸늘하게 누워 있네. 그대는 나를 미워하겠지. 그러나 그대의 증오는 내가 스스로에게 느끼는 혐오감에 차마 비할 수가 없다. 나는 사람을 죽인 내 손을 보고, 그런 상상을 처음 품었던 심장을 느낀다. 그리고 바라지. 그들을 다시 만나는 순간 더 이상 그런 끔찍한 생각은 들지 않기를, 하고.

내가 더 이상 미래의 악행의 도구가 될까 두

려워 말라. 내 임무는 거의 완성되었다. 그대나 다른 인간의 죽음은 더 이상 내 존재를 완결 내고 내 임무를 완성하는 데 필요하지 않아. 그저 내가 죽어야 끝날 일이다. 내가 죽음을 지체할 거라 예단치 말라. 그대의 배에서 내리면 여기까지 타고 온 얼음을 타고 다시 최북단으로 떠날 것이야. 내 장례식을 위한 장작을 모아 화장용 더미를 만들고, 이 비참한 육신을 태워 재로 만들 것이다. 그리하여 나 같은 존재를 만들고자 하는 그 어떤 호기심 많고 불경한 인간에게도 유골 한 줌조차 도움이 되지 않게 할 것이다. 죽음을 택하여 지금 나를 잠식한 고통도, 채울 수도 잊을 수도 없는 열정의 먹잇감도 모두 잊을 것이다. 나를 만든 이가 이미 죽었으니 내가 세상에서 사라지면 우리 두 사람의 기억도 사라질 것이다. 해도, 별도 보지 못하고 뺨을 스치고 지나가는 바람도 더 이상 느끼지 못하겠지. 빛도 감정도 감각도 사라질 것이다. 그러나 이런 순간에도 나는 행복을 찾아야 마땅하다. 몇 년 전 세상이 내게 열렸을 때, 여름의 따스한 온기와 바스락거리는 잎사귀, 지저귀는 새의 소리를 들었을 때, 그리고 그것이 내게 주어진 전부였을 때, 만약 지금과 같은 감정을 느꼈더라면 나는 아마 살고 싶어 몸부림을 쳤을 것이다. 그러나 죽음은 이제 내게 남은 유일한 안식이야. 죄악에 더렵혀지고 회한으로 심장이 갈기갈기 찢어진 내게 죽음이 아니라면 무엇이 안식이겠느냐?

그러니 안녕히, 이제 그대를 떠난다. 그대는 내가 마주치는 마지막 인간이 되겠지. 이제 진정 작별이다. 프랑켄슈타인! 만약 아직도 살아있어 내게 복수심을 품고 있다면, 나를 죽이는 대신 살려두어야 할 테지만 그러지 못했지. 당신은 내가 더 큰 불행을 불러올까 봐 두려워 나를 파멸시키려 했으니. 하지만 혹시라도, 내가 모르는 방식으로 그대가 아직 생각을 하고 감정을 느낄 수 있다면 나를 불행하게 만들려고 나의 목숨을 취하려 하지는 않을 것이다. 당신이 제아무리 비참하게 무너졌어도, 나의 괴로움은 언제나 그대보다 크니까. 후회로 남은 자책은 죽음이 영원히 상처를 덮지 않는 한, 상처로 남아 영원히 곪을 테니.

그러나 머지않아 나는 곧 죽을 것이다. 그리고 지금 내가 느끼는 이 감정을 더 이상 느낄 수 없을 것이다. 활활 타는 이 아픔도 이제 끝이네. 위풍당당하게 장작더미에 올라, 나를 태우는 불길의 고통 속에서 희열을 느끼리라. 불길이 잦아지면 내 육신을 태운 재도 바람에 휩쓸려 바다로 날아가리라. 영혼은 평화롭게 잠들 것이다. 만약 영혼이 생각을 한다 해도, 지금과 같지는 않으리라. 그럼, 안녕히."

괴물은 슬프고도 엄숙하게 울부짖었습니다.

그리고 선실 창문을 펄쩍 뛰어올라 배에 바싹 붙여놓았던 얼음 뗏목에 올라탔지요. 순식간에 세찬 파도가 밀려들었습니다. 그리고 괴물은 칠흑 같은 어둠 속으로 유유히 사라졌소.

작가 연보

1797년 윌리엄 고드윈과 메리 울스턴크래프트 사이에서 메리 W. 고드윈(메리 셸리의 결혼 전 이름)이 태어남. 태어난 후 열흘 만에 어머니가 사망하여 이복자매 패니와 아버지 손에서 자람.

1801년 윌리엄 고드윈이 메리 제인 클레어몬트와 재혼. 클레어몬트가 데려온 아들 찰스와 딸 제인(훗날 클레어로 개명), 그리고 이복자매 패니까지 모두 한 가족이 됐으나 계모의 핍박에 정식교육을 받지 못하고 가정교사에게 글을 배우며 아버지 서재에서 독학.

1812년 막 결혼한 퍼시 비시 셸리가 자신과 학문적 사상이 달랐던 윌리엄 고드윈과 서신을 주고받기 시작. 가을경부터는 주기적으로 고드윈을 방문. 스코틀랜드 던디의 백스터 가를 방문하여 머물던 메리가 11월 잠시 집으로 돌아와 퍼시와 부인을 처음으로 만남.

1814년 5월, 결혼생활에 환멸을 느끼던 퍼시 셸리와 만남을 시작하고 같은 해 7월, 두 사람은 클레어 클레어몬트와 함께 대륙으로 도피.

1815년 2월, 조산하여 딸을 낳지만 며칠 만에 사망. 8월경, 퍼시와 윈저의 비숍스 게이트에 정착.

1816년 1월, 아들 윌리엄 출산. 제네바에서 클레어가 알고 지내던 시인 조지 고든 바이런을 만나고 그가 살던 콜로니 근처 몽탈레그르에 살 곳을 마련함. 6월, 『프랑켄슈타인』 집필 시작. 7월, 퍼시와 소설의 배경이 되는 프랑스 샤모니의 메르드글라스로 여행을 가고 그곳에서 강한 영감을 받음. 10월에 이복자매 패니가 자살했고, 두 달 후에는 퍼시의 첫 번째 부인 해리엇 퍼시가 익사체로 발견. 12월 30일, 런던에서 퍼시와 결혼식을 올림.

1817년 5월 14일 『프랑켄슈타인』의 집필을 끝냄. 9월, 딸 클라라 출산. 11월에는 퍼시와 메리가 공동 집필한 『6주간의 여행 기록(History of a Six Weeks' Tour)』을 출간.

1818년 1월, 『프랑켄슈타인』을 익명으로 출간. 일가족이 이탈리아로 여행을 떠나고 나폴리에서 딸 클라라 사망.

1819년 6월, 아들 윌리엄 사망. 자전적 성격이 담긴 단편소설 『마틸다(Mathilda)』를 집필하기 시작. 아버지와 딸 사이의 근친상간적 사랑을 다룬 소설로 메리 셸리 생전에는 출판되지 않음. 11월, 아들 퍼시 플로렌스 출산.

1821년 출판을 위해 소설 『카스트루치오(Castruccio)』 (이후 『발페르가(Valperga)』로 제목을 바꿈)를 런던으로 송부.

1822년 유산으로 목숨을 잃을 뻔 했으나 퍼시의 빠른 대처로 겨우 살아남음. 퍼시가 리보르노로 항해를 떠났다가 돌아오는 길에 폭풍우에 휩쓸려 익사.

1823년 2월,『발페르가』와 『프랑켄슈타인』 2차 개정판 출간. 8월, 런던으로 돌아옴.

1824년 『마지막 남자(The Last Man)』 집필 시작. 소설의 배경은 21세기로 전염병이 돌아 멸망한 문명에 유일하게 살아남은 남자의 이야기를 다룸. 퍼시 셸리의 『유고시집』을 편집하여 출간하지만 퍼시의 아버지 티모시 셸리 경의 반대로 출간이 금지됨.

1824년 ~ 1839년 「런던 매거진(London Magazine)」, 「웨스트민스터 리뷰(Westminster Review)」, 「킵세이크(Keepsake)」와 같은 다수의 잡지에 기사와 단편 등을 기고.

1825년 『마지막 남자』 출간.

1830년 소설 『퍼킨 워벡(Perkin Warbeck)』 출간.

1835년 소설 『로도어(Lodore)』 출간.

1836년 4월 7일, 윌리엄 고드윈 사망.

1837년 마지막 소설 『포크너(Falkner)』 출간.

1839년 퍼시 셸리의 총 4권짜리 『시집(Poetical Works)』을 준비하여 출간. 시아버지 티모시 경이 퍼시의 전기를 집필하는 것은 반대하였으나 남편의 작품에 전기적 성격이 담긴 주석을 적는 것으로 마무리 지음. 퍼시 셸리의 『수필과 편지, 번역(Essays, Letters and Translations)』 역시 출간.

1851년 2월 1일 런던의 체스터 스퀘어에서 사망. 본머스의 세인트 피터 교회 묘지, 부모님 사이에 안장.

AWC

MARY SHELLEY
Frankenstein

프랑켄슈타인

초판 1쇄 인쇄 2022년 3월 3일
초판 1쇄 발행 2022년 3월 10일

지은이 메리 셸리
옮긴이 김나연

펴낸이 한선화
편집 이미아
디자인 ALL designgroup
홍보 김혜진 | 마케팅 김수진

펴낸곳 앤의서재
출판등록 제2018-000344호
주소 서울 마포구 월드컵북로 400 5층 21호
전화 070-8670-0900 | 팩스 02-6280-0895
이메일 annesstudyroom@naver.com
블로그 blog.naver.com/annesstudyroom
인스타그램 @annes.library

ISBN 979-11-90710-36-7 04800
ISBN 979-11-90710-33-6(set)